外婆

桃子 著

中国青年出版社

（京）新登字083号

图书在版编目（CIP）数据

外婆/桃子著. —北京：中国青年出版社，2017.11
ISBN 978-7-5153-4980-0

Ⅰ.①外… Ⅱ.①桃… Ⅲ.①纪实文学-中国-当代 Ⅳ.①I25

中国版本图书馆CIP数据核字（2017）第273205号

责任编辑：侯群雄

*

中国青年出版社 出版 发行
社址：北京东四12条21号　邮政编码：100708
网址：www.cyp.com.cn
编辑部电话：(010) 57350401　门市部电话：(010) 57350370
三河市君旺印务有限公司印刷　新华书店经销

700×1000　1/16　印张 17　插页 1　234千字
2017年12月北京第1版　2017年12月河北第1次印刷
定价：36.00 元
本图书如有印装质量问题，请凭购书发票与质检部联系调换
联系电话：(010)57350337

代前言：妈妈写给女儿的信

桃子：

因为时代的进步，电话变得那么方便，妈妈已经很多年没提笔写信了。在你这本小书即将出版的时候，却还是想一笔一画地把心里话写下来……

过去，我反对你把家庭的往事公布于众，因为历史就像个谜团，很多细节难以论证了。没有想到的是你这个从小做事就缺乏"长性"的孩子，竟默默地寻找了十年，写了十年……不得不承认：是你的执着感动了妈妈。

很多连我本人都不知道的史实，从行程几万里的路途和许许多多知情人的记忆中，被你重新挖掘出来。这其中的艰苦和汗水，妈妈是能够感同身受的。毕竟，六七十年过去了……

从二十世纪之初开始，我们的民族经历了血雨腥风的大动荡、大变革。包括你外婆和外公在内的无数中国人，都面临过生死的抉择和考验。是你对我说，他们个人的经历，无论是正面的还是反面的，无论是可歌可泣的还是可恶可笑的，共同构成的是一个大时代"立体的记录"。

你说得对——留下岁月忠实的证言，是作家的良心。你这部书稿的内容，在妈妈的记忆范围内，应是符合事实真相的。

因为某些我和你爸爸也无法左右的原因，你从一九八八年出国留学至今，没有再回乡定居。多年漂泊在外的日子，当然不是空白的。我们母女之间的分歧，我想主要是以下几点：

一是关于"叛徒"问题。你想引用西方的法典来阐述自己的观点，但是，作为一支立志推翻旧社会，反抗外敌侵略和封建压迫的革命队伍，她的成员在严峻的斗争中，却不能不提倡奋不顾身的牺牲精神。除非这支队伍妄想只靠喊喊口号、写写文章就改变世界。

认真地想一想，你外婆所面对的那个时代，军阀可以危害平民，官僚能够知法犯法，加之一座座大宅门里丑陋腐朽的封建习俗……太多的人间不公、太深重的社会黑暗，让很多富足家庭出身的青年都无法置身事外了。

不是革命选择了他们，而是他们选择了革命。

而这条中国的解放之路，必然是要面对着绝不甘心进行和平变革的顽固势力。人家对手无寸铁的学生和平民都可以大动干戈，那么共产党人也只能选择刀枪相见了。在这种你死我活的对抗前提下，发生叛变不可避免，危害性更是不言而喻。尤其是那些为了一己的高官厚禄，继而掉转枪口对昔日战友大开杀戒的顾顺章、王介佛之流，难道还能用区区所谓的抽象的"人权"二字，来为他们减刑吗？

你也承认，世间毕竟有一种无价可估的东西，叫"精神"。你的外婆自觉选择了视死如归的结局，"为有牺牲多壮志，敢叫日月换新天"的光辉诗句，她是千百万当之无愧者之一。

二是关于信仰问题。共产主义运动，是人类历史上无数种"尝试"中代价巨大的一场实践。真正的共产主义信仰者——记住，我说的是"真正的"，他们就像你外婆一样，善良正直、坚强勇敢，追求光明与平等，希望天下的受苦人得到新生。他们的奋斗和付出，不仅仅只为个人的幸福……这样的共产主义者也许在某段时期会越来越孤独，可我相信总有一天，后世会给这场伟大的实践一个客观公允的评价。

毕竟妈妈感到欣慰的是，你说：外婆和她的姐妹们还有爸爸妈妈，这些中华人民共和国的创建者是不应被忘却的人。他们是"拥有着大爱的精神贵族"，是每个民族在寻求进步的苦难征途中，"不可或缺的无私无畏的勇士与圣徒"。你能这样来评价外婆和父母这一代人,足矣。

妈妈从来也没有糊涂,今天,我们的党和国家面临着另外一种形式的考验:社会财富的迅速积累就像涨水一样,让人性中贪欲的船越浮越高,其中不乏党员、干部……当年,你外婆和爸爸过手的黄金白银,连他们自己都没记过账。现在说起这样的事,连你的兄弟姐妹中都有人觉得不可思议。

你的文章中,描述过在外婆的遗骸迁葬仪式上,贺龙元帅的长女贺捷生将军祭送的鲜花花篮上,飘动着两条小小的挽联,摘自河南古代岳飞庙的一副楹联:"人生自古谁无死,第一功名不爱钱"。

不错,那是一群特殊材料制成的人。我同意你发表这部家庭档案的目的正是期待,我们每个人能够去了解、对比、思索。

某些披着人皮的大小"老虎",贪得无厌到了让全世界瞠目结舌的程度——这无疑是一个非常危险的现实。而一部纪实故事的作用,渺小得就像把一颗小石子抛进深潭。我们只能去努力,就像精卫填海那样,也许有无数颗这样的小石子,总有一天会化深潭为花坛,还祖国人民一个值得信赖的政治形象。

一九九二年的一天,你曾从国外打电话告诉过我,有位日本老婆婆给你祈福时,让你在梦境中看到一个神秘的黑衣女人,浑身湿漉漉地站在身边……妈妈作为共产党人,是彻底的无神论者。但我之所以没有否定你的幻觉,是我也在心里渴望着母亲的在天之灵,会关注着我的孩子们。果然,十几年后正是你这个外孙女,对梦境中"黑衣女人"的真相,进行了彻底的追寻。

事实却是,你的外婆——那个生前总爱穿着一身黑色的女教师,那个被中统特务残忍地抛进淮河的革命者,完全是因为当地的党员和百姓对她的不离不弃、念念不忘,才有了无比光荣的回归,才有了你当下这部作品中的一行一字……

我在此要说,没有任何冥冥中神灵的庇护,只有你自己握着笔迈开腿,去寻找证据、听取证言。要记住那些在你寻找外婆的旅途中,无私帮助过、爱护过和启发过你的人们：从百岁岳妈妈到王家三代守墓人，从新四军研究会的老同志到年轻的史官们……是他们与你一起完成了这部家庭档案的调研和写作。

就像小鱼离不开水一样，我的女儿这磕磕绊绊的十年寻觅之路，正是因为每个记得周志机（胡之光）的前辈和友人，才坚持走到了今天。我也很感激对你予以肯定并付出心血的萧立军、来新时和崔卓力，还有不幸辞世的刘茵等各位老师。多亏了他们的一路扶持啊——

女儿，你的经历，面对的世界与外婆和妈妈不同，一度让我的内心感受非常复杂。但我相信你能够理性、客观地评价自己的前辈。

一代人，只能做一代人的事——周志机和她的姐妹们走过的路，有着"非那样走下去不可"的原因。中国的革命女性们，从秋瑾到赵一曼……她们都不是通常意义上的"殉教者"，更不是烧香拜佛只为自家脱贫致富的虔诚香客。

她们是胸怀着大慈悲而出生入死的女兵——无视香车宝马、富贵荣华，不惜饱尝苦难、遍体鳞伤，为的是人间有光明、平等和自由，为的是民族有尊严、进步和道义。尽管也许如你所说，"她们的时代"已经远去了，而她们的精神永存——妈妈希望我们母女的看法，在这一点上是一致的。

但愿这本书，能够得到广大读者内心的一点反响；能够通过我们的家史，了解二十世纪的几分真实；也希望有人能够对桃子笔下的欠缺与错误加以指正。

家里小院围墙下的三角梅正在盛开，红得就像火焰一样。让我想起烈士墓前的鲜花，想起你的外婆，她生前也特别爱花，是个温暖人心的母亲和女教师。妈妈同意你的想法，那个花红叶绿的小烈士陵园，承载着信仰，也应该成为周围乡民感受和平幸福的家园。很久很久以后，人们也许还是会淡忘那些历史的细节，但你的外婆一定会因为身边跳跃着孩子们披着阳光的身影，感到快乐的。

今天，连你都已经不再年轻了，更何况妈妈呢？我从小身体不好，战争年代又留下了浑身的伤病。从没有想到自己年满八旬的那年，竟能够跪在母亲的烈士墓前，能够在年近九旬的日子里，看到这本小书的出版。

女儿，你辛苦了。最后，妈妈也谢谢你！

二〇一六年六月二十八日
写于广州白云山下干休所家中

目 录

一　来自陌生人的电话　001
二　梦中的黑衣女人，她是谁？　005
三　周大小姐和周二小姐的脚　011
四　寻找出走少女的母校　018
五　我是新四军特工的女儿　022
六　暴动暴动，那血色的青春　032
七　这片土地是诚实的吗？　038
八　爸爸妈妈和外婆的河　048
九　千里有缘的潘集和王圩子　054
十　活在学子心中的周先生　066
十一　她，等了我整整六十年　071
十二　淮河边"不死鸟"的神话　080
十三　秋雨迷蒙的望乡路　090
十四　大时代的儿女们　103
十五　一个背叛者的秘密　117
十六　丹阳的"王介佛研究"　129
十七　前辈的身影在水一方　152
十八　梦里寻你千百度　165

十九	一条大河波浪宽	173
二十	他们才是烈士的后代	190
二十一	另一双眼睛看他们	199
二十二	林海滔滔，心潮不息	208
二十三	深夜，打给妈妈的电话	213
二十四	我终于找到了您——外婆	221
二十五	外婆她是一个好人	229
二十六	永远的母亲和女儿	235
二十七	我也找到了他——王介佛	240
二十八	战友—恩师—慈母	248
二十九	代后记：余的故事……	256

一　来自陌生人的电话

二〇〇五年夏天，妈妈从中国广州打来一个国际长途电话。定居东瀛岛国多年的我，需要耐着性子倾听老人的絮絮叨叨——几天前，从一个陌生的地方，传来了陌生人不够标准的普通话：

"我们千方百计才找到了您啊，王侠老首长！"

打来电话的，先后有好几个人，他们似乎都很愿意充当报喜鸟的角色，自称是安徽省"潘集新四军研究会"的会员。早已安居在部队干休所多年的妈妈听得出来，军用电话线传出的声音，满怀兴奋：

"您母亲的老墓，被我们找到了！"

这个消息未免石破天惊，说实话，我难以置信。以前，似乎是听妈妈含含糊糊地提到过，我的外婆神秘地死于非命，尸体是被人从河水里捞上来的……时间概念嘛，只是笼统的"解放前"。距离这个阴暗、无情的事件，沉默无语的岁月超过了半个多世纪。

打来电话的陌生人还说，安徽淮南市潘集区的新四军研究会和当地政府为了教育下一代，正在筹备建设一座革命烈士事迹陈列馆，需要外婆的事迹和照片。他们热情地邀请妈妈回到"故乡"去，亲自为外婆举行隆重的烈士墓迁葬仪式。

陌生人言之凿凿地向妈妈报告了更加令人费解的情况：经调查，这座老墓的的确确埋葬着胡之光烈士的遗骸。自一九四六年她被中统特务暗杀之后，是她的儿子一家三代，几十年来一直在守灵扫墓。妈妈的转述，令我陷入了深深的迷惑……

"暗杀"一词，对于生长在和平年代的我，未免有些难以想象。当年，外婆的死因、经过和真相到底是什么？死后，她到底葬身何处？谁是为她守灵扫墓半个多世纪的人？我的妈妈是独生女，而电话中那"儿子一家三代"，到底是谁？尽管我的外公确是安徽人氏，姓"王"，我的外婆名叫"周志机"，陌生人所提到的"胡之光烈士"，又是何许人也？

　　但传递消息的人所提及的，毕竟是我素未谋面却不能无视的家族前辈。对于我们一家人来说，外婆在她过世后的漫长岁月中，几乎就是个空白。

　　关于外婆，妈妈作为唯一的后人，亦同样所言有限。那不过是在我童年和少年时代，在暑期傍晚纳凉的月色下，在冬天懒得出被窝儿的假日里，妈妈才会偶尔心平气和地提起记忆中的亲人：她的妈妈、爸爸、爷爷、奶奶……都不过是有一搭没一搭的闲聊罢了。

　　随着成长，故人的影像只能是越来越缥缈。现实世界那么丰富而繁杂，一位素未谋面的所谓"外婆"，早就淡出了我们兄弟姐妹的好奇心。

　　那些陌生的致电者并不知道，如此一颗"心灵炸弹"，无论所言是真是假，首先是彻底打破了一位古稀老人平静的生活——我在海外的家里握着话筒就能够听出，妈妈这名身经百战的新四军老战士，虽然是满腹狐疑，但身心已经完全无法保持常态了。

　　她彻夜辗转不能成眠。几天下来，血压、血糖、血脂外加转氨酶统统急剧升高，马上就被她的医生"抓"到医院去做检查，吊瓶子。老太太晚年的健康，无疑正在受到危害。她在电话的那头对我哭泣着，一次又一次……

　　外婆仅存的一张一寸黑白相片，甚至逃过了南下的战火和"文革"的浩劫，竟也不翼而飞。为了重新找到它，妈妈一个人在家里翻箱倒柜。广州暑热的三伏时节，她汗流浃背，口中还念念有词："妈妈啊，如果被找到的那座老墓，真是埋着你的遗骸，那你的相片就赶快出来吧；如果不是，你就不要出来了……"

因为陌生人在电话中提到了"新四军研究会",我从东京直接飞到北京,找到了北京新四军研究会中原分会的一位负责人,他与我的交谈很快就切入了重点:

"第一,你家至今也没有一张烈士证书,证明你外婆周志机同志是被'一级组织追认的革命烈士'。一个地级城市所辖小区的新四军研究会,充其量就是个群众组织,怎么能够证明其消息来源的可靠性和严肃性?

"第二,新四军研究会这样的组织即便是群众性的,社团法人的资格也并非什么人都可以轻易获得。由此可见,给你母亲打来电话的那个新四军研究会,其存在本身,就不能说是没有任何疑问的。

"第三,怎么能够证明这事隔将近六十年后被找到的遗骨,真的就是你的外婆周志机呢?

"第四,烈士的名字本身就有出入……"

我们俩是越琢磨越疑虑重重,就连我的亲大哥直到很久以后也都在挠头——怎么可能呢?又是什么"中统暗杀",又是什么"半个多世纪后突然找到了烈士遗骸"……简直就是在编电视剧本嘛!

可是,万一,假定只是万分之一,被一个"潘集新四军研究会"声称终于找到的那座老坟、那具遗骸,真的就是我妈妈失散将近六十年的骨肉亲人呢?

游移不定的日子,在北京一天天地过去。我就像一只迷航的小船,在网络的海洋中搜索着渺茫的地平线……

我第一次发现,自己的亲妈竟是那么不心疼闺女:她每天六点半一睁眼,就会在广州那边用电话铃声把我这个睡惯了懒觉的家伙吵醒。我简直快要被自家这位老首长给弄"残"了!

我迷迷糊糊地从床上直接扑到电话机旁的沙发里,就开始通过长途电路,倾听一个年近八旬的女儿,漫无边际地回忆已经生离死别大半个世纪的母亲。我衣衫不整、饥肠辘辘,听她一聊就是三四个小时。

电话打久了耳朵会出汗,热乎乎、湿巴巴的……短短十几天里,妈妈几乎被唤醒起了一生的记忆。我们母女之间的对话，简直就是过去几十年加起来的总和。杂乱无章但初次耳闻的遥远往事，饱含着一个女儿对母亲刻骨铭心的怀念。

"王侠"这位妈妈，终于感动了"桃子"这个女儿。我稍稍动了点儿要去寻找外婆的心思……

现在回想，我第一次为了这桩家事从海外回到中国，完全是为了保护妈妈的健康和宁静，岂料从此便开始了人生计划之外的这一趟"寻找外婆"之旅。不知不觉，至今已度过漫漫十度寒暑……对于我，这亦是寻找心灵之根的万里长征。

二　梦中的黑衣女人，她是谁？

事实上，妈妈与外婆诀别时的年龄，还不满二十岁。外婆去世前的几年间，妈妈在部队中成长、战斗，独立生活。作为母亲，我外婆到底给予过女儿多少养育，多少人生的影响？作为女儿，我妈妈又能够保留多少对母亲真实的印象呢？

妈妈告诉过我：外婆的娘家祖籍是河南信阳府。外公名叫"王介佛"，是安徽省凤台县人。尽管这对夫妻事实上很早就在人生的道路上分道扬镳，但女儿还是随父亲姓了"王"。每每提及自己是个"父母离异"的孩子，妈妈的眉宇间，也会流露出丝丝哀伤。

二十世纪三十年代的旧中国，一个男人和一个女人的分道扬镳意味着什么？它是文学作品中屡见不鲜的所谓"反封建、反传统""追求个性解放""对世俗大逆不道的挑战"吗？想象中，我的外婆和外公，兴许也算是那个时代的"潮男潮女"了。

显然，妈妈更爱戴自己的母亲。对于父亲，不知为什么从来也不愿意详细提及。外公王介佛的出生地，就是现在频频发来"找到了烈士遗骸的埋葬地""要为烈士举行迁坟仪式"，包括还要发起建造烈士墓在内各种纪念活动的那个淮南地区。

我理解妈妈的困惑和痛苦。她是那个时代少有的独生子女，外婆不仅是她生命的血脉之源，也是亲自送她走上革命之路的人生导师。多少年来，每当妈妈淡淡道来自己的母亲，也很难掩饰内心的一往情深。

外婆是个受过高等教育的新女性，当年就读于河南开封第一女子师范学校。毕业以后，只身闯荡过大上海，曾在一家进步书局当过文字校对，因此接触过不少当时的左翼作家和进步学者。

外婆是个性格既刚烈耿直而又开朗热情的人。她爱憎分明、嫉恶如仇、乐善好施、扶弱济贫。众口交赞的品行和学识，使她闻名一方，成为深受爱戴的"周先生"。

外婆一生教书育人，生前担任过城乡小学、中学的班主任和校长，能够胜任语文、算术、地理、历史、音乐等多门课程的教学。

外婆收养过孤苦伶仃的女学生，也送她走上了革命的道路，成长为新中国的栋梁之材。那女学生担任过湖北一个地委的领导干部，直到退休。

外婆冰雪聪明，从女红针线到养猪、腌皮蛋，从教书授学到做生意挣钱，几乎是无所不能……

在妈妈口中，外婆就是近乎完美的女性。可我觉得，她的回忆凌乱、破碎而苍白，如同一堆被扯断了线的珍珠，难以形成一个完整、清晰的轮廓。现在，冒出几个陌生人用"烈士"来尊称外婆，盛赞她是一位在当地"家喻户晓的女革命家"，英勇牺牲在中统特务的毒手下……可对于我们这些第三代来说，她更像是个海市蜃楼般的幻影。

说到"幻影"，我不得不提及自己做过的一个梦。我相信，每个人都会有终生难忘的梦境。很多人不理解,兄弟姐妹中为什么偏偏就是我，对寻找外婆的下落特别上心？二十多年前，身在异国的我做过一场奇异的梦。它似乎也成为了我寻找外婆的潜在动机之一……平生曾有一次，外婆与我发生过意外地"相遇"——梦境中的零距离相遇。

时间是在我旅居东瀛四年后的一九九二年夏天，地点是在一个名叫上野原町的小镇上。那天，喜久江太太约我一起去算命问卦，求见当地一位八十高龄的预言者——伊藤婆婆。

因为长治久安的环境，当地乡镇的大多数人家，过着夜不闭户的生活。傍晚，喜久江太太引领着我，来到绿色田园中一幢传统风格的青瓦屋前。拉开分量很轻的和式木格子门，迈进玄关，傍晚光线已显得昏暗。鞋柜上，一只羽毛斑斓的巧舌大鹦鹉，迎头就给了我一句硬生生的问候："早上好！"

来自动物界的怪异语音，为"超自然力拥有者"的小屋平添了几分神秘感。等我的眼睛习惯了屋里的光线，看到大鹦鹉的主人穿着一身颜色保守的和服，正站在房间中的榻榻米上。她矮小得如同迪士尼童话中白雪公主的好朋友，模样又慈祥又可爱。

伊藤婆婆的丈夫曾是太平洋战争中的一名海军士官，与她新婚燕尔便奉召奔赴战场，从此"万里征程人未还"。留给妻子的唯一纪念，就是一个与父亲永远不能相见的遗腹子。

老式木结构低矮的房檐下，果然悬挂着一张佩剑海军军人被放大的黑白照片。一身白色戎装的人物是那么年轻、英俊，与站在照片下的伊藤婆婆一头纯银般的鬓发，形成了令人惊心的对比。

小镇上的人们传说，伊藤婆婆能够获得远近闻名的洞穿力和预见力，是因为年轻时的一场大病。至今，很多亲戚、乡邻都还记得，当那一纸阵亡通知书被送到伊藤家时，挺着肚子的少妇当场晕倒在地……

尽管是命悬一线地产下了孩子，对这个浑身重病的母亲，医生当时表示，医学手段已是无力回天了。后来很长的一段时间，还需亲自哺育"战争遗孤"的"战争遗孀"，只能是四肢着地，在榻榻米上爬行。

有一天，这位食不果腹的单身母亲，把大饥馑时期宝贵的饭团，送给了走到门前化缘的游方和尚。不久，她不但奇迹般地康复了，还意外地发现，自己竟无师自通地读懂了那位和尚相赠的一本"天书"。

据说就从那时起，伊藤婆婆逐渐能够"看到"凡人通常看不见的东西，甚至通晓无法预知的未来。几十年来，人口相传，南到冲绳、北至札幌，求签问卦者络绎不绝。

因为伊藤婆婆是一位从不提"金钱"二字的清高的预言者，她的家里，永远堆满着当地出产的瓜果蔬菜和来自各地的土特产。它们多得永远也吃不完，但凡上门有求者，几乎没有人会空手而归。除去伊藤婆婆给予的忠告,还会有她转赠的地瓜、萝卜、马铃薯和包装花花绿绿的点心。

银发老婆婆慈祥的笑容,很快就打消了我莫名的紧张感。她让我报上自己的生辰年月后,开始查阅那本号称"金不换"的天书。我偷偷瞄了一眼,发现果然是满纸不知所云的符号和数字。

老人开始一边捻动紫水晶的念珠,一边嘱咐我要珍惜和丈夫的婚姻。突然,她主动提出要为我祈福。喜久江太太不无羡慕地惊叹道:"老太太可是从不轻易为人祈福的。难得你跟她这么有缘,何况你还是个外国人呢!"

我闻言不禁受宠若惊。为了尽收福气,双膝跪在榻榻米的座垫上,垂首屏息作虔诚状,洗耳恭听那不知所云的喃喃鸟语:"呐呜呐呜呐呐呜呜……"

也许就是在这个时刻,我在不知不觉中沉入了梦乡。絮絮叨叨的祈福声戛然而止,房间里呈现出一片沉寂。直到现在我仍然清晰无比地记得,伊藤婆婆一字一句地询问过迷迷糊糊的我:

"你娘家的亲人中,是不是有一位淹死在水里的长辈?"

当时,梦境中听到这样一个不着边际的问题,我不知是否点了点头,抑或是没有任何明确的反应。接下来,伊藤婆婆的话语声,字字如磬般清晰地回响在我的耳畔:

"一位中年女人,个子不高,稍微有点胖……她来了,现在就站在这间屋子里……她的衣服是深色的……嗯,是黑色的。还在湿漉漉地滴着水……她用挺担心的眼光正看着你呢。呐呜呐呜呐呐呜呜……"

顿时,我的脊梁骨一溜儿发麻,鸡皮疙瘩撒遍了全身!惊醒了……

的确,小时候是听妈妈说过:外婆的身高,大约一米六,胖乎乎的,长得挺富态,她经常穿着一身黑。当年,她的尸体,是被人从淮河里捞上来的……

一个日本的所谓"超自然力拥有者",永远无从知道我们家庭档案中这段隐秘的故事。那么,这一切只能用"梦"来解释了。尽管只是一个梦,直到现在我还挺后悔:如果当时梦境中的自己更冷静、更勇敢一点，八成就在那个时刻，借助伊藤婆婆给予我的感受力，能够更加仔细地看到那位身穿黑色湿衣服的中年女人……她，难道真的就是那位早已远在天界的我的外婆吗？

离开伊藤婆婆的小屋以后，当天晚上我就打了一个国际长途给妈妈。她在中国那边听完我讲述的那场梦之后，当即发出了"啊——"的一声惊叫，随即立刻挂断了电话……

英国著名社会学家、剑桥大学人类学教授约翰·乔布斯说过一句话："每个人的一生，至少有一次是造访过灵境的。"发生在一九九二年的这桩异国"造访灵境"的梦，只有妈妈和我知道。

的确，那不过是一场"梦"罢了，并不具有任何实际意义。然而对于我本人，这场梦，似乎在无形中拉近了我与外婆的距离，填充了我对这位黑衣故人缱绻不弃的好奇心。

五年后，伊藤婆婆仙逝。岛国各地自愿前来送葬的人逶迤不绝，多达两千余众……

近二十年间，我离开的不仅仅是祖国，同时离开了长大成人的生活氛围。年轻时，我会对自己说：我不过就是一只失群的鸟。随着阅历的增长，每每回到家园我都无法否认：得到了天空的自己，其实失去了土地。我相信，尽管去国离乡的原因不尽相同，但这是很多海外华人相同的心境。只是有人肯说出口，有人不说罢了。

想当年，爸爸为了投身抗日救国，率领着六百多名中国留学生扬帆破浪，从东瀛返回了水深火热中的华夏。四十年后，我照爸爸的归途又走了出去，却没有再回头……

回归之途何其漫漫，亲友们依然接纳了我这个"新四军的后代"……说是"后代"，其实我们也都不年轻了，其中不少躺在马背摇篮中的孩子，已年过花甲。我们大多数人都在思索：从父辈那里继承了什么？他们缔造的共和国，又将何去何从？

我接下了北京新四军研究会中原分会特别开具的一纸公文介绍信，

上面盖有一枚又圆又红的大印，令我心里陡然生出将士授命出征的神圣情怀。介绍信是分别写给安徽省委党史办和安徽省新四军研究会的，内容简洁、明确：

兹介绍我会会员林桃子同志，前来贵处了解周志机烈士（女）的牺牲情况及遗骨安葬有关事宜，届时请予接洽。

为我这次出行，新四军研究会中原分会的负责人表情严肃地对我颁布行动纪律：

第一，最远只能深入到当地市一级的党史调研机构。不能自己一个人擅自下到什么县、什么区、什么乡，更不要说什么"庄"、什么"村"去了。

第二，如果一级党组织的部门负责人，把与周志机同志有关的情况正式做出了说明，就带着这些信息迅速返回北京。

第三，假定说，真的发生了销声匿迹六十年的周志机烈士果真被突然找到的"奇迹"，还是务必要先回来，和母亲一起再作从长计议。

第四，为了得到最客观、最准确的第一手情报，应以新四军研究会会员的身份，与当地干部和群众进行接触。

第五，可能的话，就把找到的"烈士遗骨"带回北京一小块，也许可以借助现代高科技的血缘关系鉴定手段"DNA"，定夺真伪。

我忙不迭向他做出口头保证：绝对不会瞎跑、瞎说、轻易暴露自己的真实身份。每到一个新地点，就及时打电话汇报……正是出自这番严肃、认真的思虑，为后来与之相关的人和事，平添了些许至今仍被当地同志们津津乐道的幽默情节。

三　周大小姐和周二小姐的脚

　　寻找外婆的第一站是河南省开封市。从小就习惯了一个人走南闯北的我，匆匆登上了从北京出发的列车。躺在软卧车厢里，我不想说话。也许是因为我的沉默，原本很容易成为旅伴的客人，一路上都很安静。我满脑子都是妈妈、外婆和那些与她们有关的思绪……

　　妈妈说，外婆周志机的娘家，在信阳府一个叫"西双河"的镇子上，是远近闻名的大地主。外婆的母亲，我的曾外祖母，原本也是个富有人家出身的小姐。父母因为对女儿的溺爱，儿时没有舍得下狠心给她裹脚，如此却是坑害了她一辈子。

　　尽管曾外祖母为老周家劳苦功高地生下了一儿两女，但因为大大的一双天足，受尽了婆婆和丈夫的厌弃与虐待。常年被关在黑暗的磨坊里，像牲口那样推着沉重的石头碾子，干的是最苦的长工活儿。

　　我因此意识到一个问题：旧中国对于女性的迫害，较之于"阶级压迫"，传统观念其实是更残酷的。穷家丫头富户女，通通在劫难逃。

　　曾外祖母由此发誓，不能再让女儿们重复自己悲惨的命运，狠下心肠也要给外婆姐妹俩缠足，使劲儿地缠啊缠……可她偏偏养出了一个比男孩儿更加不服管教的小丫头"周芝玑"——有人说，这是外婆在娘家时的名字。

　　白天被缠上，晚上就放开。放了缠、缠了放……周家这未成年的二小姐是如此倔强。日日夜夜，循环往复着母女间的明争暗斗。终于有一天，少女周芝玑打起个小包袱，迈开自己那双受到伤残的脚，冲出了青砖灰瓦、庭院深深的大宅门……

周二小姐拒绝裹小脚的故事，使我联想起了童年的一桩往事：那是二十世纪六十年代初的一个深秋，我们在北京东四四条胡同的家，迎来了一位慈眉善目的老太太。她就是我外婆一母同胞的姐姐。记得老人一双小脚儿刚迈进门，立刻就把我妈妈抱在怀里放声大哭道：

"谢天谢地，姨妈还能活着见到你呀，小娥儿！可你妈她……就是太不安分、太任性，白白地把命都送掉啦。到如今，也还没个正经说法儿，这不是……这不是天生的'扒茬儿命'吗？"

当下再次成为网络流行语的"任性"一词，其实早在我的童年，就被长辈们常常挂在嘴边。显然，外婆是家族中第一代"任性"的姑娘。而我，同样是个从小到大都被叱责为太"任性"的女孩子。也许，就像有一根看不见的红线，连接着相隔一个世纪的"任性"的我和她……

可直到提起笔来开始书写这部寻找外婆的作品时，我还没有弄懂当年那位姨外婆脱口而出的"扒茬儿命"，是什么意思？

妈妈让孩子们管这位老太太叫"姨姥姥"，那是我生平唯一一次与自家的隔代长辈住在一个屋顶下。姨姥姥对我妈妈说，新中国成立后，她和小女儿一家住在东北的长春市，过着得以温饱的庶民生活。

那会儿，我们兄妹还挺纳闷，姨姥姥为什么管我妈妈叫"娥儿"？已经上了中学的两个哥哥，在暗地里甚至表现出几分不以为然：这位姨姥姥到底是属于什么"性质"的一门子亲戚？是"逃亡的地主阶级"，还是"没落的资本家"呢？

需要说明的一点是，从小到大，我们兄妹只知道家中所有的亲戚都是革命干部。姑夫、伯父，包括爸爸在内，姑姑、伯母和妈妈，甚至没有哪位女性长辈，不具备参加过革命的光荣履历。

新中国成立后，我们家竟没有幸存下一位祖父母辈的人物，尽管二十世纪六十年代我的父母，也不过就是三四十岁的年龄。也许，从来没有祖父母的这份遗憾，正是我愿意亲近姨姥姥的原因。

她带在身边那个出生在东北的小表妹，富有"亲苏"情调的小名叫妮拉。那时只有七八岁的我比妮拉也大不了多少。我愿意吃力地抱她、背她，拉着她的小手，在大四合院里到处乱跑。晚上，姨姥姥带着我和妮拉住在一间屋子里。于是，每天我都会看到姨姥姥的一双脚……

假如现在有人问我，生平见过的最恶心、最可怕的东西是什么？我会毫不犹豫地回答："姨姥姥的脚。"

如果那样一对丑陋无比的东西，还能够被称为"人脚"的话——除了大脚趾以外的其他八个脚趾，都被残忍地折叠到足底。成年人硕大的脚后跟，活像两个畸形的肿瘤。每当夜深人静时，为了这被人为扭曲的一部分肢体，那些走起路来美若风摆杨柳般的中国女人们，就会层层解开长得就好像没头没尾的白布带子……

我第一次听到"懒婆娘的裹脚布又臭又长"这句俚语，是出自姨姥姥之口。她直白地对我解释，这长长的裹脚布洗不干净，就会让人笑话是个"懒婆娘"啦！

姨姥姥说，这双小脚每晚必须洗洗烫烫活活血，包括在睡觉的时候也仍要像在白天那样，一丝不苟地、紧紧地缠好裹脚布。否则，被松懈了的残肢便会彻底报废，连路也别想走了。一年三百六十五天，必须一日不得懈息地终其一生一世。

正是这位姨姥姥亲口对我描述过缠足的痛苦经历：为了让被生生折断的脚趾骨快些成形，大人竟会在裹脚的布带子里放进几块尖锐的碎碗碴子！天啊，那一双双可爱的小脚便开始绽裂、化脓，然后按照千百年前祖先设计的怪异形态，重新愈合起肌肉和皮肤……

这个血腥、恐怖的故事，即使是在我长大成人之后，也无法从记忆中消失，包括姨姥姥的一句话："疼得我呀，整整嚎了半年！"

想象着蹬着那样一双"三寸金莲"的中国女人们，曾在历史上无数兵荒马乱中逃难求生的情景，我脑海里永远充满无以言状的悲苦……

与外婆性格大相径庭的这位姨姥姥，正是因为泣血忍痛，循规蹈矩

地成长为长辈所期待的大家闺秀,顺理成章,碧玉之年的她嫁给了罗山县门当户对的郑姓人家。出阁时的风光排场,轰动一方:

一挂挂的大马车上堆满了红漆箱笼,八抬轿子旁还跟着两个年轻周正的陪嫁丫头。婚后没几年,因为夫君的生财得道、经营有方,她坐上了抚顺煤矿董事长夫人的宝座。

一九三六年,外婆一度离开了安徽,蹬着一双半大不小的"解放脚",带着年幼的女儿来到北京,走进了亲姐姐家的三进大四合院。

妈妈告诉我,那真是名副其实的锦衣玉食之家。成群的仆役中,有一个女佣每天的工作就是用银针挑出燕窝里的绒毛,然后用昂贵的白蜡,长时间炖煮进口玻璃小盅里的燕窝羹。

多年来,我热衷于收藏老瓷器,从太原的古董店里淘到过一对精美的细瓷小碗。我不明白这种不大不小的器型,到底是用来喝茶的,还是用来吃酒的?妈妈接过一看,马上就告诉我:这是过去有钱人家吃燕窝专用的小碗。

妈妈说,她的姨妈性情随和,是个懂得享受生活的阔太太。相夫教子之外闲着没事儿,就是跟上门来的富家女眷们打麻将,一打就是一整天、大半夜。妈妈至今印象还很深,那些穿着绫罗绸缎的客人们,赌注都下得不少。赢者给在旁端茶倒水送夜宵的用人打赏,出手也很大方。

外婆的这位姐姐苦口婆心地企图说服自己唯一的妹妹,带着女儿留在北京"做个伴儿"。她知道,妹妹总想出去教书,干脆就提出,请她留在自己家里教孩子们读书。

北京的宅院里有钢琴,但按响叮叮咚咚的琴键,也压不住没日没夜的搓牌声。外婆实在无法长期忍受这种寄生虫式的生活方式,尤其是一听到小客厅传来"稀里哗啦"的噪声,就心烦意乱。最终,她还是谢绝了亲姐姐的诚心挽留,带着我妈妈投奔了上海的一位姑表姐妹。在那之后,外婆在表姐夫创办的进步出版社辛垦书局担任过两年的文字校对。

在《主义之花》一书中作者王旭烽这样写道:

真正的女革命者，都是从热衷于女权主义开始革命之路的，不管她们有没有听说过"女权"这两个字。想要知道她们的信仰和主义，就得从她们觉悟的思想源头开始。与男性的革命有所不同的是，女性的革命是从自己的性别处境开始的。

不错，与很多同时代的著名女性革命者有着相同的经历，外婆也是从抵抗缠足开始，如此踏上了离经叛道、披荆斩棘的征程。不是天生的苦命人才会吃苦，像外婆那样一位出身富庶的女孩子，就是"自讨苦吃"地走上了一条寻求自立和解放的路。

直到不久前，我才从河南籍的朋友程琴嘴里，弄懂了"扒茬儿命"这四个字的意思：地里的庄稼被收割后，根须上留下了短短的茬子。有人偏要不辞辛劳地扒来扒去，到头来收获的，不过是没有穗子的庄稼茬儿罢了。

显然，被一双"三寸金莲"的周家大小姐定论为是"扒茬儿命"的周家二小姐，迎来送走的是截然不同的人生。可现在反过来想一想：尽管跟跄着一双被伤残的脚，命运跌宕无常，家境兴衰浮沉，周家大小姐长长久久地活了下来。毕竟，她活到了白发苍苍，见到了绕膝的孙儿女们。然而，那位少女时代便"任性"一时、离家出走的周家二小姐，却是死于非命在风华盛年……

也许，姨姥姥有权来痛惜外婆那"还没个正经说法儿"的凄惶早逝，哭着责备自己的妹妹那自找的"扒茬儿命"。可她们两姐妹脚下的路，到底谁能占得当下人生价值观的"正确"二字呢？我在想，如果外婆当时接受了姐姐的挽留，她的人生会是怎样一个过程和结局呢？

外婆这唯一的亲姐姐，"文革"爆发后就和我家失去了联系。有人给我妈妈送来过模糊不清的消息，说是长春市当地的红卫兵和革命群众，断定我姨姥姥是个"漏网的地主婆"，就把她赶回老家去了。

很久以来，每当提起此事，妈妈总是不禁揣测：自己那位姨妈被人驱逐回去的老家，是娘家的信阳府？还是婆家的罗山县呢？可无论是回到娘家还是回到婆家，都逃脱不了"地主婆"的一顶帽子。到底哪里才是那颠着一双"三寸金莲"的老妇人最后的葬身之地？

她拥有过穿金戴银、仆役成群的富贵荣华，真的到了让这位当年的抚顺煤矿董事长夫人，靠"扒茬儿"来填塞肚皮的时候，那又是怎样的一番光景？多年来，我偶尔还会闪过一个念头：当年我那可爱的小表妹妮拉长大以后，是不是一位健康、幸福的女人？

我在海外的报纸上发表过一篇很短的文章，回答人们关于旧中国女性缠足习俗的种种疑问。只是把儿时关于姨姥姥那双"三寸金莲"的记忆描述出来，把道听途说的有关考证，鹦鹉学舌一番罢了。我甚感惊讶的是，宋代伟大的文学家苏东坡写过一首《菩萨蛮》，据说是中国诗歌史上咏叹缠足的第一首诗词：

涂香莫惜莲承步，长愁罗袜凌波去；只见舞回风，都无行处踪。偷立宫样稳，并立双趺困；纤妙说应难，须从掌上看。

清朝文人李渔在其《闲情偶寄》中，甚至不加掩饰地描述说：裹脚的最高目的，就为了满足性欲。由于小脚"香艳欲绝"，玩弄起来，足以使人"魂销千古"。更有学者直白地揭示，女性缠足后，不仅会令人产生外在形象传统的审美享受，而且因为行走困难，恰恰锻炼了下体的肌肉，使之得以保持收紧状态，如此便能够令异性得到更高的快感……

我不理解：唯有非洲土著民族的"割礼"习俗可与之相提并论的中国式缠足，何以能够在拥有辉煌文明的大汉民族中，屡禁不止地暴走近千年？如此不可理喻的肉体摧残，到底因何而生？因何而延续？因何而得以顽固不弃？中国人能够创造出美轮美奂的亭台楼宇、雕塑造像、陶瓷书画、诗词歌赋……却因何从来没有心疼过自己身边那柔若花蕊美若天仙的女儿们？

无法否认，形成这种普遍而深重的加害现象，不仅仅是男性的责任。

作为受害者的一方，因为对男权社会全身心的适从，为安逸，为取悦，为得到可依赖可附属的生存环境，大多数女性选择了对现实的妥协甚至助纣为虐，终于使缠足这一残忍而丑陋的习俗，成为世人眼中"啼笑皆非的中国特色"。

面对这样一个中国人亲手为自己的女儿制造的地狱，外婆渴望着冲出桎梏。无视身后是雕梁画栋，是钟鸣鼎食；前方是荆棘坎坷、是疾风暴雨……

作为女性，我应当感激自己那位"任性"的外婆，如果没有她和一大批同时代勇敢的叛逆者，今天的我，也许就不能穿着舒适漂亮的鞋子，一双天足走遍了天下那么多神奇美丽的地方。

四 寻找出走少女的母校

无论是同学，还是同事，在我们这个年龄层的人，父母没有上过学堂的绝不在少数。从小到大，最令我感到自豪且常常会有意流露于言表的就是：看看，连我的外婆都是个"受过高等教育"的女性！言下之意，当然是想暗示别人，自己很有一点儿文化血统。

二十世纪二十年代初的一天，外婆与父母和兄弟姐妹不辞而别。擅自离家出走后，信阳府富甲一方的周家长辈马上就差人送来一纸通牒：离经叛道的二姑娘，你就甭想得到家里一个铜板的资助！

从此，"二姑娘"开始了数载自食其力、勤工俭学的生活。这是那个时代许多革命女性十分典型的成长经历：她白天上课，晚上去为大户人家的孩子做家教，还会揽来零工做女红。靠自己的一双手，解决了食宿等一应开销。

听妈妈描述外婆的求学时代，我就会联想到自己。也许，在我的身上遗传着祖辈的基因。外婆去世后的四十多年，我走过了与她老人家同样的成长道路——只身奔赴更加遥远的异国求学。

我希望掌握一门现代服装设计专业，专攻的是表现女性奢华形象的晚礼服。我和当年的外婆一样，下课就去打学生工。洗碗、端盘子、在小公司接电话、打杂……干过很多劳心劳力的工作。

我爹妈投身革命一辈子，即使是不反对我出国求学，就是干到了离休的年龄，也根本没有赞助我留洋的经济实力。尽管我与外婆当年的理想和信仰不尽相同，但作为女性，我们都有着坚守自尊、自立的成长历程。二十世纪之初,一个生来衣食不愁的千金闺秀——我的外婆那颗年轻的心,怀抱过何等执着的追求和向往呢?也曾年轻,也曾孤军奋斗的我,是能够与她心心相印,惺惺相惜的。

被几个陌生人的电话激活了记忆的妈妈,多次对我提及外婆的艺术才华。她难忘的是一九三七年间,外婆在安徽凤台县第一小学任教时,亲自编排过一场大型音乐团体操,参加全县教育系统的文体比赛,凤台一小因此荣获第一名。妈妈的语气活像个天真的小姑娘:

"为学校赢得了一只这么高的大奖杯呢!我也参加了那次表演。两三百名小学生身穿红、黄、绿三色的针织运动服,每人手里都举着一条扎满了纸花的柔软竹条。随着音乐的伴奏,我们一边整齐地做着舞蹈动作,一边用双手把花竹条在头顶弯成美丽的弧形……可惜啊,后来那所小学校遭到了日本飞机的轰炸,连大操场都毁了。"

妈妈的讲述,几乎令我目瞪口呆了——七十多年前,中原腹地一个叫"凤台"的小县城里,呈现过如此先进、如此繁荣的文教事业。中国教育界的前辈们把现代文明与文化的薪火,传播得那样深远,那样早!

开封简称"汴",拥有着七朝古都的丰厚传承。外婆当年离家出走,就是在这座古老的城池,踏上了一条献身"主义"的"不归"之路。河南开封第一女子师范学校(一说是"开封师专"),就是外婆的母校。我万分惊讶地了解到,这所女校的历史十分悠久:

始建于一九〇八年,坐落在历史文化名城、七朝古都开封市风景秀丽、环境优美的潘杨湖畔。近百年来,学院的发展与中华民族兴衰的历史相交织,始终以时代重托为己任,以兴学育人为根本。开发民智,教化一方,开创和孕育了中原的师范教育,开启了河南女子教育之先河,形成了光荣的传统,铸就过历史辉煌。

林伯襄、嵇文甫、冯友兰、黎锦熙、萧楚女、冯品毅、谢瑞阶等一批著名学者、教育家和革命家来校执教,培养出江梦霞、李翔梧、郝治平、刘晓、章岩、高洁、杨华瑞、马琳、柳兰芳等一大批艺术家、教育家、革命家和社会活动家，被赞誉为"河南艺术家的摇篮"……

妈妈自豪地对我说过："你的外婆多才多艺，会弹piano，还会拉violin。"我知道，妈妈从来也没有学过英语。可讲到外婆时，她不假思索地、流利而准确地说出两个单词：piano——钢琴，violin——小提琴。

那时，师范这类新式教育机构，被国人称为"洋学堂"。外婆这样的学子们，自然是被视为"洋学生"。仅从妈妈对外婆会弹piano，会拉violin的描述便不难理解，当年中国女子师范的教学水平，显然已接近于今天的正规师范大专。

据老一辈学者回忆，与当时河南其他几所女子师范相比，开封女师的确具有不同的教学重点和特色。除了共同的必修课程之外，比较侧重从音乐、舞蹈、表演艺术等方面培养人才和师资。

可是，二〇〇五年的那天，我在开封市里寻寻觅觅，问十个人就收回十个"不知道"，其中不乏对当地文史、遗迹如数家珍、著书撰文者。显然，中国人的记忆选择是很专一的，被牢牢记住的，不外乎是那些历代君王，包括他们的宠妃、宠臣……连一个世纪都没有过去，堪称"铸就过历史辉煌"的女子教育发祥地，就几乎被当地人遗忘殆尽。

还是程琴告诉我，她在省社科院的一位同事，小时候的家就在开封女师的旧址附近。"文革"前，里面大部分的建筑物都还是老的，那是一些中西合璧风格的低层楼房，连校门也还是旧的。院子里有大树、有花坛……现在，很难找到往昔的遗迹了。

二十世纪之初，开封是一群中原姑娘的人生转折地。她们倔强地迈开一双双受到过伤残的脚，走进了自己的祖母和母亲无从想象的新生活，踏上了动荡大时代中的求索之路。

在她们中间，有个来自信阳府的少女，大约十五六岁的光景，跟我当兵入伍时的年龄差不多。和自己的同学们一样，她把自己打扮得朴素大方——乌黑的短发剪得齐耳覆额，上身一件爱国牌蓝布的大襟褂子，下身一款长过膝盖的黑色宽摆裙，露出的小腿上裹着雪白的洋线袜，足蹬一双方口系带皮鞋。只是在体育课上，她的双脚还会隐隐作痛……

这群朝气洋溢的中原姑娘，怀抱着英语、音乐、世界历史和白话文的国文课本，笑语喧哗地穿过花红叶绿的校园方砖路。阳光透过斑驳的树影，洒在她们耸起的青春的胸膛上，也晃晃地照耀着外婆那张好像苹果一样的圆圆的脸庞。

我相信，立志以教育改变旧中国的女性前辈们，八十年前就付出了她们意志激昂的探索和奋斗。

程琴的丈夫是河南考古所的地面文物专家，此君姓"牛"，学问了得，我称他作"牛哥"。牛哥没有辜负我的固执寻觅，五年之后的一天，突然给我发来了几张照片：枝叶藤蔓包围着一栋已被废弃的两层楼房，中西合璧的建筑风格，依旧透出经典设计艺术的魅力。楼下，一片狼藉的堆积物中，还可以看见一块"音乐教室"的小门牌。不知道从什么时候开始，那里不再传出琴声和歌声……

牛哥真好，他终于在开封市一所中等专科艺术学校的校园深处，找到了"开封女师"被遗忘在繁华角落里的最后一栋老教学楼。他向我和妈妈保证，一定会给有关部门打报告，把这栋幸存的老建筑作为地方的文物遗存，认真保护起来。

尽管如同雾里看花，我却仿佛开始动手，穿起最初那几颗历史的"珍珠"……开封，是我寻找外婆之旅的第一站，漫漫长途的第一个落脚点。

五　我是新四军特工的女儿

从开封回到北京以后，我的思绪有点儿莫名其妙地在现实与想象之间徘徊不已。

尽管北京新四军研究会中原分会的一纸介绍信早已揣在怀中，但我仍然一直在犹豫：是否真的应该到安徽那个叫"潘集"的地方去一查到底？就连妈妈也在犹豫……

我担心千里迢迢跑到那片陌生的土地去之后，结果是一无所获；妈妈担心去国离家二十年的女儿，根本就不能应付早已今非昔比的社会现实；我担心妈妈被重新唤醒的思念，再次遭受失望的打击；妈妈担心天性"一根筋"的女儿，即便是撞了南墙也一意孤行……

可不知为什么，就像有一根看不见的红线在拉拉扯扯，一头是我，另一头是外婆。渐渐地，我开始无法克制内心的冲动：无论被淮南那个"潘集区新四军研究会"发现的烈士遗骸是真是假，我必须下定决心，查他个水落石出。万事俱备，先斩后奏，我给妈妈打了一个电话：

"妈妈，我明天就出发。我要到安徽淮南去……去寻找外婆。"

电话那一边的广州，反应竟是一片沉默。我想起了十年前去世的爸爸，因为一口娴熟的日语，曾任新四军五师敌工部部长。从抗日战争到新中国成立以后，他几乎一生都置身于对敌情报斗争的特殊战线。我打破沉默，有板有眼地对妈妈说：

"我是新四军特工的女儿。我能行。"

"你不但是新四军特工的女儿，还是新四军特工的外孙女。你一定能行！"

关于那段鲜为人知的"暗杀"秘史，妈妈终于开口了：一九四六年国共合作破裂，外婆周志机正是为了配合爸爸，去完成中原突围前夕一项危机四伏的秘密任务，最终命丧淮河。

尽管妈妈对历史背景与真相的提示非常"梗概"，尽管当时我的认知如雾里看花般一片模糊，听到妈妈那句"你还是新四军特工的外孙女"，为了外婆，泪水第一次模糊了我的眼睛……

妈妈啊，这么多年，你为什么从来没有主动把外婆的故事告诉我？如果不是因为那几个陌生人的电话，你难道就准备把一部悲壮的家史，带到天国去吗？

怨不得十几年前外婆会托梦给我，不远万里把自己的目光，投放在我这个没有见过面的外孙女身上……她一定无比想念着天人两隔的骨肉，冥冥之中渴望着我能找到她的下落，揭示她那非同寻常的短暂人生。

二〇〇五年六月二十一日深夜十一点，首都机场国内候机室一片人声嘈杂。好几个航班同时晚点，烦躁不安、怨声鼎沸的旅客，拥挤在椅子有限的候机室里。工作人员声嘶力竭的解释是，航道上出现了"雷区"。

我不知道，这是不是出师不利的兆头？一想到自己要在一个陌生的机场降落，然后在午夜零点之后，通过一条条陌生的街道，独自去寻找一个陌生的下榻处……害怕说不上，可多少有点儿令人不爽。

候机室大厅里，出售咖啡、冷饮和小吃的服务，九点半钟就结束了营业。摆放柜台的地方，干脆被一块颜色黯淡的大布草草包围起来，显示出一副视若无睹的冷漠。

我对自己说：眼前的一切不要在意，必须适应。可还是忍不住咽了好几回唾沫，肚子真有点儿饿了。为了压抑食欲对胃肠的刺激，我打开了根据妈妈的电话交谈写下的笔记……

很显然，妈妈并没有因为生命已经走进了平和的夕晖，对与母亲有关的历史真相，心存丝毫放弃追究的念头。她的激动不安，令我感慨不已。人们在无数文学作品中,不惜笔墨地描写了母爱的博大、深沉。自从妈妈接到淮南那些令人疑惑重重的电话之后,她所表现出的,却是一种儿女终生恋母的炽烈亲情。

妈妈记忆中的母亲,长得说不上特别漂亮,但皮肤很白。她有一头乌黑油亮的好头发,年轻时也烫过流行的发型。人过中年,便像宋庆龄那样,在脑后精心地绾个古典的小纂儿。她住在北平和上海的时候,穿戴是很讲究的。冬天出门,御寒的围脖和手筒都是名贵的舶来皮草。

她的双足是被缠过后又放开的半大脚板,当时被叫作"解放脚"。小脚趾被折断在脚掌的下面,再也无法复原了。因为不能放平足底接触地面走路,包括冬天皮面棉里的靴子,都被专门订做成半高跟的。

她最喜欢的是穿一身黑,无论是旗袍,还是衣裤……

尽管妈妈不愿意承认自己的籍贯是安徽,但依然对我讲述了那片土地上往昔的人和事:关于她的父亲、祖父、祖母,关于淮河边上的老王家……

王介佛的确是出生在安徽省淮南地区的凤台县,大革命时期,为了从事中共地下工作,一度化名姓"沈"。妈妈说她小的时候,还用"沈玉娥"这个名字上过学。

在电话里,妈妈回想起了"文革"期间的一段往事。那是二十世纪七十年代初的几年,在被人称为"岭南西伯利亚"的粤北韶关山区,有个叫"广东省直属机关五七干校"的单位。妈妈和很多原在省、市委和政府部门上班的叔叔、阿姨在那里开垦荒山,种植过花生、玉米和种子来自井冈山的大南瓜。

有一天,中央统战部派了两个干部,专程从北京来到那片粤北大山中,找妈妈"搞外调"。他们让妈妈回忆,自己的父亲是不是叫"沈剑虹"这个名字?咦,这不是中华人民共和国恢复联合国合法席位之前,"台湾驻美大使"的名字吗?妈妈正色回答:

"我只知道他在从事我党的地下工作时,确实化名姓过'沈',好像是叫'沈介佛',要么就是'沈介福'。抗战胜利后,他是用'王介佛'

的名字在国民党政府做官的。我最后一次见到他,是一九四六年春天。当时,我是去执行一项特殊任务的。

"据我所知,一九四九年我们的部队解放江苏省丹阳县时,在任的国民党县长虽然也姓王,但已经不是那个'王介佛'。听说,他在一九四八年就已经逃离了大陆……我要向组织再次郑重声明的是,我在入党的时候就正式宣布,跟王介佛断绝了父女关系。必要的话,你们可以去查阅我的档案材料。"

为什么一个大革命时期的中共地下党员,后来又在国民党政府里做了官?显然,这位王介佛也是个我无法回避的人物。毕竟,他是外婆此生唯一的丈夫,是个举足轻重的历史当事人。可怜我的妈妈,在那个注重家庭成分的时代,无论如何,都无法完全摆脱自己那位国民党反动官员父亲的政治阴影。

小的时候,大多数同学都有自己的爷爷、奶奶、姥姥、姥爷。我家倒是没有一点儿类似的"经济负担",可我总是在想象,小朋友们是不是能够得到长辈双份的疼爱?

记得跟我家同一个大院的女孩儿,放暑假去了一趟爸爸的乡下老家。回来时,她怀里抱着一个圆鼓鼓的小绣花枕头,里面装的不是常见的荞麦皮,而是满满一包晒干的南瓜子。那女孩儿说,奶奶对她执意选择了这么件不值钱的礼物带回北京去,感到非常过意不去。乡下有那么多好东西,咋就非要带这么一枕头南瓜子呢?"好傻的妮子哟——"那女孩儿还跟我模仿出老祖母又古怪又慈爱的乡音。

人家怀里那满满一枕头的南瓜子儿,可把我羡慕死了!

我的爸爸林滔,出生在福州一个子女众多的城市贫民家庭。通过为爸爸誊写手稿我看到,祖母是一位善良而孱弱的妇女,平生最大的梦想就是买中一张彩票,从此摆脱年年月月的缺衣少食、捉襟见肘。她在我爸爸八岁那年便撒手人寰。我爷爷是个晚清的落第秀才,虽写得可同末代帝师陈宝琛笔迹乱真的一手好字,却一生默默无闻,与功名无缘。我爸爸尚未成年时，这位老私塾先生也郁郁而终。

我妈妈这边的两位长辈，活像小说里谜一般的人物：一个据说是死于暗杀，另一个据说是新中国成立前夕逃离了大陆……因为来自安徽淮南的那些"报喜"的电话，妈妈突然对我说出了几句可谓是道破天机的话：

"我永远也不想回到安徽去，也永远不想见到王家的任何人。多少年来我一直怀疑，他们……参与了对你外婆的陷害。"

怪不得从我懂事以来，看到妈妈在人前永远自称是"河南信阳人"，绝口不提自己是安徽凤台县人。

妈妈在最近的电话里第一次告诉我，其实，从新中国成立初期的二十世纪五十年代到"文革"前的六十年代，她给安徽凤台县委的有关部门写过信，试图寻找母亲遗骸的下落。结果呢，发出的所有信件如同泥牛入海……

原来，从我还没有出生的时候开始，妈妈一个人就默默地在寻找着外婆。是淮河岸边的那片土地，永远地扣留下了她的亲娘，甚至没有给她寄托思念的一个坐标。杀害我外婆的，是淮河边上的人；淹没了外婆那年仅四十四岁端庄容颜的，是淮河的水……

如今，已年逾八旬的妈妈，对有关外婆的种种联想，到底凝聚成了何等痛心的无奈，多么沉重的悲愿？外婆到底为什么被暗杀？真凶到底是谁？凶手们的下场，是否能够给我妈妈一个交代？整整六十年来，外婆一个人默默地躺在哪一方冰冷的泥土下，可有谁还记得她的牺牲，她的献身？外婆的在天之灵在漫长的孤寂中，发出过多少次无助的呼唤？

妈妈是不是还能够等到这一切真相大白的日子？

我的思绪独自游离在乱哄哄的候机室，不知过了多久，终于听到了飞往合肥的航班开始登机的通知。机舱里显得狭窄、拥挤，这是一架已经显得过时的波音747。因为漫长的等待和生物钟对深夜本能的反应，刚刚开始飞行旅途的人们，大多已经露出了倦容。

轰鸣声中升空的飞机机翼下是首都的灯海，从璀璨到迷离……蓦然想起年轻时，有过一个爱写抒情诗的朋友。他形容军用机场跑道上照明的灯光，是"为勇士壮行的炬火松明"。当年，他是个空军的地勤技师，听说如今已成了腰缠万贯的老板，金钱、洋房、汽车、外国护照，什么都有。我不知道，现在那位老朋友的大班台上，还有没有年轻时代浪漫的诗篇？

眼下，实在也是一个没有诗意也不需要诗意的时代，无论是在外国还是在中国，人们似乎什么都有了，却唯独没有了……诗。

以往我习惯于在飞机上假寐，这次短距离的境内飞行却睡意全无，直望到机窗外不见了一星一点地上人间的灯火，墨一般黑暗的云层托举着机翼。我将独自飞往一个陌生的地方，去寻找我的外婆。那片土地对于我和妈妈，到底是温暖的，还是严峻的？

机翼下出现了一片新的灯火。安徽省，终于在深夜十二点半第一次进入我生活的记录。飞机一旦落地，我就必须开始独自面对这里的现实与历史……

这班飞机，显然是落地的最末航班，走下舷梯后，我抬头看见了一轮显得陌生的月亮。

进入机场大厅之前，还需要搭乘电动大巴。机场地勤人员也许同样已困乏不堪，非要让所有乘客在一辆车里，拥挤得互相闻到彼此的体味才肯开车。色彩黯淡的大厅通道里，旅客踢踢嗒嗒的脚步声，震荡出空旷的回音……

出发前妈妈嘱咐我，下了飞机不要去坐出租，而是要乘坐机场的大巴到酒店去。谁知道外地的出租车司机是否可靠呢？我答应是答应，可全体旅客一走出大门便被告知，机场大巴早就下班了。排队排了十几分钟终于轮到我，坐进了一辆不太漂亮的红色小车。

司机故作潇洒地把一只胳膊搁在车窗外，歪着头问我，是不是已经订好酒店？言下之意我听出来了，他还想顺便充当给游客介绍住处的中介。我便赶紧撒谎说：安徽省委的同志，已经为我预订了距离政府机关大院最近的××大厦酒店。言下之意当然是,俺可是个"公家人"啊!

这座所谓的星级酒店,与网页上的图片大相径庭。它被夹杂在一片布局凌乱的临街楼宇之间,附近都是些小杂货铺子和小饭馆。走进客房的刹那间,污渍点点的地毯发出强烈的异味,呛得我直想呕吐。

捂着鼻子一看手表,接近凌晨一点半了。想了想,还是捂着鼻子给妈妈打了个报告平安的电话。不出所料,妈妈根本就没有入睡。电话铃只响了一下,她就拿起了话筒……

唯一值得庆幸的是,卧具雪白,像是新更换的。这样的酒店,让我想起了二十世纪的七十年代。可在同一个房间里,我却面临着"二十一世纪的挑战"。

我想看一会儿电视新闻再睡下,却发现在电器大国住了十几年的自己,竟一头雾水。接通电源后,需要通过一个特制的遥控器,选择看电视还是看录像。无论如何小心翼翼,屏幕上仍然是马上就滚出一堆充满冲击力的标题:什么什么"妹"呀,什么什么"花"的,而且来自好几个境外的国家和地区。

我握着按钮五光十色的遥控器折腾了半天,总算找到了央视的新闻频道。就是之前一个失误的小动作,引发了一场意想不到的风波……

第二天早上,我很庆幸自己的预见,这个不太可爱的星级酒店,与省委大院近在咫尺。徒步五分钟,走过了显得凌乱狭窄却充满活力的老城街道,很快就在一个没有设防的大院子里,找到了北京新四军研究会中原分会负责人为我指定的第一个联络点:安徽省新四军研究会。

在一间洋溢着工作气氛的办公室里,七八位年过六旬的老同志,接打电话的、整理材料的……表情认真,精神饱满。我受到了郑重其事的接待,这是我第一次出示那一纸宝贵的公函介绍信。

安徽省新四军研究会的王秘书长是一位热情的长辈。这个"会"的存在,显然是他和许多离退休老干部晚年的精神寄托。他马上开始"大包大揽"地为我打电话联系淮南市党史办,满面笑容地告诉我,根本就不用多此一举地再跑到省委党史研究室去，因为，"我过去就是党史办的主任嘛"！

淮南市委党史办的电话立刻就挂通了。对方一听说北京新四军研究会派来一位姓林的女同志（这更是个令我怀旧的称呼），将要前往淮南，调查了解有关周志机烈士的情况，居然马上就发出了令我大吃一惊的反问：

"这位姓林的同志，是不是周志机烈士的外孙女？"

王秘书长把询问的目光转向我，我忙不迭地摆手声明道：不是，不是，不是……真的不是！王秘书长语气严肃地回答对方说："不是。林同志就是北京新四军研究会中原分会派来了解情况的一位会员。请你们……"

就这样，我的寻找之旅，跌进了一段"谎言"的泥沼。

放下电话的王秘书长，当即给了我一个措手不及："淮南市委党史办的主任是一位女同志，姓张。这是联系电话和办公地址。她希望你最好今天下午就赶到淮南，到了那里，就可以直接见到你需要接触的人……"

也未免太顺利了！这是不是冥冥之中外婆对我的呼唤呢？

我向王秘书长表示谢意，起身告别他匆匆赶回了酒店，拉着胡乱塞满衣服和化妆品的旅行箱下楼来，争分夺秒地跑到服务台办理退房手续。总台递给我一张结算单，上面居然注明我欣赏了酒店的内部录像，消费金额是六十五元整。尽管我紧张得几乎没有时间好好吃顿中饭，也可以不去计较这几十块钱，但我仍然不假思索地发出了高声抗议：

"马上请酒店的负责人出来，我要求他亲自把这件事情说清楚！"

一位端正秀气的姑娘向我走来，笔挺的职业套装显示她是客服部门的负责人。两分钟后她回到我面前，用不容置疑的语气说：

"本酒店的电脑记录证明，您确实是欣赏过录像节目了。"

"我如果支付了这笔钱，就证明我认同了你们酒店强制性的淫秽色情娱乐服务！"

我真到了忍无可忍的地步，说出了我最想说出的话。漂亮的小负责人保持着亲切平和，请我在靠近门口的一张大办公台前坐下。这回，连两分钟都不到，就为我送来了已删除掉"录像观赏费"的结账单。我想，这也是中国式市场经济的一个缩影吧？

我很严肃地对年轻的负责人说，这些年我也走了几个国家，从伦理观念最开放的美国，到宗教情结最浓厚的印度……所到之处，色情服务大都是画地为牢式的。尽管在外国，五花八门的情人旅馆、"窗帘酒店"可谓历史悠久，但自称拥有星级的正规住宿设施，至少不会做得太过露骨。

原因很简单，大多数客人是不允许存在这类服务内容的。假定人家还带着未成年的子女下榻酒店，打开电视机，就要接触到这些地地道道的"儿童不宜"，怎么得了？！

负责人表示赞同，同时也表示无奈。她仍然是轻声细语地说出了酒店方面的苦衷：毕竟还有不少客人，希望在酒店里"得到放松的休息"，所以……

她把自己的工作名片递给我，希望我下次还到她这个目前尚有不尽如人意之处的酒店来。到时，保证会给我安排一间铺着新地毯的客房。我也只好表示出对她个人，而不是对酒店经营者的谅解。然后，她竭尽所能地为我安排好了去淮南市的专车。

临别时，我发现开始有点儿喜欢这个从善如流的安徽姑娘了，尽管她告诉我，自己连北京都没有去过。我从挎包的拉链上解下来一个来自北海道的钥匙扣送给了她，金属环悬挂着一只用木头雕刻的笑眯眯的小狐狸。八成，这就叫作"不打不成交"吧！

留学回国后，有人送我个顺口溜，就是讽刺"海龟"的：说话洋气，穿着土气，出手小气，办事傻气——也许还真是颇有道理。

记得妈妈给我讲过一段有关外婆的往事：那是在抗日战争期间的鄂

豫皖抗日根据地，外婆不过是一所小小的抗日中学校长。有一次，看到抗日政府的几个干部，要强行占用当地一位乡绅的宅院，外婆单枪匹马就跟"颇有来头"的家伙们，对着干了起来。激烈的言语冲突惊动了一方，直到企图以抗战的名义损害百姓利益的干部彻底认输，道歉走人为止。

"你外婆，就是这样一个眼睛里揉不进沙子的人。"妈妈说。

虽然这是个情节太过简单的故事，却给我留下很深的印象。我因此联想到自己，也许天生就继承了来自外婆的秉性。回顾年轻时走过的路，有多少次机会就是毁在了这种"轴"劲上。生活，往往是个需要不断做出妥协的进程。没有妥协，便难以前行。但我总是做不到，便一气之下跑出了国门……

这次，那个酒店大堂漂亮的小负责人，给了我个大大的台阶下。但不知在今后寻找外婆的旅途中，我还会遇见什么？在自认为"是与非"的问题面前，我每一次都能够处理好与各色人等的关系吗？

海外的生存环境，其实是相对单纯的，但是，今天的中国，却令我时时处处感到生疏、紧张，无所适从。这是我最初踏上皖北大地时，非常真实的心境。

可事到如今，已没有退路，只能一往无前地继续我的寻找之旅……

六　暴动暴动，那血色的青春

送我去淮南的，不是昨夜在合肥机场乘坐的那种满大街窜来窜去的暗红色小出租车，而是一辆很气派的黑色国产大众牌轿车。酒店大堂那位漂亮的姑娘通过她个人的努力，为我做出的安排十分令人满意。

早有作家描写过安徽人性格中的独到之处，写到他们的勤勉、聪明和勇气。中国农村重大的改革事件，据说大都发生在安徽。听说，闻名亚洲的北京中关村电脑城，竟有百分之七十以上的从业人员，是安徽籍的姑娘、小伙儿。

轿车很舒服，出了城区，窗外卷进的空气中含着绿色植物淡淡的清香。司机小刘是个性格很阳光的小伙，很快就打开了话匣子。他对我说，自己不但喜欢淮南，还喜欢从合肥到淮南市途经的一个个小地名。他个人认为，这些地名显得挺有文化，提议我应该刻意地去记住它们。

我发觉，这些小地名虽然并不是很奇特，果然还真有点儿说不出的人文韵味。出了合肥的地界，就是长丰县，接下来，要穿过一个叫"哑巴集"的小镇。我问小刘：这哑巴集的地名可有什么来历？

"从前呀，镇上住着个哑巴。"

小伙子一下就把我给逗笑了。接下来的一路，我们经过了土拐、义井、庄墓、史院、曹庵和大、小孤堆……果然令人自然去联想，那"义井"，是口藏着啥江湖传奇的井吗？那"庄墓"，便是指庄子的陵墓吗？

司机小刘自豪地说："咱们这里有句老话是'走千走万，不离淮河两岸'。我们家乡有鱼、有米、有煤炭，还有很好吃的水果，比方说砀山梨，又甜又脆。可惜阿姨来的不是季节。我敢保证，淮南，肯定不会让你失望的。"

我发现，自己已经开始羡慕这个拥有着故乡的安徽男孩子了。

合肥通往淮南的公路是相当不错的国道，路上的机动车也很少。远处的田野，近处的村庄，还能见到有人在水田里用手工插秧。时值初夏，无边的平原上，满眼青翠。不似珠江三角洲和京郊的农村变化那么明显，二〇〇五年的皖北大地，依然更多地保留着昔日的田园景致。

一个想象中的画面，在脑海中徘徊不去：二十世纪的二三十年代，一个黑衣女性行色匆匆的身影，映衬在这片翠绿的背景前——她，是我的外婆。她迈着一双受到伤残的半大的"解放脚"，走村串户，去造访贫困学子们的家；风雨无阻，去奔赴地下组织的接头地点……车窗外，皖北这片丰饶的大地，一定是熟悉她的。

此时此刻，我这傻乎乎的外孙女，是不是正在一步步地接近着真实的你？我的外婆啊，你到底在哪里呢？

小刘告诉我，他一九七二年出生在淮南市，长大成人的地方叫阜阳。我闻之怦然心动："知道阜阳暴动吗？"

"当然知道。上小学的时候，老师还带着我们在阜阳暴动纪念碑前过队日、献花圈呢。"

他的话，引起了我遥远的回想：四十多年前，我也是一名少先队员，也在烈士纪念碑前过队日、献花圈。无疑，这是我的社会主义祖国的政治特色。一个神圣美好的传统保持到今天，已是多少代人了呢？

关于名垂红色史册的阜阳暴动，官方文字（简略）记载如下：

一九二八年四月九日，中共皖北特委书记魏野畴在这里组织领导了声势浩大的武装起义，史称"四·九暴动"。参加起义的有国民革命军第十九军（高桂滋部）的教导团、第十军（杨虎城部）军校和阜阳地方党组织领导的农民赤卫队……

起义部队在王官集大寺庙，宣布成立皖北苏维埃政府，建立皖北工农红军。后因反动军队围剿，起义军弹尽粮绝失败。魏野畴、杜聿德、乔锦卿等大批党的优秀儿女在起义中英勇牺牲。这次起义虽历时不长，但它点燃了皖北革命的烈火，建立了安徽省第一个苏维埃政权。在黄淮平原上，第一次建立了工农红军。毛泽东主席对阜阳暴动曾给予高度评价："这次起义点燃了皖北革命的烈火。"

我的外婆周志机，就是壮烈的四·九起义军战士之一。

更为详尽的史料可以证明，阜阳四·九暴动这场失败的武装起义与广州起义，有着十分相似的背景与过程。中共八七会议结束了以陈独秀为代表的右倾投降主义路线，确定了土地革命和武装反对国民党反动派的总方针，并把发动武装起义，作为当时最重要的斗争任务和形式。

一九二八年春，虽然在打响第一枪之前，秘密会议开过了，具体的作战计划制订了，起义正在紧锣密鼓准备之际，十军代理书记宋树勋突然叛变。担任总指挥的魏野畴在阜阳西湖会老堂召开紧急会议，决定提前于四月九日起义。

凌晨，起义官兵与反动军队激烈交锋。可是，仅仅因为突降一场大雨，用几床棉被引火点燃的联络信号被浇灭了。城外赤卫队未能及时赶到，城内起义者孤掌难鸣，被迫兵分两路转移出城。九日下午，魏野畴率起义部队撤到老集，被国民党十二军的一个营和反动地方武装团团包围。十一日，起义就被完全镇压，反动派立刻在阜阳城内开始了血腥的清剿。短短两天的起义失败后，包括总指挥魏野畴在内的大批党员和革命群众牺牲了……

关于四·九暴动，鲜有学者像对南昌起义、秋收起义和广州起义那样深入研究、大量著文。出发之前，我通过一本阜阳党史研究部门编撰的史料小册子得知，当时，中共中央派遣河南省委的几十名男女党员，很早就进入皖北。他们在杨虎城和高桂滋的部队，开展了艰苦、深入的兵运工作。

阜阳地方党史明确记载,外婆周志机当时在党内的职务是机要秘书。

用当下的眼光来看,这场暴动的整个过程从准备到结束,充满了乌托邦式的一厢情愿:明明还置身于敌众我寡的重围之中,起义的当天下午,暴动的官兵们竟然红旗飘飘、欢天喜地地开了个大会。隆重宣布成立皖北苏维埃政府和皖北工农红军。几乎与此同时,敌人举起了镇压的屠刀……

与一九二七年十二月著名的广州起义一样,皖北红色政权的存活时间,没有超过三十个小时!

在妈妈的记忆中,外婆曾经告诉她,在随河南省委的党员战友们来到皖北投身阜阳暴动之前,她还参加了河南的四望山暴动。关于那场暴动的历史资料,显然比阜阳暴动更加有限。我通过查阅到的有关资料,得知背景与过程大致如下:

四望山位于豫鄂两省边界的桐柏山、大别山之间,距离信阳城四十五公里,是桐柏山脉进入信阳的第一高峰,主峰祖师顶海拔九百米。登峰顶,可望河南省的信阳、桐柏和湖北省的随州、应山四个县(市),故名"四望山"。

大革命失败后,信阳人民再度陷入国民党反动派的血腥统治之中。时局急剧变化,中共信阳县委根据河南省委的指示,及时转入地下……一九二七年七月十一日,农民黄修允等自发暴动,杀死土豪劣绅张显卿,揭开了四望山农民武装暴动的序幕。在遭到地主豪绅武装的疯狂镇压时,几百户被压迫的农民齐聚四望山祖师顶的山寨中进行武装自卫,遂形成了一支与地主豪绅相对抗的农民武装。

原信阳县农民协会负责人、共产党员王伯鲁被公推为指挥。十月下旬,成立了中共四望山特别支部。十一月初,特别支部将山上武装改编成农军,共一百多人分成四队人马,加紧训练。十一月下旬,四望山暴动开始。从此打开了河南土地革命战争的战场……

仅从资料上看，四望山暴动应是中共河南地下党因势利导，把自发性的农民反压迫运动，成功地引领到有组织、有明确政治目标的阶级斗争中。可见当时的河南省委以及所属的信阳支部，作为老资格的中共地方党组织，已经拥有了比较成熟的斗争经验。

暴动！暴动！那曾是何等人心激荡的岁月？

可我一直在问：粉身碎骨的革命，就是当时中国唯一的政治出路吗？答案只有一个"是"字。历史已证明，第二条或第三条道路，将无从把封建根基固若金汤的旧中国撼动……

那么年轻的一群"大孩子"，领队的年长者也不过三十出头，他们凭着一腔激情和热血，就跟实力悬殊的国家武装刀枪相向地干了起来！

《主义之花》一书说："我们往往会在'革命'后面，加上'征途'二字，以此说明革命是一个寻找和跋涉的过程。"历史，就是一笔又一笔地用献身者的血泪，如此重彩浓墨地被书写出来。说他们是"鸡蛋碰石头"却不能不承认，这是令天地为之动容的英勇抗争。

一九六一年七月，安徽省人民政府便将阜阳四·九暴动纪念馆列为省重点文物保护单位，近年，被进一步确定为省级爱国主义教育基地；外婆的家乡河南信阳地区，也将四望山列为红色旅游的重要景点之一。

当年，个别留下姓名的，大批没有留下姓名的牺牲者们，更加鲜明地被塑造成当代青少年的政治偶像。最终掌握了国家政权的政党，以染红了湘江、赣江、珠江、淮河的血的故事，来讴歌共产主义理想的正确和光荣。

历史，的确是含有偶然性的。有人推测，如果不是因为那场突然降临的大雨，扑灭了起义军人与农民武装进行联络的火光信号，阜阳的四·九暴动也许就会取得胜利……不，历史是没有捷径可走的。阜阳一战"胜"与"败"的区别，无非就是那个安徽的第一个苏维埃政权是维持两天,还是十天、二十天之差而已。

那一次次以惨败告终的革命暴动,便是血流成河的悲壮的序曲。值得讴歌的,恰恰是一大批从来没有想到自身功成名就就粉身碎骨的先行者。付出了,就付出了;献身了,就献身了——"铺垫"得如此地无怨无悔,誓死如归。

我坐在车上,一直在漫无边际地遐想着,推理着。外婆在面临生死抉择的时刻,是不是真的只有对死亡——"英勇牺牲"的选择呢?她的生命,是不是必须结束在四十四岁这个美好的年龄?她是不是心甘情愿地将宝贵的血肉之躯,奉作达到政治理想彼岸的一颗铺路石子?

四十四岁,应是人生收获的时节。四十四岁的我,拥有了自己漂亮的宅邸和服饰店;虽然我们夫妇未见得大富大贵,却不愁吃穿;只要经济允许,我也买一张打折的机票出门旅游;我可以不去参加不感兴趣的任何会议,不用说一句违心的话……终于享受到了"小康"和"自由"的和谐与舒心。步入中年的我,因为阅历的相对成熟,也终于懂得了感激和满足——这就是真正赢得幸福的年龄段。

我渴望知道的真相是,正值盛年的外婆经历了大革命和抗日战争的严峻考验,为什么不得不丧生在胜利的前夕?

我依然深感欣慰的是,身边这个家在阜阳的司机小刘,也曾戴着红领巾去给烈士们献过花。逝者如斯,从任何意义上说,故土、祖先、历史,都是不应该被忘却的。他们一定为后人,留下了值得缅怀更值得思索的精神与经验。

七 这片土地是诚实的吗？

淮南市果然是一座让我惊叹的城市，难怪司机小刘说：我对这里将"另眼相看"——

这个地处淮河南岸的腹地小城，拥有着为之自豪的话题：地势狭长，据说有一百公里，建有十一个火车站，荣居全国之首。淮南人喜欢在闲谈中，善意地调侃当年下放到这里的上海人，如何为这个"乡下小地方，居然有那么多的火车站"而目瞪口呆。

淮南之地自古人才济济、虎踞龙盘。古称"州来"，又谓"下蔡"。我在全国规模数一数二的河南省博物馆，看到过几件造型和工艺精美绝伦的黄金首饰，令我这从事珠宝工作十几年的专业人士也不禁为之惊艳。一看说明，它们是出土自古蔡国地界上的珍贵文物。两千多年前这一地区经济与文化的发达程度，由此可窥一斑。

有记载说，汉代的四位淮南王：英布、刘长、刘喜和刘安之中，除了有"代王"之称的刘喜以外，其他三位淮南王，全部制造了企图颠覆皇权的叛乱。结果不是伏诛便是流放；不是畏罪自尽便是锒铛下狱……

最为家喻户晓的一位淮南王是刘安，他叛乱，是因为反对汉武帝强力施行"罢黜百家、独尊儒术"的统治思想，这与他推崇"无为而治"的道家学说南辕北辙，获罪后服毒自尽。我倒是挺喜欢这位多才多艺的诸侯王，相传就是他，发明了闻名天下、造福人间的——豆腐。

淮南市区看上去充满活力，漂亮整洁。一个以煤炭开采为龙头产业的地区，城市里却没有让人呼吸到明显的烟尘。大马路上，国产和进口的汽车在穿梭，购物中心和电影院门前，有年轻人三五成群、无忧无虑的靓丽身影……这是我自二十世纪八十年代出国以来，头一次深入到内地城镇，看到改革开放近二十载国家发生的真实变化。

未曾料想就从这个时刻开始，淮南，成为我生命中一个至关重要的地点。我与她结下的是名副其实的不解之缘。

淮南市党政机关的办公大楼，是五十年代稳重而实用的建筑风格，令人不由得肃然起敬。市府大院就像一个森林公园，各种树木枝繁叶茂，显然是经过许多年的栽培和保护。大片的绿地和花坛上，盘旋起落着白色的和平鸽群，令我联想起欧美国家城镇宁静的街心花园。司机小刘说，如果没有特别重要的访问或接待活动，市府大院是允许周围居民进来晨练和散步的。

我忽然生出一种预感：淮南，也许没有欺骗我和妈妈。但毕竟世事难料，我务必不能掉以轻心。我将不得不面对着陌生的群体，如果我不了解他们，那么最好的自我保护措施，也许就是不要让他们立刻看穿了我的真实身份……

汽车开到一大片如茵的草坪旁边，一间像小碉堡似的鸽子房和一栋朴素的两层小楼，孤零零地独处一隅。

"来了，来了——"

一位举止干练的中年女性，疾步迎上前来。欣喜的表情使我相信，她确实是在等待我的到来。

刷着白色粉墙的小楼一层，并列着市委党史研究室和淮南市新四军研究会的办公室。很简朴，可看上去什么都有。率先迎出门来的那位中年女性，就是安徽省新四军研究会那位王秘书长说过的淮南市党史办主任张兰荣。

张兰荣给我的第一个印象，就是"急"——比我还急。随着她一声响亮的招呼，隔壁就走来几位富有"历史韵味"的老者。他们便是淮南市新四军研究会的主要成员。

"单星单老，是原淮南市委书记；宋长汉宋老，是我们的老市长；柴慎显柴老，是原凤台县委老书记；秦中明秦老，我的老上级老前辈，原淮南市委党史办主任；朱平朱老是《淮南日报》的老记者；还有这位王祥娣大姐也是我的前辈，九十年代初她去过广州，访问过周志机烈士的女儿和女婿……"

我很快就发现了一个有趣的现象：淮南市委党史研究室与新四军研究会，仿佛是协同作战的一个单位、两个部门。这位年富力强的市党史办女主任可谓精明——离退休的老将们余热可用，余威仍在。

大凡"史官"，成见里都是些浑身书卷气息的老者。这位张主任却似乎还没有脱去一身热乎乎、火辣辣的学生气。果然，她是这片土地自己培养的大学文科本科生，普通话里还夹带着缕缕乡音。

我端着浮起碧绿色六安茶叶的玻璃杯暗自揣摩，这是一个什么性格、什么品德的角色？偷偷打量着仅仅比我年轻一岁的她：肤色微黑，举止干练，那几乎没有一点多余脂肪的身材，让我暗自羡慕不已。我这个学过服饰设计专业的人很自然注意到，她的服装太保守，脸上连一点淡妆都没有画……

我被迅速安排在市委所属的洞山宾馆。主楼显然是新建成不久，大堂崭新的大理石地面亮堂堂的，可以照出人影来。陪同我去办理入住手续的张兰荣却被告知，因为一位省委领导的来访，宾馆这整栋几十个房间的主楼，几天内都不对外接待客人了。

张主任安慰我，后面那栋老旧的建筑，是当年为苏联专家建造的，现在，这幢"古董一号"的房费最便宜，一个晚上只收一百二十元人民币，还包早餐。这是我回国后住过的酒店中最经济的消费水准了。

我放下拉杆箱就给妈妈挂了个电话，这位老新四军脱口就夸了一句：我闺女到底也是军人出身！她对我的神速转移表示惊讶。当天的凌晨一点，我刚刚走进合肥的酒店。下午，机关干部们还没有下班，我就已经住进了淮南市的政府宾馆。

我特意向妈妈形容了一番这栋一号老楼门口那条美丽的林荫道。无论在任何地方都堪称罕见的法国梧桐,在道路两边并排耸立着十几米高的粗大树身。茂密的枝叶在蓝天下搭成绿色的拱顶,几乎把炙热的阳光完全阻挡在外。这条路虽然不长,绝对是具有五星级水准的。

我猜想着,前几代市政要员真不愧是环保派人物。这个绿化一流的市府大院和配套的接待单位,在我心中唤起由衷的赞叹。真希望有机会告诉他们,这就是"前人栽树,后人乘凉"的美好境界。

我说,不能和妈妈在电话里长聊了。明天一早,我就要下乡去,亲自去寻找外婆。赶紧放下电话的真正目的是,我不想再听到有关"注意安全"之类的叮咛嘱咐了。开弓没有回头箭——抵达淮南,见到党史办和新四军研究会那群"老中青"后,我那颗原本充满戒备的心,不知不觉地开始变得越来越松懈……

苏联人设计的房子,特点就是天花板比较高,比合肥的那个什么星级酒店要令人舒心的是,没有铺地毯的老木地板很干爽。

打开行李后我才发现,动身前妈妈挂号加急寄到北京来的一包材料中,夹着已显陈旧的公函信封。里面是两份关于外婆大革命时期投身皖北地下斗争的历史证言。

刘贯一同志于一九二七年到一九二八年三月,担任皖北特委机关宣传部部长。新中国成立后,任全国人大常委会秘书长、中共山西省委常委、副省长等职。一九九〇年三月九日,他以八旬高龄,为我外婆做过一纸《关于周志机同志的一些情况证明》。原文如下:

一九二七年六月,冯玉祥叛变革命后,我受上级党组织的派遣到湖北省委工作。因为我是北方人,口音与本地不同,不便在工农群众中开展工作。夏秋之交,党中央决定抽调部分同志组成新的工作团到河南冯玉祥下属部队去开展工作,于是我被调到这个工作团。

工作团有三十余人,全是共产党员,负责人叫曾晓渊。周志机同志当时是工作团的成员之一,据说是河南信阳人。(此时,执笔记录者将周志机同志早年的照片复印件请刘老辨认，刘老看后说："就是她！像当年的样子。"）

我们工作团到了河南洛河冯玉祥国民革命军第二集团军的高桂滋部，同党组织接上关系后，曾晓渊同志被委任为军政治部主任，我被分配到六师一团任政治部主任。周志机同志在哪个部队我记不起了，反正都在高桂滋部队。我们的任务是在高部各部队秘密发展党的组织，准备开展兵运工作。

一九二七年秋，高桂滋部队开到皖北阜阳、蒙城和太和一带，我们又随之到了皖北。不久，蒋介石逼迫高桂滋"清党"，因为担任军、师、团政治部主任的共产党（员）身份已暴露，于是我们的一些同志便离开了高部。记不清周志机同志的去留。

一九二八年二月，我奉命又回到皖北，接上党的关系后分到蒙城任党的县委书记（公开身份仍是在高部一团一营任军职）。此时皖北党的领导人已是魏畴野了。当时党组织指示我们准备组织一营的部队在蒙城举行武装暴动，但因蒋介石的大部队来了，而我们只有一个营的兵力，无法暴动。不久，高部的这个营移防离开了蒙城。我没有随一营走，到太和任皖北特委宣传部（副）部长，宣传部部长是胡英处，后牺牲在阜阳。

到特委后我又见到了周志机同志。她在特委做机要秘书一类的工作（当时特委机关人员不多，除了几个领导人之外，其他人没有明确的职务，所以我说不清她的具体职务），公开身份是（在）太和县一所小学教书。当时我们都在秘密情况下做党的工作，主要任务是宣传组织群众，准备武装暴动。

一九二八年阜阳"四·九"起义前夕，我被派往四十九师做兵运工作离开了太和，没有参加起义。我走时周志机仍在特委工作，我想她是参加了起义的。后来，我听说她被调到颍上工作，其前夫叛变后（敌人）将周装麻袋扔到淮河里牺牲了。

由于她是当时党内仅有的几个女同志之一，她待人和气，性格活跃，又特别能干，所以留给大家的印象是非常好的，至今记忆犹新。应该追认为烈士。

（注：关于周志机的名字，笔者问刘老："你是否曾讲过，周志机的'志机'，应是'智玑'二字？"刘老说："当时处于秘密工作情况下，人名是经常变更的，到底是哪两个字，我已记不清楚了。"）

一九九〇年三月十五日

这份材料在后面有个注明：文字整理人是原淮南市党史办主任张凤高同志。

还有一份文字材料，是廖运周将军亲笔书写的证言《关于我知道的周志机烈士的生前情况》。文中，这位声名显赫的革命前辈，真挚地回忆了他和我外婆共同战斗的故事：

一九二八年四月，中共安徽特委发动并领导陕军杨虎城、高桂滋的部分进步军队在太和县、阜阳交界的刘集举行暴动，建立苏维埃政权。不幸被反革命的武装进攻而溃败。特委书记魏野畴牺牲。特委工作组周志机等同志转移到阜阳继续活动，遇到围困。

中共安徽省委指派寿县县委的廖冠洲（廖运周本人当时的化名）赶到阜阳设法营救他们。我由寿县昼夜赶到阜阳，找到了驻军高桂滋部的营长阎揆要（地下共产党员，黄埔军校一期同学）请他协助。当时阜阳城内大肆搜捕共产党员，城门关闭，不准出入。阎营长秘密给我通行证，我入城找到了周志机同志。当时她在产期快生孩子了，不能行走。我雇车推她出城，脱离被捕的危险。

次日，准备向颍上县转移到安全地点。周志机同志坚决不愿离开。她说，特委尚有三个同志，必须把他们救出来，不能只救自己一个人……她要亲自入城找他们。

她说："宁肯牺牲我自己，也要救出他三人！"

我听了她的话很受感动（粗字的下面，廖将军刻意涂了四个大黑点)。我又找阎营长要通行证。阎很担心她的安全，特派可靠人把我和周利用晚间送进城，才把特委三人安全地接出城（通过吴云回忆录确认，被及时营救出城的三位特委是：吕新民、吕惠民和吕少培）。

周志机同志这种舍己为人、为党的事业不惜牺牲一切的精神，使我**终生难忘**（粗字的下面，又被涂了四个大黑点）。

到了颍上县，她又要求冒险去太和县境内收容参加起义失败的人们。当时白色恐怖道路不通。我和中心县委李乐天同志再三劝阻，才未成行。到了正阳关，我送她到福香堂医院看病，她坚决不去。经医生说服才入院。听到我要去动员学兵连举行起义，她苦苦要求参加起义行动。我派人把她送到寿县，**我的营救任务才算完成**（粗字下面画了一条粗黑的线）。

寿县县委根据省委指示留周在寿县休养。县委又用廖冠洲的家属的**名义为掩护**（粗字的下面，被打了三个小黑点），造成后来我和周志机同志的**误会关系**（粗字下面，又被打了四个小黑点）。实际我从正阳关学兵连起义后，马上又奉命赶回廖家湾发动农民运动，组织"六六雇农大罢工"，我从未到寿县去看过周志机同志。八月中旬我同孙一中、许光达、廖运泽等就离开皖北到北平去了。

一九三六年秋我从祁门赴南京入军校学习。途经宣城，王介佛热情接待。十月，周志机同志给我信说："王自首后，组织上要我对他进行争取、监视工作，想挽留他。我是忍辱负重诚心说教他。奈他蜕化变质、执迷不悟。我们会见后，他颇有戒心。争取无望。我决心离开他回凤台教书，为党工作。你应警惕，切切！志机"

以上是我的回忆。周志机同志忠于党忠于革命事业，不惜牺牲自己的一切。她是党的好女儿，值得我们学习。

（廖运周，原名"冠洲"，一九九〇年除夕）

淮南市党史办早在二十世纪九十年代初期，就展开了对我外婆有关史迹的调研。

廖运周将军亲笔写下这篇关于我外婆的回忆文章时，已是八十七岁高龄的老人。通过他和刘贯一前辈的回忆我得以确信：外婆是一名早期的中共地下党员，英勇无畏地投身过血雨腥风中的革命斗争。时隔半个多世纪，她并没有被一同沐浴过枪林弹雨的老战友所淡忘。恰恰作为她的亲人，这么多年来，我却知道得太少、太迟……

关于外婆的这位老战友廖运周将军，史料有着内容丰富的记载：

一九〇三年出生，是安徽淮南廖家湾人。河南中州大学肄业，黄埔军校第五期炮科毕业。一九二七年春，参加中国共产党。参加过南昌起义、阜阳和正阳关武装暴动，参加发动芜湖兵变……一九三三年与中共失去组织关系。

中国共产党一直非常重视对包括廖运周师在内的原西北军冯玉祥部的争取工作。一九三八年，廖运周恢复中共组织关系，在其任师长的一一〇师建立中共秘密师党委。一九四六年，十一月二十七日，他率师部和两个团五千余人起义成功，使黄维突围计划失败……

一九五五年被授予少将军衔。于一九九六年去世。

有军史专家说：淮海战役胜败的关键之一，是廖运周师的及时"起义"。他是一位名副其实的传奇人物。解放战争期间，国民党兵都在民间抢粮，只有他的部队军纪严明。为了不暴露真相，他只好命令本师的士兵也去"抢"。同时给老百姓留下欠条，承诺取得胜利以后加倍奉还……

后来，在党史办的一盘旧录像带里，出现了廖运周将军和刘贯一秘书长生前的珍贵镜头。当我第一次在屏幕中瞻仰到两位前辈的形象时，他们已先后驾鹤西去若干年了……

年近九旬的廖将军很消瘦，穿着没有佩带领章的军服，风纪扣系得一丝不苟。他举止从容、谈吐清晰，目光明亮，令我对这位黄埔出身的职业军人一见难忘。完全想象得出，这位淮南寿县的豪门公子，年轻时是个一表人才的好男儿。

我真后悔没有在他离世之前去看望他，亲耳倾听他告诉我关于外婆当年的一切。我后悔莫及！那正是我离开祖国赴异邦求学的日子，其实，他为我外婆写下历史证言，也就是发生在不久前的事情。

上海师大历史系萧功秦教授写过这样充满感性而又意味深长的一段话：

……为什么那么多优秀的青年人，会以如此强烈的激情，如精卫填海与灯蛾扑火一样，投入到这样一场革命中去？革命有其残酷的一面，但毕竟是美丽的。

二十世纪是理想主义的世纪，是乌托邦主义焕发出无穷魅力与光环的世纪，也是革命以其自身逻辑来试图改造人性的世纪，是"构建理性主义"给予人们以新生活的意义，同时又摧毁着人们的诗情梦幻与追求的世纪。

外婆的青春时代，是属于理想主义者的时代。廖运周将军也和她一样，出身于大地主家庭。他们这样一批富家子弟，甘心舍弃与生俱来的财富和安逸，自觉自愿地在黑暗中上下求索，苦不言难、死不足惜地追随着一个与执政党和既得利益集团实力悬殊的"非法"政治组织。正如古人所云：挟山超海不足以喻其难，临渊履冰也难以形其险。

一个人的宿命，特别是一个女性的宿命，无论信仰什么"主义"，也许都无法逃脱冥冥之中的主宰。而谁又能够否认，宿命与性格之间那无比微妙的关联呢？刘贯一伯伯说过，当时在一起并肩战斗的地下党员中，女同志很少。冰雪聪明的外婆，为什么偏偏选择了一个新中国成立前夕逃之夭夭的"反动派"呢？

一个私念闪过我的脑海：如果外婆当时在自己的队伍中，没有选择那个莫名其妙的王介佛，而是选择了两者关系也曾经被"误会"过的廖运周，无论是作为一个革命者，还是作为一个女人，她的命运是否就会有着截然不同的结局?同样作为女性,我永远也无法揭示外婆当时抉择爱人的真实心理。

淮南,正是我外婆邂逅了所谓"宿命的男人"王介佛的地方。在静悄悄的一号楼里,我几乎彻夜未眠,仿佛,有个巨大的悬念吸引着我,一步步向历史扑朔迷离的深处走去……这片土地一定埋藏着比我想象的更多的秘密。而这片土地是诚实的吗?

八　爸爸妈妈和外婆的河

迎来淮南的第一个早晨,我穿过美丽的法国梧桐林荫道,回到绿草如茵、白鸽盘旋的党史办门前,与张兰荣主任等人乘坐上开往淮南市潘集区的汽车。

潘集,就是那个给妈妈打出了"可疑电话"的乡镇。我心想,什么"调查仅限于到市委党史办,即可打道回府"……这回,我是彻底违反之前"规定"了。

路上,市新四军研究会的秀才、老记者朱先生跟我聊起淮南的天文地理、风土人情和八公山:《晋书·苻坚载记》中有"坚与苻融登城而望王师,见部阵齐整,将士精锐。北望八公山上,草木皆似人形……怫然有惧色"的典故,从此便有了"草木皆兵"这个世人耳熟能详的成语。

据明代著名医学家李时珍的《本草纲目》记载:"豆腐之法,始于淮南王刘安。"有关八公山的豆腐传说之一是,刘安在家炼丹不成,胸中烦闷,外出散心。忽见对面北山下来八位老人,须长齐胸,神采奕奕,健步如飞。刘安大惊,疑遇神仙,便求教长生不老的妙方。答曰:常吃一种用磨碎的大豆做成的食物。刘安如法研制……从此,豆腐的美味连同制作方法,传遍了天下。

世间本来平凡的事物,一旦成为广泛的事实,那便是最不平凡的创举了。瞿秋白说过,"中国的豆腐世界第一",此言真乃精辟之至。难道,还有比豆腐更加可口的人间美食吗?你可以发誓一辈子不吃鱼翅、燕窝,但是没有勇气发誓,此生此世不吃豆腐。它不但好吃、好消化且富有营养,架不住它还那么便宜。穷人、富人,谁都不会羞于承认自己爱吃豆腐……在中国,在世界,豆腐面前才是真正的"人人平等"。

也难怪我妈妈那么爱吃豆腐了。多少年来,不愿意承认自己是淮南人也不行,她本来就是豆腐之乡的后代嘛。车上的东道主们许愿,在淮南的每一天,保证我顿顿有咱八公山的豆腐吃。果然,我从早上就开始吃豆腐:宾馆餐厅的自助早餐,必有用豆腐皮、豆腐干凉拌的小菜,豆腐丝煮的"胡辣汤",等等。更不要说中饭、晚饭的桌上,不乏各种豆腐佳肴了。

淮南让我见识过一品令人惊绝的豆腐料理:不比拇指大的精致小饺子,是用嫩豆腐做的。我想强调,那饺子皮儿可不是豆腐皮做的,而是入口即化的嫩豆腐啊!我跟旁人探讨过,豆腐饺子的外形可能是特制的小模子倒出来的,而那肉馅,是不是用注射器打进去的?对我这个天生的吃货,淮南的小豆腐饺子,就是睡着了也会为之垂涎三尺。所谓舌尖上的艺术,不在于素材如何昂贵,便是特指这"化平凡为奇迹"的智慧结晶。

我生出无稽的想象:外婆让我迷上淮南这片土地的美食,其实是在引诱我这海外游子对故乡的回归。勾住了外孙女的味蕾,就能够拉近祖孙间的距离。每个走在天涯海角的人,都会怀念那笼罩着亲人身影的腾腾蒸汽,为此,千山万水总要踏上回家的路……

我妈妈甚至不敢肯定自己出生在一九二"几"年,具体地点和具体月份更是一无所知。原因也许是就在外婆去世的那年秋天,她在老百姓的磨坊里生下了我的大哥哥。战争中极为恶劣的卫生条件下,得了一种可怕的产后症,叫"紫癜"。连续昏迷了好几个日夜,苏醒来的刹那,竟把照顾她的师医院护士吓得尖声大叫!妈妈回忆说,当时自己的瞳孔放射出的视线,看到的所有人影都是三角形的。"也许,地狱里的牛头马面,就是那个样子。"

这场死里逃生的产后大病,夺去了她的记忆。许多往事中的日期、地点、人名、经过……都被遗忘得一干二净。只有关于自己的母亲，点点滴滴，依旧是她脑海中最难以失却的印象。现在回想，我在妈妈身边，零零星星、断断续续地，其实听到过许多关于外婆的故事。

妈妈说，自己一出生就先天不足，从小爱生病，外婆说她是"天下顶难养的孩子"。连续好几年一直在"打皮寒"。每天下午发起冷来，盖几床被子也哆嗦得上下牙打架；发起烧来，三九天穿着小单裤，仍然大汗淋漓。

外婆跟附近的羊倌说好，每天买他一小罐子新鲜的羊奶，逼着女儿喝下去。妈妈从此腻透了羊奶的那股子膻味儿，以致一辈子不吃羊肉。在妈妈上学的路上，有一家豆腐坊。每次老板娘看见妈妈早上从门前经过，就要大声招呼着"娥儿——"，端个小板凳让她坐下，当天早上新磨出的豆浆上面，还浮着一层发亮的豆皮儿，盛上满满一碗，也是看着小姑娘喝下去才算完事。为了让女儿补充足够的蛋白质，外婆一次就会付给豆腐坊一个月的豆浆钱。

跟羊奶相反，妈妈今生今世最喜欢的食品，就是豆腐。我们兄妹每逢下馆子请妈妈吃饭，都要问问她，要不要点个跟豆制品有关的菜或汤。

当我还很小的时候，妈妈就教给我唱一首儿歌。充满童心意境的歌词和旋律，至今我都喜欢：

母鸡带小鸡，跟东又跟西。
母鸡叫得"咯咯咯"，小鸡叫得"叽叽叽"。
母鸡骂小鸡，你这个笨东西！
我叫你唱"咯咯咯"，你偏要唱"叽叽叽"。

我在幼儿园没有听过谁会唱这支儿歌。妈妈告诉我：这是你外婆留下的歌。

妈妈上小学前，有一个时期是在北京和上海度过的。乡下的婶子、媳妇们，每年都会把闲时缝制的小绣花鞋，邮送来一大包。妈妈知道我从小喜爱绘画,对美丽总是特别敏感。她对我详细地描述过那些巧手精心制作的小鞋子们。说是有的鞋面上,蝴蝶翅膀和花瓣儿都是立体的,五颜六色的,可漂亮了!

也许因为外婆自己的脚在童年受到过伤残,生平最讲究的,就是脚上的鞋。她亲自为女儿试鞋,哪怕是有一点点"不跟脚"——这好像是河南信阳的乡下土话,就是不合适、不舒服的意思,那鞋的花样儿绣得再漂亮,也是不让穿的。

我想,外婆一定是个痛恨任何意义上"被穿小鞋"的人。以致我儿时的记忆中,就有妈妈常常挂在嘴边的一句来自外婆的老话,叫"松鞋紧袜子"。妈妈为人处世,耿直、倔强得出了名。为了大是大非,跟谁都敢顶牛。"文革"前,因为直言上书反映"四清"运动中基层干部迫害农民的问题,她被好一通打击压制。

妈妈总说,自己是个"不会做官的人"。我呢,从小到大被公认是个不堪救药的任性东西,年轻时就写过很多不受待见的文字……从任何角度来评价,我们家三代女性,都是那种无论在家庭或在社会,绝难忍受任何小鞋子挤脚的人。

淮南市新四军研究会的老同志,为我准备了一本城墙砖般厚重的《凤台县志》。事前已经做了记号的一页,马上就被展示在我的面前:《人物篇——周志机》。毫无疑问,早在很多年前,地方史志的研究者们就已把外婆作为当地的历史名人,用文字形式载入了史册。我竭力掩盖着内心的感激,把这块出人意料的"砖头"紧紧抱在怀里。

让我暗暗吃惊不已的是,关于我的外婆和外公,当地的史官们在某种程度上,比我妈妈更加熟悉。而且,针对周志机、王介佛这对夫妇的生平以及重大事件,还长期存在着种种争议。尘封多年的历史,连他们的亲生女儿都一度放弃了追究。在这一方我完全陌生的土地上,点点滴滴,却从未被忽略……

《凤台县志》提供了线条相当清晰的轮廓,有一个信息可说是至关重要：根据考证，周志机出生于一九〇二年。那么，在阜阳暴动中身怀六甲的她，是二十六周岁。在当时，应算是高龄产妇了。

这部县志还明确地告诉我：外婆在当地家喻户晓的名字不是周志机，而的的确确是"胡之光"。自阜阳暴动失败后，周志机就隐藏起了她在从事地下兵运和武装起义期间的名字。从此在淮南地区化名胡之光，继续从事党的秘密工作。

显然，我身边这些长期从事地方史志调研的专家们，对周志机与胡之光两个名字之间的联系，了如指掌。我想，现在可以排除我和妈妈的另一个疑问了：外婆来到淮南地区后化名胡之光的原因，正是地下斗争严酷的环境所迫。

外婆生下女儿后，借住在曾任安徽省都督的辛亥革命著名人物"寿县人柏文蔚"的老宅休养。有一天，突然有陌生人闯进了柏家的院子，外婆便又秘密转移到了一个叫白塘庙的地方小学，以教员的身份为掩护，继续从事党的工作。

在去淮南的路上，朱先生告诉我，出身于凤台县廖家湾的廖氏三兄弟，因为都是共和国的将军而在当地声名赫赫。这个家族与他母亲家是沾亲带故的，因此他曾从廖运周将军的回忆录手稿中，看到过不少关于周志机和王介佛的有关记忆。廖将军生前说过一句话："周志机同志是我们安徽的赵一曼。"

这句话让我深感震撼。赵一曼，当然是我们这一代从小熟悉的女英雄。她的名字出现在课文里、电影里、故事会里……也许，我低估了自己的外婆，低估了她在人们心中的位置。

"淮河，到淮河大桥了。桃子同志，看，这就是淮河——"

二十世纪八十年代初期，广州军区文化部的领导委派我担任过爸爸的文字秘书，为时一年半。爸爸去世后，他的所有手稿，妈妈全部交给了我这个"老秘书"。其中最长的一部遗作，标题就是《淮河》。

车子特意为我停下，这是一座连引桥在内长达三公里的宏伟大桥。

车上并没有一个人真正理解,这条生平初次相逢的大河在我生命中的意义——她是爸爸妈妈和外婆的河。

　　淮河发源于河南省南部的桐柏山,干流全长一千公里。无法想象,在并不太长的流程中,她是怎样积蓄起如此浩瀚的水量,形成了如此宽大的河面?苍茫的景色,完全出乎我无数次的凭空想象:淮河,竟是一条这么朴素而又名副其实的大河。默默淌过平原的身影,坦荡、壮阔。从无尽的天际流淌而来,向无尽的天际流淌而去……那浅灰色的巨流,犹如历史洪大而低沉的一脉长叹。

　　这条大河哦,我从小就听爸爸、妈妈念叨着她的名字,一百次、一千次……如今我已年过半百,却是第一次来到她的身边。如同从小就知道我家有个"外婆",却是第一次千里迢迢地跑来,寻找她生命的踪迹。淮河边,这群朴实、热情的淮河儿女并非亲族,仅仅是出于"共同的信仰",他们,从来也没有放弃一位远去的老战友。

　　可已经说了"谎话"的我,无法坦白地告诉身边的任何人:我就是周志机的亲外孙女儿。来到淮南之前,我只关心我的外婆——她是谁?她在哪里?她生前怎样活着?又为什么离奇地死去?到底是谁谋杀了她?为什么她会遭到残酷无情的暗害?我不过是单纯地希望,还原真相,给妈妈一个祥和的晚年。

　　蓦然间,我的内心充满难以表述的不安、感激和期许。

九　千里有缘的潘集和王圩子

过了淮河大桥后不久，到达了淮南市所辖的潘集区。那些不久前打了数个电话到广州，弄得我妈坐立不安血压升高的"陌生人"们，就住在这个地方。

潘集于二十世纪七十年代才划出凤台县，成为淮南市所辖的一个区。街景也像许多匆匆忙忙就启动了改革开放的城镇一样，柏油马路两边，拥挤着缺乏整体规划的新楼宇和旧房屋。

这里也有一批新、老干部，很在意自家这片土地上发生过的历史。小小的潘集地区之所以得到了特殊的许可，被有关部门批准成立了新四军研究分会，是因为当地拥有过一个抗日政府。北京新四军中原分会那位负责人的疑问之一——潘集新四军研究会存在的合法性，显然是可以排除了。

研究会的负责人岳文善会长亲自率众，陪同我先去参观集资营建中的一个革命纪念园。主人们告诉我，那里将展出包括胡之光在内几位当地著名革命者的生平简介和事迹。

我的眼前，拔地而起的是一座用水泥铸造的牌坊。我抬头凝视着它独特的建筑设计：四根方形的柱子，支撑起两端飞檐向上微微翘起的顶梁，一对身体呈波浪状的龙面对面，簇拥着一个像是火焰球一般的物体。我断定，这是中国传统的吉祥图腾，叫"二龙戏珠"。牌坊的垂檐下，阴刻着"凤台县抗日民族政府纪念园"几个大字。

二十世纪九十年代，我在探索世界文化的旅途中，独自一人走进了印度加尔各答穷人聚集的城区。污水横流的街道两侧，肮脏斑驳的墙壁上，画满了镰刀、斧头、红旗和马克思、列宁的画像。旅行团绝不会带游客参观这样的地方，这是很少出现在媒体镜头中的景观。

军阀混战、生灵涂炭的旧中国，外婆和外公，还有廖运周兄弟，他们的青春时代为救国救民热血沸腾，奋不顾身。那么，在和平盛世的今天，对于大多数青少年而言，信仰，到底应以怎样一种形式，走进他们的精神世界？这是一个令我感到困惑的问题。

于是，我努力去想象：脖子上系着红领巾的乡村小学生们，会在烈士像前敬个举手礼，也许还要唱两支歌。然而，他们只要回家打开电视或电脑，轻而易举地就衔接起与世界无限量的联络：选美、探险、情爱、成功、致富……五光十色、激动人心的画面和故事，将比比皆是。

现在我所生活的异国，同样面临着青少年的思想教育问题。如果我是一名教师，应该对今天的孩子们说什么？怎么说？如何才能感动且引导他们，在和平年代拥有一种以社稷为重，为祖国奉献的大义情怀？

失去了胸怀理想、英气勃勃的青少年，国家和民族将是没有希望的。也许，正是看到了这一点，我的外婆在投身革命事业的同时，毕生没有放下教鞭。潘集的老同志们对红色传统的坚守，同样令我感动。

突然，我发现有摄像机镜头正在对着我拍摄，颇感诧异。陪同我的岳会长连忙解释说，这是区政府宣传部门的摄像人员。听说有"北京的同志"专程前来了解胡之光烈士的事迹，就赶到这里拍摄现场的交流情况。我暗自倒吸一口气：幸亏人家还不知道，我就是胡之光的亲外孙女呢！显然，这个秘密眼下是万万不能暴露的。

谈话很快就进入关于胡之光烈士墓的问题，所有人却众口一词地说：现在不要到老墓地的现场去。我纳闷了：你们各位在电话中对我妈妈信誓旦旦，说是找到了"烈士遗骸"。既然此刻我这个从"北京专程"到来的调查员与烈士墓已经近在咫尺，怎么能不去呢？

研究会的岳会长笑眯眯地解释说，农民在赶种晚稻，放水淹断了能够通车的道路。谈话进入了僵局。本能告诉我：不让我去，其中定有"猫儿腻"。我保持着脸上乐呵呵的表情说：那有啥？我当兵的出身，跟老百姓借块门板也能漂过去呀！也许，我说话的口气就跟电影上的老八路、老新四军一样坚定、豪迈，阻拦我的一屋子人终于让步了。

在下乡途中，潘集镇子上唯一一家小鲜花店被我扫荡一空。我庆幸地想，若是放在从前，也许当地根本就找不到一朵像样的玫瑰和百合。鲜花，是和平与繁荣的象征。庄稼还不够人吃的土地，怎么容得鲜花的存在呢？很显然，我不能否认亲眼看到的进步与发展。

一位生得浓眉大眼的高个子主动自我介绍说，当时往广州打电话的人中，就包括他。论血缘和辈分，他应该叫我外婆作三婶，叫我妈妈做姐姐。我呢，在心里暗暗定位他为舅舅。在下乡的路上，穿过了一道淮河防洪大坝，这位"舅舅"特地让车停下来，指着对岸水平线上的某个位置：

"你看，那里就是当时发现我三婶尸体的地方。"

"舅舅"描述道，那是一九四六年农历七八月，淮河涨了水。胡之光本来应该顺水向东一直漂走的，正巧那里有个河湾儿，当年长满了苇子。就这样，她被挡住了，掉转头又奔着西边往回漂。正好就漂回到了她公公家的秫秫地边儿……

"多巧啊！要不，咱们这儿的老百姓都说，胡之光这人有灵性呢。她一被捞上来，大伙儿就喊起来了——天啊！这不是王善臣家的老三媳妇吗？"

"那会儿，当地的乡亲们都认识她吗？"

"那咋不认识呢？都认识的。三婶待人可好哩，在凤台县城里开了个'长淮贸易货栈'，是共产党的大能人。三婶经常回来看看她的老公公、老婆婆，还有她一手带大的王克书。听到人喊，王善臣老爷子跑到河边地头来一看，真是家里的老三媳妇，赶紧叫人打了口松木板棺材。

"那时，村里有个嗜酒的单身汉，只要有酒，什么别人不敢干的为难事他都敢动手。老爷子特地给他打了两斤烧酒，把一身新裤褂，请他帮忙给三婶换上以后，才钉上棺材盖子，好好地装殓了……"

"这都过去快六十年了，当时埋葬胡之光的地方，现在还能确定吗？"

"那咋不能确定呀？我就是那个村里出生长大的嘛！谁都知道，周围整整十八亩田，当年都还是王善臣家的。说也怪了，以后，那一大片庄稼地，就再也没有造过别人的坟。连王善臣老爷子自己死后，都没有埋在那块地里。

"唉，我们三婶子胡之光牺牲的时候天太热，尸体已经开始腐烂了。可是，有人亲眼看见，她刚被捞上来，眼睛里就流出了鲜血。村里的老人们当时都说，她这是，这是见到了亲人啊——"

我赶紧把墨镜重新戴起来，生怕那位王姓舅舅看见，我这"外姓人"的眼睛，正在流出酸涩的泪水……

这是我第一次听到有人对我说，外婆她是一个好人。

记不得去王圩子的路上，有多少张嘴在跟我唠叨着胡之光那座存在了将近六十年的老坟——

"过去那块地产，是王介佛的儿子王克书的。土改以后，地都被分了。搞合作化、人民公社……可胡之光那个墓，一直都没让动过。"

"王克书在世时，一直都是他在扫墓。他死了以后，就是他的儿子和孙子们在扫墓。五六十年来从没有中断……"

"七十年代，在那块地上建了座乡卫生院。烈士墓正好就在院子里，医院的人还给围了个花坛呢。"

"当地年龄大些的孩子都还记得，过去每逢清明，学校都会组织师生们去扫墓。要不，连好多三四十岁的人咋也都知道，咱们这儿有个为革命牺牲的胡之光呢？"

"一直到八十年代后期，农村改革开放了，学校才没有再组织扫墓……这个老墓，被王克书一家三代人守护到今天，不容易啊！"

"可不是嘛，上面有政策，要跟死人争地，几十年来，不知平了多少回老坟。"

我的心，再次感动得暗暗发颤——正是潘集这块土地，从来没有冷落过她，我的外婆哟……

身边的人们对我说，王介佛年轻的时候，在家排行老三。是"保"字辈的，原名叫"王保启"。我觉得这个名字挺幽默，有点儿像电影里某个小财主的名字。

妈妈告诉过我：外公上大学时，经历过一桩倒霉的包办婚姻。父母强行做主，把邻村一个富农的姑娘，娶来给了这个被家族视为骄傲和希望的三儿子。但这个已开始向往新生活的洋学生，虽是被"牛不喝水强摁头"地拜了天地，却不出三天，拂袖离家出走。

我也多少知道，人们反复提到的那个"王克书"是谁。"王老三"的新媳妇竟然就在那短短三天的包办婚姻中，为丈夫怀了一个儿子？！这令性格刚愎的王介佛愤怒不已，他至死也没有承认那被取名叫"王克书"的男孩，就是自己的亲生儿子。

可怜那位好歹是明媒正娶过门的三媳妇儿，生下个根本不被丈夫承认的儿子之后，没过多少日子，年纪轻轻地便撒手人寰。知道这桩往事的妈妈说，当年谁都认为，王介佛的那个原配妻子，就是"活活郁闷死的"。

抗战爆发，拥有着煤矿资源的淮南沦陷敌手。外婆把王介佛原配亡妻留下的儿子王克书，也一起带到河南信阳的娘家，一直抚养到八年抗战打跑了日本鬼子以后，才亲自送回给安徽的老王家。

我妈妈说，王克书因为亲娘死后不受人待见，而且还被土匪绑过一次票，小小年纪受到了惊吓，智力发育受到了影响。跟着个会教书的养母一起生活了八年，到头来，连字也没认全。那时，倒是王克书管我外婆叫"妈"，而我妈妈是管我外婆叫"娘"的。

我们全家几个孩子，谁也没有见过这位舅舅。妈妈说，新中国成立后生活一安定下来，她也给王克书写过信。当然是希望能够通过他，找到我外婆的尸骨。可是……

仿佛走了很多弯路,终于看见淮河边开阔的原野中有一片农舍,似乎还是个人口不少的自然村——王圩子。

我随着表情有些犹豫的主人们,走进了村中一个民办的水泥预制件厂。几百米见方的厂院里静悄悄的,没有人在上班。除了一些水泥板材,就是凌乱不堪的杂物、垃圾。

很快,眼前出现了一个表情有些木讷的中年男人和三个身材敦敦实实的青年男子。他们是从河边挖沙子的施工现场被临时叫回来的,满脸涂着太阳的颜色,浑身散发出体力劳作的气息。

"这就是胡之光的孙子王怀邦,还有他的三个儿子。"

作为北京专程前来调查烈士事迹的同志,我被郑重其事地介绍给王家的父子四人。我趁着握手的机会仔细打量着他们,感觉有点儿怪怪的。

眼下,他们才是当地公认的烈士后代。如果外婆当年没有牺牲,八十岁、九十岁地一直活到我出生、长大以后的日子,我会不会早就来到过这个叫王圩子的村庄?我会在这些乡下亲戚的家里度过暑假,淮河的风,是不是早就吹拂过我黑黑的头发?回北京的时候,是不是我也能抱着一个装满了南瓜子的小枕头?

"就在离这棵树一丈多的位置,是我家老奶奶的坟。从五岁开始,爹就带我来上坟了……"

年逾五十的王怀邦,在当地乡干部的鼓励下,终于操着一口方言乡音,向包括我在内的一行来人指证着。可眼前,除了杂物和垃圾,我什么也没有看到,哪怕是一个寒酸的"土馒头"。

我不知道,这地方的人,是否时时刻刻都在准备上坟。就像变魔术一样,王家子孙们的手里,出现了一大盘红色的鞭炮和一大摞黄色的纸钱。紧接着,就是一场惊天动地、烟熏火燎!我已经习惯了国外静悄悄的扫墓形式:两束鲜花、几瓢清水……此时不由暗自惊叹:原来在妈妈的家乡,沿袭着如此轰轰烈烈的祭祖风俗。

被震得嗡嗡直响的耳朵边,传来研究会负责人岳会长对两个年轻的乡政府干部严肃的嘱托：要马上把胡之光的墓恢复起来。要保护好这个烈士墓。要马上找人用砖先围起来。要等待区里做出正式的决定。要……

　　我把鲜花放在水泥预制件厂的垃圾堆中间，心里弥漫着说不出的茫然——在这看不到任何痕迹的土地上，难道就算是真的找到了我的外婆吗？难道我应该相信，妈妈日夜思念的母亲，就躺在这片农民私营水泥预制件厂的垃圾下面吗？我没有提出当场开坟寻骨，带到北京去做DNA鉴定的要求。

　　并非因为我这谎称"非亲非故"的身份，在烈士的子孙们面前显得师出无名。而是因为淳朴的守墓人那几分愧疚、几分悲戚的神情，那毫不做作的手足无措和伤感的目光，触痛了我的心……

　　自家这座宝贵的烈士墓，被夷为平地，"从五岁开始"就"跟着爹来上坟"的王怀邦，一定感到既无能为力又无可奈何。

　　我终于相信了，潘集新四军研究会没有对我妈妈说谎；淮河岸边这个叫王圩子的村庄，也没有说谎——外婆，她就躺在这片泥土下。

　　从王圩子回到潘集镇，我吃了一顿丰盛的乡土料理。这是被我怀疑过存在真伪身份的潘集新四军研究会的招待。用淮南豆腐红烧一种淮河的野生鱼，肉质极为鲜美嫩滑。

　　此鱼负有盛名。传说西汉淮南王刘安说过："吾一日不能无'肥王'！"桌上的东道主们告诉我，这种鱼对自然生态的依赖性比较大，所以不易进行人工养殖。随着淮河水质的逐年下降，更是成为当地身价不菲的贵重食材了。

　　爸爸留下的遗作《淮河》中，也提到战时为了使秘密运盐的河船，通过敌人封锁中原解放区设在水路上的重重关卡，老船夫就是用这种鱼，贿赂上船搜查的国民党士兵的。

　　我还吃到王圩子一带出产的西瓜，又沙又脆又甜。不由想起妈妈对童年的回忆：七七事变前，她和母亲一度回到了淮南。那时，王善臣家的田产是一眼望不到边的。瓜熟时节,过路人进了瓜棚,吃瓜不要钱,只要把瓜子留下就行啦。

淮河岸边,真是资源物产丰饶、世风民情温厚的一片大地。

妈妈对我说起过,外婆是个孝顺的媳妇。虽然一九三六年她就与王介佛分居了,但和公婆的感情却一直很好。

公公王善臣经常打发自家的长工,赶着一辆带凉席棚的马车,到凤台县城我外婆教书的学校,接"老三媳妇娘儿俩"回到王圩子的家里来。淮南平原上的好几十里土路,晃晃悠悠要走一两个时辰。老王家的马车一回村,从老太太、大婶子到小媳妇、大姑娘们,都高兴得什么似的。外婆每次回王圩子去,都为公婆、妯娌和同村的族人乡邻们,捎些县城里才有的洋花布、消炎粉……事前,哪件礼物送给哪家,总是想得很周全。

回县城小学的马车上,装满了农家地里时令的收获。夏天里,肯定是堆一车王圩子特产的沙瓤西瓜。外婆同样会给包括老校工在内的同事和学生,捎回几多欢乐,几多口福。

外婆还特地托人到广州,扯了一种叫香云纱的面料,自己抽空动手裁剪缝制出来给王善臣老两口。这身行头在当时可算是最时髦、最讲究的东西了。就跟染了层黑漆似的闪闪发亮,是丝绸却不打皱,穿上身又挺括又凉快。王善臣老两口只有逢墟赶集,才穿出家门招摇一番。

最有意思的是,王善臣老头居然一直尊称外婆作"周先生"。这在当时的中国农村,可以说几乎是绝无仅有的。老人家心里明镜似的,虽说这个儿媳妇已经跟自家的老三翻了脸,却比亲生女儿都孝顺。

我因此想到,"革命""解放""真理""主义"……不能仅仅是苍白无物的一堆说教。那个时代的共产党人,正是把他们的政治主张连同人格品德的魅力,一起植入到了民众的心里。

王善臣鼎盛时期到底拥有多少亩良田,多大的家产,谁也说不清楚。七七事变以后,国民党政府以支援国家抗战为名,苛捐杂税多如牛毛。妈妈说，那可真是名副其实的"多如牛毛"啊！被名目繁多的各种"税"弄得晕头转向的王善臣，最后干脆是接到张征税单子，就往墙上一贴。结果屋里的整整一面墙壁，都被这些红红绿绿的小纸条子给覆盖满了……这是我妈妈历历在目的情景记忆。

外婆毕竟是个大家闺秀，年轻的时候不但会工作挣钱，还很会理财，加上自己那位夫婿家财万贯的同胞姐姐慷慨的馈赠，战火波及中原地区之前，她从上海来到凤台教书，把几十箱衣物、书籍等值钱或寄托着念想的物品，存在王善臣在王圩子村的庄院里。

日本人占领了皖北地区后，外婆坚决不愿在侵略者的统治下继续教书，只好带着我妈妈和王克书两个孩子，又流亡到河南的老家。她走后，日本鬼子的飞机投下炸弹，把王善臣家一大片青砖瓦房炸成了废墟。皮之不存，毛将焉附？外婆的那点儿家当，自然是无从另当别论——统统都被烧光了。我想，如果没有那场家国之难，也许后人还能找到一些外婆存世的照片。

抗战胜利后的一九四六年，当外婆带着我爸爸、妈妈和王克书等一行，从大别山根据地来到王圩子时，王善臣一家是住在寒酸的茅草房里的。他们再也没有财力重新建造一座像过去那样气派的大宅院，抗战期间还不得不变卖了大部分的田产，以应付不堪承受的苛捐杂税。家境随之每况愈下……

忘记是谁讲过：宁为太平犬，不做乱世人。最坏的和平，也比最好的战争更宝贵。谁说不是呢，承受着动荡磨难却万般无奈的，总是黎民百姓。

从以往的谈话中我感觉得出，妈妈其实很喜欢自己的祖父和祖母，那住在淮河岸边的开明地主王善臣夫妇。

通过整理爸爸的遗稿我看到，中原突围最危险的时期，有一些化装转移的同志，是从外婆和爸爸开辟的这条淮河秘密交通线，闯出了铁壁合围中的大别山根据地。路经淮南的时候，他们在王善臣家里藏过身。

爸爸描写了一个善良的老地主，如何心惊胆战，又如何竭尽全力地保护着他心力交瘁的战友们。面对左邻右舍探究的询问，老头儿目光闪烁地一会儿说，前天刚走的是什么"表侄一家子"；一会儿说，昨天才来的又是个什么"远房外甥"……

不管是出于什么心理，王善臣老头儿至少给足了老三媳妇的面子。在这种国共冲突已达到白热化程度的形势下，私自窝藏"流窜逃跑"的共党共军，一旦东窗事发，当然是难逃坐牢、杀头之灾。

在新中国成立后的史料编撰中，有的人更情愿说，自己是"武装突围"而非"化装转移"。我妈妈在某位老战友的个人回忆录中，读到他自称参加了"武装突围"。但妈妈分明记得，当时，他就是从淮河这条秘密交通线化装转移的干部之一，"还在爷爷家里打过尖儿呢"！

"打尖儿"这个方言词汇，我是从爸爸妈妈嘴里学来的，大概就是"吃饭休息"的意思。

王介佛的亲生母亲，为老王家劳苦功高地生下了六个"保"字辈的儿子。可没享几天"儿孙福"，便早早离开人世。

我妈妈所熟悉的祖母，其实只是祖父王善臣的填房。这位填房祖母叫什么名字，完全记不得了。不过，也许那本来就是个女人根本不需要名字的时代吧。只知道她是个祖籍东北的女子，军阀混战期间，在东北军中当团长的夫君战死之后，她只身一人漂泊在中原。

命运使然，绝望中遇到了丧妻数年的皖北地主。那天，王善臣到镇上赶集，回家的时候，身后就跟着这位落难的"原团长太太"。也有人说，她只是个"姨太太"。无论如何，流浪的寡妇在淮河边得以重新安身立命。

王圩子全村谁都知道，这个王善臣"赶集捡回家的北方女人"，做得一手无人可比的好面食。大忙时节，她每天亲自下厨帮忙，给下地收割的长工和短工们烙饼，动作麻利得很。旁人就见一张接一张的大饼在锅沿儿上飞，转眼工夫就是一大摞子。

乡邻们都说，老王家那个北方女人身强力壮且出手不凡，如果儿子们敢犯浑，俩、仨都不是他们大个子后妈一人的对手。尽管这个北方女人并没有生育过一男半女，仍然坐稳了这户乡下大宅门里女主人的席位。她颠着一双小脚，屋里屋外，勤劳肯干，难得还是个识文断字、知书达理的妇人。

农闲的时候，她的身边常常围着一群纳鞋底子做针线活儿的村姑们。这位上过几天私塾的东北祖母，会把从民间老书里读来的那些因果报应的宗教故事，一五一十、绘声绘色地讲给她们听。妈妈儿时生得特别瘦小，总会被这位身材高大、健壮的祖母放在"大襟兜兜儿"里，仰着张小脸儿，跟婆婆、婶婶们一道，听故事听得是津津有味。

新中国成立以后，妈妈听人说，祖父是在土改前"突然病死"的。而那位会讲故事、会烙饼的大个子奶奶，却是生死下落不明……

饭桌上，潘集的东道主们七嘴八舌地跟我聊起老王家的旧事。他们告诉我，王善臣在新中国成立前夕，因为自己有个儿子在国民党政府里做大官，被一些心里向着共产党的同村人，风言风语地吓得终日里惊魂不定，不明不白、没病没灾的，很快就过世了。

他那位大个子北方老伴儿更遭罪，土改时被村民们边打边追问：地主婆，你把钢洋都藏在哪儿？打得她扛不住了，只好瞎招供，一会儿指一个地方，带人去乱挖一气。自然是啥也挖不出来，就被打得更狠。后来，老太太孤零零投奔了别的村庄一户远亲，在那里度过了凄贫的晚年。听说，她大概是在二十世纪六十年代初困难时期过世的。

我的脑海泛起过一个念头：妈妈那位大个子北方祖母的一生，亦是如此典型而不失传奇，何尝就不是一部文学作品的题材？

热乎乎的一顿乡土酒饭之后，我才被潘集新四军研究会的老同志们坦率告知，骗我说"发了大水"，去架河乡王圩子的公路被冲断了云云，就是因为我的到来，如同一场突然袭击。处在完全没有准备的被动现状下，实在是不愿意带我去看胡之光那座外表已经荡然无存的老坟。

我却不能不从心里承认，淮河边这个叫潘集的地方，是能够找到妈妈童年记忆最多的一块土地。这里有个叫"王圩子"的古老村落，有过爷爷家地里又沙又甜的西瓜，有过大个子奶奶讲不完的故事，有过让战友们在突围途中"打尖儿"的一片屋檐……

十　活在学子心中的周先生

　　用妈妈的话说，外婆就是一位教师，她教了一辈子的书。
　　日本鬼子占领淮南以前，外婆在凤台县一小教过书。因为她是个公认教学经验丰富的好教师，所以校方的聘用契约写明，付给她比一般教师高出很多的薪水。妈妈还记得，是每月三十块钢洋。这在当时，无疑是个大数目了。
　　因为教育经费的严重匮乏，直到抗战全面爆发外婆离开安徽，凤台一小还拖欠着她一大笔薪水。妈妈笑着对我说，个子高高的高校长，自然是永远无从兑现了。
　　妈妈至今仍无法忘怀的是，外婆在凤台县一小的那间宿舍，十几平方米的小屋里有一张木板床，娘儿俩并头睡；一张小木桌，外婆伏案在那里批阅学生的作业和卷子；还有一只放换洗衣物的旧木箱子和一个脸盆架子。外婆特别爱干净，地面总是被她扫得纤尘不沾。
　　鬼子打到凤台县之前的一天晚上，妈妈和外婆在校园里纳凉，见到了一个奇异的景观：小学校的围墙头上，突然出现了数不清的黄鼠狼。它们大大小小地排着队，在月光下无声地穿行而过。外婆惊恐不已地抱着女儿说："天下要有难了啊，孩子——"
　　果然不出一个月，日本鬼子的飞机就炸毁了这座美丽的小学校园。
　　外婆到哪里去教书，童年的妈妈就跟着她到哪里的学校读书。她能教国文、算术、史地，肯定还要兼音乐课。我努力去想象着，外婆身边围着笑嘻嘻的孩子们，她弹奏风琴教唱歌，蹦蹦跳跳地教跳舞……外婆担任过班主任、教导主任和校长,从学生到同事,都喜欢她的爽朗、耿直和热心肠。

妈妈对我讲过自己上小学的时候,因为图画课和体育课总是不及格,挨过先生的板子。很疼的,一板子小手掌心就肿了起来。尽管外婆是个热血教师,可性格相当刚烈,不知她是不是也打过笨学生的板子?

二十世纪四十年代初,外婆已经转到中共信应罗地委领导下的鄂中抗日试验中学任教。有一年夏天,附近一带开始流行一种可怕的传染病。初期的症状有点像感冒,然后就是高烧、窒息。有的村庄一家一户地倒下去,最后连埋葬死人的活人都没有了。传言纷纭,说那是日本鬼子散布的细菌瘟疫,根本无药可救。

当外婆发现自己的学生也开始有人染病,急坏了。她离开学校几天后,也不知道从哪里寻到了一个土疗法:碗碴儿放在火上烤热消毒后,割开患者舌根下面那两条青紫色的血管,放出许多发黑的血液……奇迹一般,在根据地那样一种严重缺医少药的情况下,所有经她治疗的学生,全部获救。

外婆一生希望所有穷人的孩子,特别是女孩子们,通过文化和知识获得解放的力量。她有一句口头禅从妈妈传到了我:天上下雨地上滑,自己跌倒自己爬。

淮南有位老人对我说,记得二十世纪二十年代末三十年代初,王介佛在担任凤台县民众文化教育馆馆长时,他听过这位外号"王疯子"的革命党人的政治演说。笑着形容我那位中山大学毕业的外公,慷慨激昂、口若悬河地宣讲马克思主义革命理论,真是"很有煽动性哩"!

通过大量史料并不难发现,二十世纪二三十年代走上追求解放之路的中国革命女性,一是大都出身于富裕或至少并非赤贫的家庭;二是她们因为能够得到启蒙的机会,率先产生了解放自己的欲求;三是在家门之外所能够进入的社会机构,大多是辛亥革命后全国遍地开花的女子师范;四是从"女性知识分子"到"女性革命者"的重要转折点,是震惊全国的五卅惨案;五是在中共以地下活动为主要斗争形式的阶段,女性党员中很多人作为掩护的公开职业，就是教师。

也许对于少年中共，这正是一个无心插柳柳成荫的成长条件：教育，潜移默化于下一代的心灵。校园中的革命元素，无疑具有强大的繁殖力。出身于师范的大批新女性们，无论她们本人最终是否成为完全彻底的革命者，一定都曾通过讲台，不同程度地放射出过或强烈或微弱的光芒。

每一堂课，每一句话，都会在国家的未来——青少年单纯、火热的心田中，播种下信仰与理想的火种。从这种意义上理解，出身于全国女子师范的"她们"，就是孕育出红色无敌之师的母亲。

尽管并非人人具有秋瑾那"拼将十万头颅血"的风云叱咤，仅仅是从家门到校门，从解放自己到变革社会……外婆她们那一代脚踏实地的中国乡村女教师，一定是把最可亲近的知识和真理，润物细无声般地灌输到了学生们的头脑中，心坎里。从她们温暖的羽翼下，不知又振翅腾飞起了多少颗向往光明和进步的年轻的心。

一九四○年，已经回到了信阳的外婆得知，共产党领导的豫鄂挺进纵队（即新四军五师的前身）转战来到河南，创建了中共信应罗地委领导下的抗日民主政府和抗日孩子剧团。尽管那个时候，外婆失去党组织关系已经好几年了，她仍郑重地做出了决定女儿人生命运的重大决策：把自己的命根子，年仅十二岁的"小娥儿"，交付给了党的队伍。

妈妈对我说，永远不会忘记那个阳光格外灿烂的秋天，爽人的金风，吹拂过一片片等待收割的黄色稻田。五六个乡下学童打扮的孩子，每人背着个小包袱，在信南一个村头集合。他们大都只有十来岁，妈妈是年龄最小的一个。孩子们蹦蹦跳跳地徒步走上七里路，到信应罗地委抗日孩子剧团的所在地肖家大湾去报到。

刚一出村，他们就发动了生平第一场革命：把一个本已残破不堪的小土地庙里的泥菩萨，砸了个稀巴烂。他们坚信：这就是打倒封建迷信，是在向整个旧世界宣战啦！

这就是周志机的独生女儿,踏上漫漫红色征途的第一步。临行,外婆为"小娥儿"起了个充满阳刚之气的名字:王侠。从此,在我妈妈的档案里,写进了"王侠同志于十二岁参加革命"的永久性记录。

妈妈还记得,自己当兵后,每个月的津贴有五角钱。外婆对她说:"过去是我们养党,现在是党养你们。"此话,也令我妈妈铭记终生。外婆所言真意应是,建党初期的第一代中共党员,从事地下工作大都有社会职业作掩护。而每个月的劳动薪水,主动上缴一半给党组织,那是理所当然的义务。

我听到这个故事时,内心也颇不平静:第一代,第二代,第三代……也许每一代革命党人的付出与收获,是无法用世俗的尺度去衡量的。外婆是在用她那一代"党的传统",教育妈妈那一代党的新成员。

妈妈的老战友中,有叫"周村""袁东"的叔叔,有叫"杨阳""陈羽"的阿姨,还有一位牺牲在战场的烈士,叫"温宏"……当年,这个孩子剧团里的好多小战士,参军入伍时的名字都是外婆起的。都是两个字的,那么简约,那么响亮,那么富于文化气质。

新中国成立后,在党政军的各个岗位上,包括我妈妈在内的孩子剧团小战士中,有人成为统军领兵的将军,手握重权的干部,没有一个人不是终生保留着周先生当年为他们起的名字。

在他们中间,我最熟悉的是周村叔叔。他至今仍然以防化兵部队离休中将的身份,健朗地生活在北京部队大院的公寓里。他回忆起"周先生"来,语气是那么亲近:

"周先生中等个子,皮肤白白的,长得挺富态,风度举止更像是一位学者,一位教授。她京剧唱得挺好,字正腔圆,韵味十足。她还会弹钢琴,常穿着黑色的旗袍边弹琴边唱歌,给人的印象是真高雅啊!那时我们都是十几岁的小孩子,你妈妈长得又瘦又小的,还特别爱哭。只要看到你妈妈哭鼻子,周先生就特别紧张。你外婆啊,她有点儿护犊子哩!哈哈哈……

"你妈妈上台经常是演主角的,可我大多只能演个小狗腿子、日本兵啥的。我在孩子剧团的时间不如你妈妈那么长,我不喜欢演戏,一直要求到连队去扛枪打仗。那时,我们孩子剧团转移到哪里,你外婆很快就会跟到附近的学校去教书。周先生是放心不下你妈妈哟——"

十一 她，等了我整整六十年

无论妈妈怎样企图抵触对她的怀念，"凤台"这个美丽的地名，多少年来仍然常常被挂在嘴边……

凤台县就像潘集区一样，也有一个新四军研究会。我很想通过他们，找到与新中国成立前那场"胡之光谋杀案"有关的史料，或是新中国成立初期审判国民党官僚和特务的司法档案，但一无所获。

据说是"文革"期间，有当地的所谓造反派，纵火焚烧了淮南地区的档案库。我真想不明白，造反烧什么不好，干吗偏偏要烧档案库？烧掉它的结果，就是无法"将革命进行到底"了。在这场调查烈士事迹的工作中，因为档案的不复存在，缺少了太多的历史证据。

但凤台县并没有令我失望：当地几位作者，为出生于一九〇〇年的岳龄勤，写过一部十分感人的传记《无语人生》。凤台新四军研究会的孙以明秘书长，亲手把那本薄薄的图书交给了我。岳龄勤这样讲述：

……寿凤（指安徽寿县和凤台）党组织当时（阜阳四·九暴动失败后）派来女共产党员胡之光担任联络员。

胡之光出生北方，青年时代参加革命，曾和另一个同志以夫妻名义开展地下工作。不久，组织批准二人正式结为夫妻。后来形势恶化，二人均与党组织失去联系。当她历尽千辛万苦重新回到党的怀抱，丈夫的革命意志却消失殆尽。她毅然同丈夫分道扬镳，只身带着一个尚不懂事的女儿，（继续）投身革命洪流。

作者在书中还写道：

……由于叛徒出卖，胡之光被敌人用刺刀捅死后，装进麻袋投入淮河。直到今天，每每提到革命战友胡之光，岳龄勤老人仍伤心、嗟叹不已。

这是我在来到淮南之后，又一次看到有关外婆的文字记述，看到了她活在当地人记忆中的事实。

我在张兰荣主任、孙以明秘书长等人的陪同下，来到凤台老县城一个居民住宅区，走进楼下一间小小的陋室。屋里的光线有些昏暗，我适应了好一会儿，才看见坐在炕沿边的一位老人。

岳龄勤给我的第一印象是圣洁的：一头薄薄的银发，皮肤干净细腻得近乎半透明，仿佛吹弹可破。身上一套半旧的棉布衣衫，纤尘不染。如果有人对我说，这位一百零五岁高龄的老人年不过八旬，我也会相信。一个人如果跨越了常态的寿界，就不再会受到习惯概念的局限。生命力超凡的坚强与柔韧，会形成一种奇特的美丽。

我不假思索就坐到她的身边，紧紧地挨着她纤小、温软的身体，乖乖地叫了一声"老外婆"。与此同时，一个错觉，瞬间就像电流一样通过了我的全身——这位美丽的百岁老人，她，就是我的外婆。

岳龄勤老人的人生经历和外婆十分相似：少女时代为了抗拒缠足，出走逃离了富有的地主家庭，她毕业于寿县第二女子师范（又称"安徽省立第三女子师范学校"），大革命时期加入中共地下党。她的公开职业也是教书育人，也是在党的白区工作受到严重损失的时期，百般无奈地失去了组织关系……

通过那本《无语人生》的讲述，我发现，岳龄勤的母校多少有别于外婆的母校开封女师。寿县女师的教学特点，是更加重视外国语的师资养成。据说，眼前这位百岁老者，具备相当水平的英语阅读和会话能力。

在我初次见到她的时候，老人每个月都会得到当地政府发放的一百元人民币的"寿星补助"，主要仍是依靠也已年迈的小女儿和女婿维持生活。而他们，只是这个小县城里收入低微的退休公职人员和下岗工人。

可以想象，老人多年来粗茶淡饭、清贫度日。但是，她长长久久地活到了今天。栖身的小屋，依我看来，堪称是"家徒四壁"……我突然有点儿想哭，很自然地联想起了比她整整少活了六十年的我的外婆。

"这是从北京来的林同志，她想向你了解一下关于胡之光的过去。"

陪同我到访的孙秘书长用方言大声地介绍说，老人的耳朵明显是有一点儿背了，但并不妨碍与人交流。她似乎立刻就明白了我的来意，迅速伸出一双温热的手，紧紧地握住了我的手：

"我等了整整六十年啊，等着有人来问我胡之光的事……胡之光她……死得冤啊——"

我做梦都没有想到，一位生命临界线上的老人，她何止是个见过我外婆的人。原来，她是我外婆的战友和闺密。

她一直在等我，等了我整整六十年！

我有生以来第一次亲眼见到一百零五岁的高寿之人，更未料到她的谈吐，仍然能够如此条理分明、口齿清晰且措辞准确——

一九二八年夏秋之交，胡之光生下女儿后不久，转移到凤台的白塘庙小学。她仍然是以教员的身份作掩护，一边担负着特别党支部的秘密任务，一边开展发动群众的工作。

岳龄勤老人聊起了同时代的女青年们，因为受到新文化新思想的熏陶，一度热衷于投身轰轰烈烈的大革命运动。虽然没有被捕或自首，但有很多人还是在斗争形势陷入低潮的时候，放弃了理想和信念，去追求安逸舒适的现实生活：

"后来呀，她们中的有些人，到底还是嫁给了官僚或是有钱人家，当起阔太太来。穿着那种绣满了珠子和小亮片片的漂亮衣服……"

我听得不由微笑起来。百岁毕竟也是女性，难免会用女性特有的视角，细腻地注视和评价身边的人和事。那些细节听来多么生动、可爱——"绣满了珠子和小亮片片的漂亮衣服"，今天仍然是众多爱美女性的时尚选择。

老人依然清楚地记得，外婆抱着出生不久的女儿，第一次出现在自己眼前的情景。说到这里，她咧开嘴对我笑了，就像突然想起了一幕十分有趣的情景："胡之光中等个儿，身形富态。可她抱在怀里那个孩子很小，真是小得出奇。"

老人说，胡之光给女儿起名，叫"郑娥"。她对往事记忆犹新，说胡之光亲口告诉她，其实自己怀的是龙凤胎。但是，儿子没有保住……

听闻此话，我的心又是暗暗一颤：没有想到，妈妈原本应该有个同时降生的兄弟。难以想象，阜阳暴动中外婆的肚子，曾是何等非同一般的沉重！进而理解了我妈妈为什么会是个"小得出奇"的婴儿——她是先天不足的双胞胎之一。

也难怪周村叔叔印象中我的妈妈，是个"又瘦又小"，又"爱哭鼻子"的性格软弱的姑娘呢。后来，当周村叔叔通过我发表在《中国作家》杂志二〇〇八年五月号的报告文学，得知了以上的真相之后，也说出了恍然大悟的一句话："原来如此！现在我全都明白了。"

当周村叔叔已年逾八旬的时候，才终于理解了格外担心女儿的周先生：王侠其实是战火中孕育的两条小生命凝结而成，在她身上当然也就浓缩着一位母亲双倍的珍爱之情。

岳龄勤老人慢声细语地回忆说：因为工作很忙，胡之光没法尽心照料女儿。她女红做得挺好，一口气缝了五条棉裤。小郑娥是尿湿一条换一条，到了晚上大家都睡下了，再一条条在火炉子上烤干……

"这就是当时被大家到处传说的'五条棉裤'的笑话。娥儿长得'可疼'，我们几个女同事下了课，都爱抢着抱她，逗她玩儿。"

老人说到这里，张兰荣主任在旁边赶紧给我翻译："可疼"是淮南的方言，就是招人疼爱的意思。一位一百多岁的老太太，在回忆自己当年抱过的如今已年近八旬的另一个老太太，描述着她是如何地"可疼"，如何一天要尿湿五条棉裤……

我概念中的妈妈，从来都是个抱着孩子的大人。现在突然听到有人说，她也曾经被大人抱在怀里。我没有生养过孩子，没有切身的体会。原来，这天下一代又一代的母亲，也是从婴儿长成的。

"小郑娥会走路、会说话了。有一次我问她，'娥儿，外面冷不冷呀'？她很认真地张开小嘴回答说，'冷——'

"胡之光她可是个慷慨大方的人，对人真好啊！不像有的女同志，尽小肚鸡肠的。我俩可要好呢，同起同卧地在一起住了两年多。"

老人家笑眯眯地讲述这一切的同时，我心里在想：这些提着脑袋追求信仰的老一辈革命者，也有着平常人的"喜欢"和"不喜欢"，有着对平常事的淡淡评说和纤纤记忆……

这是我第二次听到有人说，我外婆是个好人。

百岁老人对我外婆的印象，也证实了妈妈的记忆：抗战爆发前，在离凤台一小不远的一个破庙里，住着一对盲人乞丐夫妇，生下了一个没有失明的孩子。外婆经常把我妈妈的小衣服改了送去，嘘寒问暖，从来没有让这一家三口人断过顿、受过寒，整整的三年。后来，他们要另走他乡去谋生，临行前，全家跪在我外婆面前，磕头磕得直捣地……正如岳龄勤老人所说，胡之光是个古道热肠的人。

岳龄勤老人提到我妈妈时，叫她郑娥，而且一口咬定：胡之光的独生女儿，根本就不是那个王介佛亲生的。之所以姓郑叫娥，本是为了纪念她的亲生父亲，姓郑的一位革命烈士，他牺牲在从俄国共产国际开会归国途经东北的路上……

如此来龙去脉有鼻子有眼的证言，令我为之愕然！难道，就连我妈妈的出生，也是一个历史的谜案？她因为自己有个叛变革命、投靠国民党反动派的父亲王介佛，背了半辈子家庭出身问题的包袱，一辈子亲情破裂的痛苦。岂不冤哉？

老人的讲述不容置疑：那位广州中大的毕业生王介佛，是在周志机化名胡之光调到白塘庙支部以后，才出现在她们娘俩儿面前的一个男人。那时，王介佛正在凤台县民众教育馆当馆长。

"正是在那段日子里,他们……"

蓦然,那双闪烁了一百年的目光,变得遥远而迷蒙。岳龄勤老人当时的神情,给我留下了极深的印象。她仿佛是在自言自语:"王介佛后来是自首了。可那个时候,很多党员都自首了。不是他一个,是很多党员。被捕以后坐牢挨打,他们扛不下去了……"

"老外婆,您还记得王介佛长得什么样子吗?"

"王介佛那脸呀,长得高低不平。这个王疯子就是一张嘴,能说会道。我早就说过——胡之光啊,她是嫁错了郎!"

老人的回答,让我又是大吃一惊。从此,我算是记住了"高低不平"这个形容词和"胡之光她是嫁错了郎"这句话。

临别时,我终于忍不住了,众目睽睽之下紧紧抱住身边的百岁老人,不禁眼泪夺眶而出……

这是我第一次"暴露身份"——如果仅仅是个跟胡之光没有亲密关系的史料采访人,何至于如此动情呢?走出岳龄勤的小屋,我还在哭。掏出两千元钱交给了张兰荣主任——这是第二次"暴露身份"。我对她说:这是"郑娥"孝敬抱了她好几年的那位早期党员的。

张主任犹豫了,问我:"你能代表王侠同志吗?"

我用毋庸置疑的口气回答她:"能。"

这是我第三次"暴露身份"。到此为止,我心里也有了几分自知之明:自喻是什么"新四军特工的女儿"哩,其实,一百个不够格。

在车上我问张主任:"岳老说王介佛的脸长得'高低不平',是什么意思呀?"

张主任大概也觉得,用"高低不平"这个词来形容一个人的脸,未免太别致了些。琢磨了好一会儿她才说:"也许就是形容那个王介佛是大额头、眍眼洼、耸鼻梁、高颧骨,五官线条比较鲜明吧?"

一旁的朱先生忍不住开口了:"不对吧,我大哥没少跟我讲王介佛这个人。说他不但才华、能力很出众,长得也挺帅。人家明明是个美男子嘛，怎么就成了'高低不平'呢？"

张主任动摇了："那就是因为岳龄勤特讨厌他，故意贬他长得丑呗！"

忠于职守的党史办女主任对我谈了她的想法：要在不久后七一党的生日，把王侠同志送给岳龄勤的这笔钱，由党史办亲自送上门去。我对此没有异议，进而提出，从此以后，由王侠每个月给老人补助五百元生活费。

张主任再次犹豫了，还是问了我一句："你能代表王侠同志吗？"

我大包大揽地说："人家抱了王侠同志那么多年，她也是应该尽这份孝心的。除非，政府有关部门愿意管这件事。岳邻勤的生活，未免太清苦了。"

张主任面露难色："到目前为止，对这些没有解决历史上组织关系证明的老革命，上面还没有统一的政策。"

我说："那就让王侠同志自己来管，管到岳龄勤驾鹤西去为止。这么大年纪的人了，就是想多管管，还能管多久？共产党自己的党史写得清清楚楚，当时因为党内极'左'路线的危害，白区工作几乎损失了'百分之百'。这百分之百里，就包括胡之光和岳龄勤。

"难道，我们今天的新中国，跟她们这批建党初期的老战士没关系吗？倒是那些眼看着共产党就要大功告成时趋之若鹜者，如今倒都是冠冕堂皇的'老革命'。可在革命形势艰难时期的早期党员被忽略，被忘记，这就是不公平、不近人情的……

"王侠同志本人要是什么都不知道，自然无从管起。现在她知道了，就肯定不会不管。管一个，是一个；管几天，算几天。谁让人家八十年前还抱过她呢！"

我在车上大发牢骚的那天，是二〇〇五年的六月二十三日。

不得不话分两头儿一表的是，就在我第一次见到百岁老人岳龄勤的仅仅一周后，我从网上看到了一则报道：

二〇〇五年六月三十日上午,淮南市新四军历史研究会常务负责人、市委党史研究室领导等一行,看望早期党员、一百〇五岁的革命老人岳龄勤。六月二十九日,县委书记牛向阳亲自批示,将老人的高龄补贴从七月一日起由每月一百元增加到五百元。

岳龄勤老人的晚年生活,牵挂着广州高级离休干部王侠的心。作为胡之光(曾与岳龄勤一起从事党的地下工作)烈士之女,王侠听说岳龄勤老人至今健在、身体硬朗时,万分高兴,近日委托北京市新四军历史研究会中原分会的同志给老人送来两千元钱,以补贴其生活之用,同时表达对老人的崇敬和关爱之情……(摘自凤台网讯 记者 常开胜文)

我马上就给妈妈阅读了报道全文,她的欣喜之情溢于言表:"没有想到,他们的工作落实得这么快!淮南那里,看来还是'我们的党'说了算的。"

说心里话,我也"没有想到"。

同年秋天,淮南市委党史办出版了重新修订的地方党史。在这部全新的《中国共产党淮南地方党史》中,外婆自二十世纪三十年代白区地下党受到全面破坏以来,终于再次被地区一级党组织正式确认"中共党员"的身份和"革命烈士"的名誉。

妈妈捧着这部姗姗来迟而终于问世的党史,当即老泪纵横。她和我外婆,都是在同一面旗帜下义无反顾的人。我理解,也不十分理解。作为女人,她们的人生追求到底是什么?尽管时逢国难当头,这样选择为民族和理想献身的女性,毕竟是凤毛麟角。我因此扪心自问:如果我也生存在那样一个大浪淘沙的时代,会不会成为像外婆和妈妈那样的战斗女性?

淮南地方党史出版不久前,张兰荣主任在腰椎靠腹腔一侧的位置,发现了一个肿瘤。她担心一旦手术被证明是恶性的,编撰工作便会被搁置下来,于是拒绝去住院。直到新书寄到广州以后,我才得知张主任开了一刀，发现了个大得吓人一跳的肿瘤。我认为，她不应当这么糊涂。万一这个肿瘤是恶性的，耽误两三个月，也许就……

我又想，外婆一定会在冥冥九泉之下，保佑这淮河边长大的女孩子，使她有惊无险地度过这一道坎儿。一个九十年代的女党员和一个二十年代的女党员，用老百姓的话说，她们一定是"前世有缘"。前者为作古已经六十载的老前辈，讨得了一纸文史的公道。

有一天晚上，我打了个长途电话到淮南市张主任的家，想把自己这有点儿荒诞的想法告诉她：胡之光的在天之灵，保证不会让她就这么被"恶性"掉的……还不到晚上十点，接电话的是她丈夫。看样子，这位市检察院检察长心疼老婆，声音冷冷地拒绝我说：兰荣已经休息了。一个外头忙碌的女强人，回家还有温暖的呵护，真是天大的福气。张兰荣显然没有"嫁错了郎"啊！

十二　淮河边"不死鸟"的神话

岳龄勤,以一百一十二岁的旷世高龄活在世上,活在淮河边那个名叫凤台的小县城里。

通过《无语人生》一书我看到,外婆这位硕果仅存的老战友,她的生平同样令人唏嘘不已,百感交集。最为令人动情的一节描述,是这位一九二六年的老党员在不幸失去组织联系之后的岁月——寻找,等待,孤军奋战……

二十世纪的二三十年代,岳龄勤和外婆一样,是为数极少受过高等教育的中国女性。不同的是,她与并没有参加党组织的丈夫一生恩爱。在家,相夫教子,孝敬公婆,勤俭持家,善待邻里;在外,以普通乡村女教师的身份,生活在当地百姓和学子们中间。

她和外婆那一批早期的革命者,就是从每一堂课、每一首歌、每一次访贫问苦、每一场活报剧的演出做起,如此这般地把中国共产党远大、高深的"理想"和"主义"亲民化、形象化了。

《无语人生》一书中生动地记录了这样的情节:

一九二八年的暑假期间,中共凤台特别支部的成员们利用小学教师这一公开身份,在白塘庙小学开办了平民夜校。对农民进行革命教育,很快便吸引来青年男女一百余人就学。担任教员的除了岳龄勤之外,还有共产党员吕少培……胡之光(女)等人。

他们以《农具》《庄家名》《工人、农民、学生、商人》《什么人劳动，什么人不劳动》《什么是土豪、什么是军阀》《什么是帝国主义》《哪些国家侵略我们》《劳动人民受哪些剥削》《平民千字课》等为课本。一九二九年秋季，为顺应大批失学青年迫切要求学习的愿望，凤台特别党支部又在白塘庙小学开办了初中补习班……开设了社会进化史、时政、地理、历史、数学、英语共七门课程。通过开办夜校和补习班，我党的影响在这一地区更加扩大了。

夜校和补习班的学员大都是贫苦农民，平时在三座大山的重压下，他们苦苦挣扎，面对黑暗的社会、浑浊的世界，彷徨、苦闷，可是久久找不到答案。通过学习，他们眼界大开。

他们这才知道，除了白塘庙，祖国还有辽阔的疆土。除了亚洲，还有欧洲、美洲、大洋洲和非洲，还有广袤的四大洋，还有太阳系、银河系……

学生们相信横下一条心，在岳先生指明的道路上义无反顾地走下去，定能摆脱贫困和愚昧，彻底打倒军阀、恶棍和帝国主义，实现人人平等，共同进步。

《无悔的奋斗——吴云回忆录》一书，也对这一时期的斗争有着生动的记述：

四·九起义失败后，逃回来的胡之光等大批党员，都住在白塘庙小学。在党的指派下，岳龄勤、胡之光、吕少培等同志到白塘庙小学任教，并在校内建立党组织。遵照党的"八·七"会议决议和毛泽东同志"武装夺取政权""农村包围城市"和"团结无产阶级最可靠的朋友——广大农民作为自己的同盟军"的精神，党组织又决定开办平民夜校，从而更好地发动和组织农民运动……

我在担任白塘庙党支部书记之前，为了动员农民，编写了一部新戏，题目叫《母女潜逃》。大概内容是：一个叫袖子的童养媳在地主家遭受虐待，讨饭的母亲看到女儿受罪，母女双双深夜越墙逃跑。她们投奔了农民互助会，还成为积极分子。随着农民互助会势力的不断壮大，袖子被大家推举成为队长。最后，打倒了恶霸地主，分配了地主的土地，袖子也报了仇。

一九三〇年阴历三月初三的白塘庙会，《母女潜逃》由胡之光导演编排，并由补习班童冠五等十几名学员成功地演出了。演出那天，人山人海，方圆几十里的农民如潮涌般前来看新戏。利用新戏的宣传，附近坝子岗等村庄的农民，先后加入农民互助组。接着，农民自卫队也成立起来……

我们循循善诱，和学生一起背诵古人的"六月禾未秀，官家已修仓"等这类诗词，常常伴随着演讲。而且，利用群众喜闻乐见的民歌小调，配合富于艺术感染力的生机勃勃的歌词，教学生到处传唱：

  天似空，地似空，芸芸众生怀抱中。
  田似空，屋似空，时代更迭主人翁。
  金似空，银似空，赤条来去冥冥中。
  今出生，明入死，生生死死若彩虹。
  且投笔，去从戎，为求解放伟业中。
  抛头颅，洒碧血，马革裹尸一笑中。
  天地间，寰宇中，唯有太公千古颂。
  英魂去，精神在，何言人生黄粱梦。
  精神在，唱五有，一息尚存效愚公。
  为人道，灵性通，身外之物该放松。
  空非空，金科律，人生应如酿蜜蜂。
  不谋私，勤为公，一生供奉乐融融。
  似空谣，韵味浓，到此打住茶一盅。
  老哥嫂，小友朋，朝霞绚丽夕阳红。

不知道这首歌谣的作者是谁？也许连记录下它的吴云前辈本人也已忘记，但它至今仍以其文采和内涵感染着我。我想象着，擅长教授音乐歌舞和排演戏剧的外婆，当时在这所已经有了乒乓球台子的皖北农村小学校里，一定用双手打着拍子，神采飞扬、目光熠熠地和学子们一道放声高歌过它……

通过《无语人生》和《吴云回忆录》的描述，看得出岳龄勤老人和我外婆，都是极富真才实学的知识女性。

她们这一帮子"红瓢子"乡村教书匠，还发动学生散发传单，张贴标语。在集镇上，在大桥头，在乡公所甚至连县长、警察局长的卧室里都发现了"反军阀、打土豪""拥护苏维埃"……的标语和传单。他们编创的大量民歌童谣，至今也未在当地失传：

日头一出照树梢，穷大爷饿得弯了腰。
财主吃的酒和肉，穷人糠菜吃不饱。
要想穷人吃的好，大家必须团结好。
打倒土豪和劣绅，打倒劣绅和土豪……
姐姐妹妹听我言、听我言：咱们妇女真可怜。
自从娘胎落下地、落下地，看是丫头就生气。
纵然留着有何益、有何益？服侍哥哥和弟弟。
女子生下没几年、没几年，扳起脚来裹"金莲"。
从来不让把书念、把书念，反说女子见识浅。
我们要把书来念、书来念，学好知识少受骗。
从今不再裹小脚、裹小脚，生活自由多方便。
婚姻自己来决定、来决定，男女一样求平等……
眼前世界真不好、真不好，穷人妇女受煎熬。
一年到头没闲空、没闲空，浑身累得不能动。
富人女子真享福、真享福，整日不把门栏出。
穿的是绸缎和绫罗、和绫罗，吃的是美味跟佳肴。
拿我们血汗来挥霍、来挥霍，还把我们来压迫。
团结起来做斗争、做斗争，努力奋斗不怕牺牲。

> 游击战斗来开展、来开展，革命前途是共产。
> 反动势力都肃清、都肃清，要分田地靠暴动。
> 苏维埃政权来建立、来建立，政权掌在咱手里。
> ……

如今重读《姐姐妹妹听我言》这首民谣，我对当年共产党人的宣传战，真是佩服得五体投地。作者通过如此通俗易懂的唱词，首先告诉妇女们，要反抗存在于家庭本身的女权压迫，包括裹脚、包办婚姻等封建习俗；紧接着，便是激发阶级仇恨："富人女子""吃佳肴、穿绫罗""整日不把门栏出"；进一步鼓动对整个社会"不平等"的敌视，直接宣扬搞暴动、打游击、分田地；直至公开提出，要夺取政权、实现共产——仇旧、仇富、仇官……干脆来个一勺烩！

一首歌谣便囊括了这么多的政治主张，句句扣着老百姓心眼儿里的爱恨情仇、切身利益。真是非中国共产党人所不能为的宣传战，委实是了不得啊！怨不得这么几个"头脑赤化"的革命知识分子，就能把执政的国民党给吓得惶惶不可终日，非大动干戈不可了。

显然，那个时期的基层中共党人就是如此这般，把"穷人的马克思主义"用独特而又可亲的方式，播种在劳动大众的梦中。通过外婆和岳龄勤的故事，我在其中受到启发：正是这些被外国学者称为"知性的共产党人"等，打破了旧中国愚民统治的千年冻土层。

他们，是革命党真正的灵魂。他们唤醒了一个沉睡的古老民族，激活了中国农民这只名副其实的"洪水猛兽"。最终以摧枯拉朽之势，促成了中国式红色政权创建的伟大实践。

近年来，在一些人中间流布着"中国共产党就是农民起义军"的观点。我认为，这是另一个侧面的浅薄。中国共产党的成功，绝不可低估一大批知识先驱者充满理性的努力与献身。他们中的很多人，因为家境优越而受到教育，不但识文断字，会弹钢琴，会说外语，有人还留过洋，甚至在社会上拥有着公认的学问名气。最为难能可贵的是，他们既富有与俄国十二月党人相似的"悲情的贵族色彩",同时还有着决心与基础民众打成一片的草根心理素质。

如毛泽东所言"星星之火,可以燎原",那么,无论当时布满中国的"木柴"是干是湿,廖运周、周志机、岳龄勤和吴云等这些热血青年,无疑是最早的星星之火。

岳龄勤和我外婆一样,是在大革命失败后白区工作遭到破坏的大环境下,失去了组织关系。她是秘密党员,如果在约定的一个树洞里取不到传递秘密消息和指令的纸条,就没有采取行动和暴露身份的权力——这是当时地下党铁的纪律。也许是自己上线的接头人被捕了或是牺牲了,总之,这命悬一线的联络"偶然"一断,岳龄勤以后的人生故事,就完全改变了写法……

她没有被捕、自首,没有做过损害党和国家利益的任何事情,始终都在一边寻找和等待组织上前来向自己发号施令,一边力所能及做着一个进步教育工作者和一名中共秘密党员应做的事。而令人无比伤感的是,当五星红旗在故乡升起以后,她却开始经历不堪回首的沧桑岁月:

一九五〇年,作为试验区的凤台六楼地区率先实行了土地改革,岳龄勤家仅存的二十九亩地被分掉了大半。年迈的婆婆怎么也想不到,孩子们为之奋斗了几十年的革命,竟革到了自己的头上。岳龄勤为婆婆擦干了眼泪,含笑道:"妈,咱们革命就是为了天下穷人都有地种,过上好日子。咱家不是还有十几亩地吗?保证饿不着你老。"

可是,后面有件意想不到的事,着实犹如一记闷棍,把岳龄勤击蒙了——岳龄勤夫妇双双被划上了地主成分,遣返回乡,管制起来。

一刹那,全家人谁也接受不了这个现实。岳龄勤,她可以不计名利,不怕艰难,不畏牺牲,甚至默默无闻。然而,让她成为任人唾骂的"革命对象",真不如拿刀杀了她。

她几乎疯掉了,她撕扯自己的头发,咬破嘴唇,甚至要自费上北京上访，找党中央……还自己一个公正的待遇。

唯一值得欣慰的，正是岳龄勤那位不曾加入过党组织的丈夫，一生理解和支持着她。

丈夫遍访妻子提供的线索，当年的同志就是有人幸存到了新中国成立而且拥有了权力地位，可秘密的地下活动时期，党员们基本上使用的都是化名。当然，也许还有其他的原因吧，丈夫无功而返。

天性自尊的岳龄勤，从此放弃了向组织申述历史真相，开始了缄默无语的人生。含羞忍辱的日子年复一年……夫妻俩在斥责和白眼下从事着超负荷的惩罚性劳动。他们暗自擦拭着流血的伤口，相互鼓励。

"文革"期间，出现了一批批前来向岳龄勤进行外调的专案组。在她这里，得到了对好几位老干部"曾是中共地下党员"的证言。终于迎来了四人帮倒台后拨乱反正的大好形势，岳龄勤却自觉放弃了请老战友出面，也为自己的革命历史做出证明的机会。

随着岁月的流逝，她坦然了，彻底超脱了自己……对子女和亲友的好言相劝，岳龄勤说："比起那些牺牲的战友，我已经知足了。"

我毫不怀疑，岳龄勤一定无数次地想起年轻时代的闺中密友：她们在一座古庙的屋檐下"同起同卧"，在繁重且危险的工作和斗争之余，一起呵护着幸存于血腥镇压中的小生命；她们一起哭过，笑过，有过天下所有姑娘间的窃窃私语……身边的大淮河，那么无情地吞噬了胡之光正当年富力强的身影。

晚年的岳龄勤最喜欢朗诵的一首古诗词，就是岳飞的《满江红》：怒发冲冠，凭栏处，潇潇雨歇……我相信，这就是真境界——什么都明白，但沉默无语且心平气和。大仁大智者的宿命意识，是时间给予生命的心灵造化。

有一位甘苦与共、不离不弃的伴侣，无疑是女人最大的幸运。在《无语人生》这本书中，作者描写了岳龄勤的丈夫刘传宝英年早逝的结局：

这个文气清秀的汉子，再也承受不起时代强加给他的苦难。一九六〇年那个饥馑遍地的日子里，他恋恋不舍地离开了恩恩爱爱，相濡以沫的妻子。临终前，他拉着妻子骨瘦如柴的手，声音细如游丝：
"我先走一步……在那边等……等你……拜托你带着孩子，翻过这道坎……可别忙着找我，你要活到……一百岁。"

每每读到以上的描述，我都忍不住鼻子发酸。岳龄勤实现了丈夫对她的祝愿：出生于一九〇〇年的这位世纪老人，坚强地活到了二〇一二年，成为远近闻名的超高龄寿星。

我无数次地梦想过，自己也有个很老很老的外婆，她帮我梳小辫儿，为我钉纽扣，教我弹钢琴，倾听我遭遇的挫折，擦干我委屈的泪水，给我讲好多好多的故事，呵护着我一天天长大成人……

二〇一二年的二月，在国外接到了岳龄勤老人以一百一十二岁高寿仙逝的消息后，我代表妈妈专程奔赴淮南凤台县。此行的我，已经不记得到底是第几次来到淮河边这座"外婆的小城"了。

最后一次见到岳龄勤时，她已经太老太老了。紧闭双眼躺在那间小屋的炕上，紧紧握着我的手，吐字依然清晰地呼唤出我外婆的名字："胡之光……胡之光……"

这令我内心战栗不已，不知道在意识朦胧的弥留之际，老人是不是错把我当作了年轻时代的战友和闺密？

一百一十二年，是一次伟大的跨世纪之旅。无论承受过多少磨难，多少冤屈，多少苦寒……这样一位命运多舛的女性，之所以能够活得如此自信、如此顽强，我想，那便是"勘破、放下、自在"的大哲理，结出了生命的果实。

在岳龄勤老人的身上，找不到任何"养生"的经验之谈。她就是那样坦坦的，淡淡的，自然而然地活着，不慌不忙、一日三餐地活着——家徒四壁，粗茶淡饭，浅笑低吟"八千里路云和月……"

县城里的火葬场高举着砖砌的烟囱，旁边就是一座宽敞却颇为简陋的灵堂。我欣慰无比地看到，玻璃棺罩里的老党员在失去组织关系近八十年的这个日子里，身上盖着一面镰刀斧头的红色党旗。在妈妈的故乡，无论百姓还是地方官，大都是有情有义的人。

我在县城花店亲自订制了一个用一百一十二朵黄菊花组成的大花篮，花篮上的小红挽联是我亲笔代写的："您温暖的怀抱永难忘——女儿王侠为岳龄勤妈妈送行"。

那是整个丧礼中唯一的鲜花供奉，老人的全家对它十分珍惜，特意摆放在了遗像下的正中间。他们告诉我，那挽联上的一行毛笔字，令他们全家深受感动。

老人的儿孙们大都从各地赶回来送葬，这是个五世同堂的庞大家族。在当地官员和一般吊唁者走过遗体鞠躬行礼后，便是披麻戴孝的几十人，呼啦啦地跪成一大片。年长者超过了八旬，年幼者不满十岁。

我是第一次参加中原民间的葬礼，很好奇有十几个年轻和年少的送葬者披着鲜艳的红色麻布。一问方知这是当地的风俗，重孙辈以下的后代，必是红装送亡祖上路，这是人们常说的"喜丧"。可一想到在这个世界上，连一个"外婆的影子"都消失了，我还是忍不住哭了起来……

我痛惜的，不仅是"外婆的影子"从此不复存在，更是对一位贤良、坚韧、包容与缄默的美丽女性的离去，心中生出了无限的留恋。

一百一十二岁的世纪老人躺在玻璃棺罩里，表情安详，面容红润光滑。事后，我请教一位智者，听到的回答是："无怨无悔，问心无愧，无所牵挂，无所畏惧。"如果一个人能够保持这十六个字的最佳生存心态，"自信人生一百年"，也就不是一句空话了吧？

在世界很多地方，都有关于不死鸟的传说。古希腊神话中的不死鸟，美妙的歌声能让太阳神阿波罗都停下自己的战车。

最早以文字描述不死鸟的人，是希腊历史学家希罗多德：它的羽毛一部分是金黄色的,另一部分是鲜红色的,外形像一只巨鹰。相传每隔五百年,不死鸟便会将采集来的各种有香味的树枝草叶堆叠起来,然后引火自焚,留下的灰烬中,会出现重生的幼鸟。然后,又是生命五百年不死的灿烂轮回……

十三　秋雨迷蒙的望乡路

　　寻找外婆之旅，从仅仅核实一座老墓的真伪，演变成了对一部家庭档案的揭秘之行。我脚下的路，越走越远……

　　外婆周志机的娘家，拥有大片的良田、茶山和丰饶的原生木山林。信阳府西双河镇子上大半条街的粮店、茶庄、杂货商铺和香油作坊，都是外婆娘家的产业。昔日里，当地流传过两句童谣：么呵呵呦么呵呵，周家坟上吃馍馍。

　　深秋，是多雨的时节。儿时，我听到"河南信阳"这个地名的次数，远比"淮南凤台"要多得多。一次次穿行在京广线上，总是与那片土地擦身而过。短短一周的河南之行，是一次浮想联翩的经历。

　　陪同我的，还是几年前同路去开封的那位牛哥。此君谈起全省，乃至全国的古建筑、古民居来，如数家珍。"文革"期间，牛哥在信阳插队落户三年。他对我说，那是河南省人情味最浓厚的一方土地。

　　最近，他又"牛"了一下子：在信阳发现了一座很有保存价值的古镇。他打开电脑让我欣赏考察时拍摄的数码照片：青砖灰瓦搭建的宅院一栋栋临街而立，一家一户的房子四壁合围、屋脊相连，中间有类似天井的一方天空。屋檐和墙壁上保留着花鸟、人物的精美砖雕。

　　我不知道，外婆出生和度过童年生活的家园，那早已沉下南湾水库的西双河镇，是不是也像牛哥拍摄的古镇一条街那样，青砖灰瓦，屋脊相连……

　　我们原计划要绕道去看看那个幸存至今的古镇，当地的乡政府也表示欢迎，但路走了一半却突然来电话说：最好不要来了，当地老百姓在闹"动乱"。看到省城牌照的车子，怕会出啥意外。

我想，"动乱"这种说法也许有些言过其实。如果一片土地上的老百姓，能够为争取自己的正当权益，上街与官员去理论个短长，恰恰证实了那里充满觉悟和改进的希望，也说明那里开始成长起和谐的社会政治。这种现象如果总不发生，才有点儿"不正常"呢。问题的关键是"乱"了一通的结果，将会如何？

据说，河南省的高速道路公里数之长、质量之好，荣居全国之首。车行一路，果然是无可挑剔的柏油坦途。我由衷感叹改革开放二十多年来，祖国发生的巨大变化。

清晨，穿过长长一条小巷，几乎所有的铺面都在批发、零售信阳毛尖。门口摆出一只只半人高的白铁皮桶，桶盖上放几只泡着茶叶样品的玻璃杯，满目诱人的翠绿。

牛哥带着我来到老街的小吃摊上，和要去上班、打工的人们挤在一起吃早餐。摇摇晃晃的小板凳和小桌子就搁在灶台前，红红的一罐子干炸辣椒随便吃。几块钱一大碗手擀汤面热乎乎的，吃得大汗淋漓，不亦乐乎，把我撑得都不能从板凳上站起来了。

临出门前，照例是会做点功课——信阳居然已有八千多年的悠久文明史。八千年？啧啧，这是一个多么令人瞠目结舌的时间概念！

秋雨淅沥沥地下个不停，丘陵起伏的高坡上，是依然碧绿如染的茶树——闻名天下的信阳毛尖。这片土地，不是江南胜似江南。泥土不是黑色或灰色的北方的冷峻，而是红色的南方的温热。我注视着车窗外的一草一木……这里，就是外婆的故乡吗？

牛哥带我去了大名鼎鼎的信阳灵山寺，我为外婆的冥福和妈妈的健康长寿烧了两炷高香。这是名副其实的高香，是我有生以来烧过的最长最粗的香——每根长达近两米。

唐朝李泰所著《括地志辑校》和《魏书》中记载：灵山春秋战国时名冥山。汉时名霸山。魏时名石城山。因有求必应，每云必雨，验之信然。

果然是一座颇为奇特的寺院，院内既有僧又有尼，堪称佛教界的一大奇观。千年以前，唐代有一位建宁公主选择这里出家修行。到了宋、明两代，多位皇帝亦亲临朝拜，足见其传承的源远流长。

山，确是好山——古柏森森，奇石可观。但是，这原本世世代代属于黎民百姓寄托信仰的祈愿之地，被当地规定了上山进香的"买路钱"：三十元一人，否则山门紧闭。对于周围的农家百姓，门票的价格是个不菲的数目了。寺院的管理人员也承认，从此延续千年的灵山寺年节庙会，不再能聚集起很多人了。

让牛哥痛心疾首的就是，虽然已经给上峰打过"保护灵山古建筑群"的有关报告，却是文书的旅行还没有结束，整个寺院历经百代的建筑，已近摧毁殆尽。

出现在我眼前的，是惨不忍睹的废墟，是孤零零站立在残砖瓦砾中依旧高大美丽的老佛造像，是霏霏细雨中牛哥悲愤不已的面容。已经落成的正殿、偏殿……一色的现代仿古建筑。

我痛心地想，有些同胞真是不惜福啊！在国外，一幢百年前的小房子会被当作宝贝，一砖一瓦，爱不释手。

冒雨点燃那两炷高香时，我心中默念：这香，是烧给信阳这一方古老的大地，烧给灵山这座万代青峰的。

我乘船游览了当地一致引以为豪的南湾湖水库。确实应该感激这片好水，半个世纪来造福了一方百姓。湿漉漉的寒意中凭栏远眺，八百里碧水连天，茫茫烟雨中，只见湖上有星罗棋布的小岛，迷蒙如水墨绘成。那小岛应是被淹没的一座座青山。那青山脚下，有过一个西双河镇，有过我外婆出生的老周家。

妈妈对我说，小时候不懂事，在磨坊里看骡子拉磨，牲口蹄子把磨盘周围的泥土踏松了，露出了一枚枚、一串串的老铜钱。她惊奇地喊着："舅妈舅妈，骡子拉铜钱屄屄啦！"养尊处优的小脚大舅妈对少见多怪的小外甥女笑眯眯地说："傻妮子，骡子咋会拉铜钱儿？那是你家老太爷爷过去埋的钱串子，可多着嘞！"

妈妈这位大舅妈住在西双河乡下的大宅院里，平日也是浑身绫罗绸缎，款式很像电视剧《橘子红了》里那位婆婆的服装。她用炭炉煨着一只小砂锅，文火老汤永远炖着肉类和卤蛋，浓香四溢。

我不由得想到，几千年延续并得以完善的中国农村，富有人家的日常生活还是非常讲究质量的。有些细腻的内容和形式，绝不是当下生活节奏忙忙碌碌、精神状态浮躁不安的现代都市人所能有幸感受到的。

老周家每逢农历七月七，都要接雨水来洗刷黄铜器皿。老人们相信，织女想念牛郎的眼泪是珍贵的。那些平时存放在库房里的老铜器，被用人擦得金光耀眼。可恨日本鬼子占领了西双河，这些宝贝都被抢去熔作炮弹壳了。

记得我小时候在家里，妈妈每每会在吃栗子的时候，提起记忆中那个在大舅舅家的秋天。佃户们用担子挑来的油栗，颗颗皮光油亮，圆鼓隆咚的大小都一样。一个毛刺果里，只能剥出一颗果仁来。有钱人家逢年、过节、祝寿、娶亲、做百日，都喜欢把它炒成糖栗子，上桌待客。

妈妈常说，"地主阶级的确是剥削农民"，那一担担的油栗，经佃户们一颗一颗地挑选出来，作为缴纳山林的租子，是很值钱的山货。她还说，日本鬼子的驻军占领过西双河。他们喂马砍伐树木这也就罢了，不知道为什么，临走还要放火烧山？大片大片宝贵的原生木林，从此毁于一旦。

"这就是为什么中国人民会痛恨日本侵略者的道理，因为他们的破坏行径，大多是没有理由的！"每当提起故园的往事，妈妈至今仍然义愤填膺。如今我在日本的家，周围也有茂密的山林地，生长着很多的野生栗子树和核桃树。生活富有了的当地居民，已经不太珍惜这大自然的馈赠。

收获时节，我和丈夫出去遛狗，总是能够捡回成堆的新栗。但是不会保存，一夜之间就被虫子钻了果仁。妈妈特地在长途电话里告诉我们，只要把新栗倒进燃烧后红彤彤的稻草灰,皮壳表面肉眼看不见的虫卵,一下就会被烫死。

最近,读了台湾女作家齐邦媛的自传《巨流河》,无意中发现有这样一段记录:抗日战争后期,一位叫张大飞的飞虎队东北籍飞行员,在建立了累累战功后,就是在河南信阳的上空牺牲的。

这位航空英雄在少年时,目睹了父亲被日本鬼子浑身浇上油漆活活烧死,从此家破人亡。张大飞是个立志"但使龙城飞将在,不教胡马度阴山"的伟男子,二十六岁便以血肉之身殉国。他是怀揣着《圣经》上天杀敌的基督徒勇士,给我留下鲜活的印象。年过八旬的女作者在书中记述:

张大飞的弟弟寄来河南《信阳日报》的报导,追述他的殉身之处:"在一九四五年五月,确有一架飞机降落在西双河老街下面的河滩上,有很多人好奇前去观看,飞机一个翅膀向上,一个翅膀插在沙滩里。过了几日后,由上面派人把飞机卸了,用盐排顺河运到信阳。"

如今,在杭州的抗日航空烈士纪念园中,张大飞的墓碑下应是只有衣冠遗物。英雄的尸骨,一定深埋我外婆娘家的土地。

老周家的大儿子理财有方,二儿子却败家无度,加上外婆的父亲晚年又讨了个年轻的填房。一个封建大家族中的矛盾自然是愈演愈烈,只好决定父子兄弟分家。

蓦然想起妈妈说过的故事:外婆是个眼睛里揉不得沙子的人。她的父亲去世前留下遗嘱,专门留出松树湾的五亩水田和一片山林,所得收益,只能作为两个出嫁女儿回娘家时的一应开销。

山林出山货,那五亩水田种植的是信阳特产的良种大米"银条粘"。妈妈形容说,那种米的形状又细又长,色泽雪白透明,清香可口,不用菜下饭,就可以吃上两三碗。只要提起舅舅家,妈妈总会轻声叹息:

"也不知道解放后的信阳农村,还有没有人种植那煮饭不出数的银条粘了?"

平时,权益属于闺女的田产和山林,只是交由周家的长子,妈妈的大舅代管,可大舅一度起了私吞的贪心。外婆说理说不通,于是自己动笔,一纸状子把长兄告上了公堂。这场官司以外婆的全盘胜诉而告终,"周先生"的名气在她娘家的西双河一带,也因此更加响亮了。

妈妈小时候,很喜欢自己的大舅妈。这位"金莲"名副其实只三寸有余的大宅门女主人,下厨房都是用手扶着墙。她性情温厚和善,活到了新中国成立后的六十年代。

最近几年,妈妈常看到我从北京各大拍卖会拿来的拍品图录。她指着图片上起拍价高得惊人的红木雕花家具笑着说:日本鬼子打到信阳以前,我大舅家满屋子都是这些老东西。

鬼子占领了信阳后,逼着妈妈的大舅担任维持会会长。他不肯当汉奸,只好连夜离家出逃。一把年纪的人,连惊带吓地翻山涉水,不久便染病身亡了。未曾辱没老周家的门风,终能称得上是个有气节的人物了。

老周家还有个与外婆同父异母所生的二舅,是个离不开鸦片烟的男人。我妈妈还记得,外婆每每提起自己这个二哥,不是唉声叹气就是咬牙切齿。

他年轻时就染上了烟瘾,为了逼他戒烟,外婆的父亲让人把他用铁链子锁在磨坊里,一日三餐送饭吃。他吃完饭就在磨盘上把饭碗砸碎,顿顿如此。气得周老爷子只好下令:把给老二吃饭的碗都换成铁打的,"让他砸去"!

媒人得了周家的好处,我妈妈那个不成器的二舅,竟也娶进了一房门当户对的媳妇。那户人家给女儿的陪嫁,也和周家大小姐出嫁时一样风光:好几辆堆满箱笼的大车,外加两个年轻健壮的陪嫁丫头。可架不住就是结婚成家生了孩子,也戒不掉这位周家二少爷的烟瘾。他很快就把手伸向了老婆的私房嫁妆,最后连陪嫁丫头都被他给卖了,化作榻上的大烟泡子。

妈妈说，自己的二舅母不但娘家有头有脸，富甲一方，她本人也是个知书达理的女子，定是万万没想到，自己的命运如此不济。可天生没有外婆那副叛逆的秉性，婚后生了儿女，改变现实的念头更加不复存在。

跟理财有方、越来越富的周家大少爷相反，二少爷的家是越败越穷。妈妈形容过那位奇特的二舅母，说她每天起床以后，看着女儿上学出了门，就会坐在一把旧藤椅上，无言地面对着空空如也的院子……也不知道她在想什么？抑或是什么也不想了。夏天一把蒲叶扇，冬天一只炭手炉。面容淡漠，一动不动。从日照中天，到日落西山，日复一日，年复一年。就是有人去对她嚷嚷"二奶奶没米下锅了"！她依然故我，毫无反应。

这位当家奶奶对下顿饭有没有着落，根本就不关心，就好像人家已经成了仙，连饥饿的神经都麻木了。急得我外婆大喊大叫起来："二嫂——你倒是管管家呀！"外婆跟自己的亲大哥打官司，打回了她与出嫁姐姐那份田产和山林的所有权。目的就是给这位二嫂和女儿，落实一份生存的保障。

妈妈叹息说："我参军走了，也不知道那个小表姐后来的命运怎么样？我的二舅母也是旧社会的牺牲品。"

我因此想到了一个问题：当年，促使我外婆、岳龄勤还有廖氏兄弟那一代富家子女投身革命洪流的原因，固然主要是由于外强辱国、军阀混战、政府腐败、阶级压迫等社会因素。同时，他们切身感受到了中国的封建家庭自身，也已走到了不堪救药的境地。

这些青年，是从唾弃祖先遗留下的腐朽传统开始，遂将目光转向了对新思想、新社会的求索。这其中包括对缠足、包办、夫权、父权的压迫和没落生活方式的抗争。

当鸦片大量进入中国的同时，日本民族也面临着同样的考验。与中国的屡禁不止甚至愈演愈烈的状况相反，江户与明治政府一旦开始推行禁烟，结果是行之有效的。从这种对比可以看出，中华民族面对感官享受的诱惑，似乎天生就普遍缺乏抵抗力。所谓"酒色财气、五毒俱全"，几乎成为席卷整个社会、各个阶层的颓废之风。也正是在这种国民素质普遍衰弱的基础之上,国家受到列强的欺辱;也正是在这"亡国亡种"的临界线上,一批立志改变旧中国、旧社会的仁人志士,昂然崛起……

妈妈给我讲过一个鲜为人知的故事:在日本鬼子占领了安徽淮南后的一九三八年,外婆带着她和王克书回到信阳老家,临时寄宿在一户亲戚环境僻静的庄院里。

当时,在日伪统治下的中原地区,社会状况相当混乱。"有枪便是草头王"的现实,真实地存在着。生计艰难的老百姓中,胆大的就拉帮结伙,干起打家劫舍的营生。

外婆的大哥赶集日在小镇上喝酒。也不知道是不是有人成心灌醉了这位大舅姥爷,他在酒后说胡话:"我二妹呀,那可有的是钱!"言者无心,闻者有意。在酒场那种鱼龙混杂的地方,便有当地一帮土匪强盗的小探子,把这话听了去。

几天后的一个深夜,忽听外面犬吠声声,外婆多了心,赶紧叫人去顶上大门,却晚了那么一步——黑布蒙面的一帮土匪,呼啦啦闯进了庄院……匪徒们抓住外婆,逼迫她交出"金银财宝"。外婆要靠仅有的储蓄,和孩子一起度过漫长的战乱岁月。多少年来,靠工作积攒下的银圆和几件值钱的首饰,早早被她埋藏在院子里的泥土下。

这位堂堂的周先生,当然不是轻易屈服的人,她从小就是个性子刚烈出名的女子。土匪把她吊起来暴打,整整折腾了两个时辰。正在僵持不下的时候,有个土匪突然发现,我妈妈被这家的老人藏在柴房里头,便心生毒计:"她只有一个宝贝闺女。打不服她,就整她那个小丫头!"

妈妈本来就长得瘦小,被土匪反绑住双手,吊在院中的树上了。一个九岁的小女孩儿,除了痛得哇哇大叫,还能有什么反应呢?这一招果然很灵,我外婆终是舍不得自己的命根子也遭受皮肉之苦,她把所有一切都交了出来……也许,这是倔强的周志机,平生唯一一次对恶势力低下了头。

从那以后，外婆整整一年卧床不起。也就是在那场灭顶之灾发生以后，小小年纪的娥儿挑起了照顾母亲、打理生活的担子。她学会了提着小篮子，下地找野菜、上山采蘑菇，一个人到镇上去抓中药、买油盐。

妈妈对我说，信阳乡下的农家姐妹们很善良，总是把自己这个城里长大的小妹子带在身边。大家一起掏到松鼠洞，分了洞里的栗子，最后总要给小松鼠留下足够过冬的存粮。

有一天，她在回家的路上看见个老大爷坐在家门口编筐，好奇地走近前去，顿时被吓得拔腿就跑。原来，老大爷身边盘着一条巨大的蟒蛇，大得就像一摞子大筐。小姑娘跑得连从镇上抓的药都掉了，只听身后老大爷边笑边喊：别怕别怕，它会看家，不会咬人的！

在生计陷入困境的那些日子，外婆的伤势稍稍减轻，就动手自己养鸡养猪。妈妈说，小时候最高兴的一件事，就是听到母鸡"咯咯哒"地叫，赶紧跑到鸡窝去，伸出小手捡起温乎乎的鸡蛋。

妈妈说，外婆聪明能干，养的猪也特别肥大，颇受世代为农的乡邻们好评。买回来的小猪崽，头半年多吃菜糠，后半年多吃细料。这其中的道理是，先让小猪的骨头架子发育起来，然后再追膘。如果小猪一开始就被养得太肥，反而是长不大的。

"文革"期间，我们家也有过买菜困难的时候。妈妈带着特别特别怕蛇的我，到军营周围的农田和荒地，识别过好几种能吃的野菜：荠菜、野蒜、野苋，还有马齿苋……我学会了把挖来的野菜洗干净包馄饨。为此，妈妈还用样板戏《红灯记》里的一句台词夸奖我说：穷人的孩子早当家。

"周先生遭打劫"的故事并没有到此结束——外婆有个本家的周姓弟弟，诨名叫"奔儿"。他一听说我外婆被人打了、抢了，火冒三丈地破口大骂："是谁吃了熊心豹子胆，竟敢犯到俺二姐头上？他娘的，非亲手灭掉他不可！"

很快，那伙儿对外婆下过毒手的土匪，果然全部被这个在西双河方圆百里敢称是"占山为王的双枪奔儿"，一个不剩地统统给灭掉了。

妈妈说："那些白天种地，晚上打家劫舍的蒙面小土匪，哪里是我奔儿舅舅的对手？他只需派出几个眼线，盯上谁家的男人最近赌桌上出手不俗，逛窑子挥金如土，便跟着顺藤摸瓜，抓到一个就供出一串儿来……"

童年那次被土匪吊在树上的遭遇，给妈妈留下了终生的肩臂痛疾。可每每回顾那段发生在信阳的往事，她掩饰不住对自己那位双枪舅舅的自豪。在我听来，这简直就是江湖传奇的原创版本。

我这位双手持枪的"绿林"舅姥爷，后来还真正成了个名副其实的好汉。他带着自己的草莽队伍投身革命，活跃在大别山抗日根据地，成为屡建战功、充满传奇的新四军营长。

抗战期间的西双河地区，路北驻着国民党地方军阀包刚的部队，路南则是共产党抗日武装活跃的地区。日本驻军和伪军则缩在外婆娘家老周家过去为躲土匪修建的高墙寨子里。

西双河镇上有一位信佛吃斋的李丝奶奶，这个"丝"字的来源是因为她卖过绣花线。后来，两个儿子长大成人，大儿子当屠夫，自立门户。小儿子在镇上做点儿小买卖，小两口和李丝奶奶住在一起。左邻右舍都知道，小儿媳妇不知为什么会跟吃素的婆婆作对，故意往她的菜锅里偷偷放猪油。

一日，大儿子跑到路北去收购生猪，被包刚的一帮国民党兵给抓住杀掉了。家里人得到消息后去收尸，一看大儿子已被挖去了心脏。原来，那些当兵的炒着吃了一个屠夫的心脏，为的是给自己壮胆！

我对妈妈的故事半信半疑——真有这么邪乎吗？妈妈的回答是很肯定的：旧中国，愚昧、迷信的荒唐事多着呢。与世无争的老百姓，还敢吃死刑犯的人血馒头呢！扛枪打仗的吃一盘爆炒人心，算啥？

李丝奶奶听闻噩耗后，并没有呼天抢地。她只是伤心地说：杀生太多，这是报应。她住着一间昏暗的小屋，卧室兼佛堂，终日打坐念经敲木鱼。每每出门见到外婆，就会恭恭敬敬地叫声周先生。她常对人说，"周先生是个有善心有福报的好人。"

鬼子侵占信阳驻军西双河镇后,外婆不能忍受在日伪的统治下教书,就到信南共产党领导下的抗日学校工作。一九四一年深秋的一天,妈妈接受了到西双河镇张贴抗日标语的任务。这个年仅十三岁的小女兵刚进镇子没多久,就有乡亲给"周先生的闺女"报信,说是驻在寨子里的日本兵在伪军的带领下进镇搜查,让她赶紧躲一躲。

情急之下,妈妈钻进了李丝奶奶的小屋。外面有了敌人敲门砸窗的动静,李丝奶奶就让瘦小的女孩子蜷缩在自己盘腿而坐的两膝之间,上面盖着一床被子。眨眼工夫,端着枪的鬼子就探头探脑地推门而入⋯⋯

也许是小屋光线暗淡,香雾缭绕,有点瘆人;也许是看到氤氲中的观音菩萨,听到老妇人呢喃不绝的诵经声,普遍笃信佛教的日本人心生了敬畏⋯⋯总之,命悬一线的小女兵就在敌人的眼皮子底下得以逃生。

李丝奶奶只托我妈妈回到信南根据地时,给周先生带个好,面不改色地继续诵经。想必内心自信多造了七级浮屠一座吧?几年之后,妈妈听西双河镇的乡亲说,年近六旬的李丝奶奶是名副其实"坐化"而终的——几日不进米菜,保持着盘腿正坐双手合十的姿势,仙逝。方圆百里,传颂一时。

公路边出现了一块长途汽车站的牌子——西双河村。我沐浴着霏霏秋雨下了车,请教路边的农夫:

"老乡,这里可是西双河?"

"这里就是西双河。"

"可知道西双河姓周的人家?"

"住西双河的人,都姓周。您要找的人,叫个'周'啥呀?"

叫个"周啥"呢?这下可把我给问住了。马上拿起手机给广州打电话,妈妈回答:"我也不知道我舅舅叫个'周啥'。"

信阳的老乡果然是温厚热情,听说是专程从北京来找人的,便问我们要不要一起到村里去喝杯水,再跟老人们打听打听?我屈指一算,知道舅姥爷们名字的人，也许都不在了。即便是知道些什么，正所谓"年年岁岁花相似，岁岁年年人不同"，妈妈心中那个用故事编织的西双河镇，早已经被淹没在岁月的水面下。我婉拒了邀请，继续向谭家河方向奔去……

此行之前妈妈告诉我，到了信阳，一定要去谭家河，找到一座金华寺。那个寺院原是豫鄂抗日中学的所在地，外婆在那里当过校长。妈妈当兵以前，也在谭家河镇上的小学校读过书。

离开西双河村公共汽车站没有多久，就进了谭家河乡的地界。边走边问，车不好开了，就下来走路。村庄里东一处西一处的，有培育木耳的松木架子，还能够见到举着硕大犄角的黑水牛。

一群群自由自在的芦花鸡，漂亮、肥胖、矮墩墩的，东一只，西一群，要么在收割以后的稻田里觅食，要么蹲在篱笆上，近在咫尺也不避人。有村妇热情地为我指路，这才知道，金华寺现在只是一个地名，叫金华村。二十世纪八十年代初，那座拥有几百年历史的古寺，也被彻底夷为平地。我不甘心，千里迢迢地跑来了，就是废墟，也应该看它一眼。

有个养猪专业户的猪舍建在寺院旧址后面的高坡上，远远望去，一只大狼狗正虎视眈眈端坐在门前。我不敢上前去，就在一片杂草丛生的空旷地上徘徊。找到的，只有一口石沿的小古井、一块当年许是支撑过庙宇门柱的大石墩和一座小小的老石桥。

住在寺院旧址旁一户农家的主人告诉我，在谭家河，周村中将的家里还有后人在；聂荣臻元帅夫人张瑞华的娘家老宅子也还有后人在。那老乡主动对我提到的两位当地名人，张瑞华去世好多年了，她的姐姐张琪华仍然健在。论辈分，张家这两姐妹是我外婆的外甥女。那老乡年不过四十，难怪不知道六十多年前在这里教书的周先生。

"问君能有几多愁，恰似一江春水向东流……"我听见，正在寺院遗址上徘徊的牛哥，怀着对又一座古建筑的荡然无存，发出了他诗意的悲叹。他对我说过，这二十多年，中国大地上消失的古建筑，是之前十年被毁掉的十倍也不止。

眼前的山山水水，村落农舍，贴着门神和春联的榆木门扇，全无戒心的黑水牛、芦花鸡，都仿佛是我梦里依稀似曾相识的景物。这里为我指过路，走过身边时无心地露出了羞怯笑容的父老乡亲，一定和我有着共同的祖先，相通的血缘。我没有找到记得周志机的人，是信阳府、西双河、谭家河、金华寺，这一个个未加粉饰的地名告诉我：秋雨迷蒙中这一方山水，就是外婆的故乡。

十四　大时代的儿女们

周志机的祖母生过七个女儿，一个儿子。独子周访贤，就是我外婆的父亲。当时，西双河还流传过"周家犯了七女星"的闲话。

周志机的七个姑姑，分别嫁给了信阳的叶家、张家、危家……外婆娘家的亲戚中，走出过多位革命将士。

一九三六年，外婆离开北京的亲姐姐家，来到上海投奔了表姐危淑媛。表姐夫是三十年代进步出版社辛垦书局的创办者和总编。在他麾下，外婆做了一名文字校对。

听妈妈说，那是抗战全面爆发前她们母女生活充实而愉快的一段时间。外婆带着我妈妈，同表姐夫妇一家住在上海日租界的同一个屋顶下面。危淑媛姨姥姥的大女儿，是我最敬佩的表姨妈，八二版电视连续剧《西游记》的总导演杨洁。

杨洁和我妈妈一起，度过了短暂而快乐的童年。如今，都已年近九旬的她们，还能够回忆起那时小女孩子间打打闹闹的趣事。那部杨洁导演的经典神话电视剧在中国播放了三十多年，我妈妈就不厌其烦地看了三十多年。

杨洁至今还是习惯一口一个"小娥儿"地叫我妈妈，也听到她提起我那个总是偏袒女儿的外婆：

"只要我们两个女孩儿之间发生了矛盾，总是小娥儿先开哭。然后，你外婆就不分青红皂白地袒护着她。明明是小娥儿自己不小心把膝盖磕破啦，你外婆就跟我急了！"

我被逗得哈哈大笑——原来,"安徽的赵一曼"也是只抱窝儿的老母鸡。

岳龄勤奶奶也对我说过,胡之光的手巧,女红做得好。在开封女师勤工俭学的日子里,外婆为人家做针线活儿,能给自己赚足生活费呢!有一张妈妈与杨洁七十年前在上海的合影,照片上的妈妈身穿一件毛线外套,就是今天看来,款式也还挺时尚。妈妈像个小姑娘一样地骄傲地告诉过我:"这是你外婆亲手编织的,毛外套领子下面的大纽扣是蓝色的玻璃,可漂亮啦!"

外婆对才华横溢的表姐夫内心十分敬重。他就是西南解放前夕牺牲在国民党枪口下的著名革命烈士杨伯恺。

有关史料记载:

杨伯恺(一八九四——一九四九),四川营山人。原名杨洵,字道融。一九一九年赴法勤工俭学。一九二三年加入中国共产党。一九二五年回国,在重庆参加创办中法大学,任训育主任。同年又任中共重庆地委教育委员会委员。大革命失败后,任中共上海沪东文化支部书记。抗战后回川,从事统战工作。后任《华西日报》主笔。于一九三〇年在海宁路之德里四十五号创办辛垦书店,编辑出版了很多进步书刊……一九四六年任《民众时报》总经理兼主笔。同年六月二日清晨,在国民党最高当局实行的国统区白色恐怖中,不幸落入魔爪,被关押在敌省特委会将军衙门看守所。一九四九年十二月七日夜,在成都外西抚琴台和十二桥惨绝人寰的大屠杀中壮烈牺牲……

烈士的遗孀危淑媛,我小时候也是叫她"姨姥姥",常常到她在北京史家胡同的小院子里去打枣。她是外婆的姑表姐妹,也是开封第一女子师范学校的同学。妈妈说,危淑媛的外表跟我的外婆颇为相像:皮肤白白的,身材胖胖的。我喜欢这位慈眉善目的姨外婆,记得每次到她家,都能吃到她亲自下厨做的一桌家常菜。记忆中的香椿炒鸡蛋和酸辣汤,特别美味。

最快乐的就是一人一个小板凳,围着年轻漂亮、口才极好的杨洁姨妈,听她给我们一群小孩儿讲世界名著里的故事。现在回想,自己能够成为一个终生热爱文学的人,与杨洁姨妈的故事有直接的关系。是她让我知道了世界上有杰克·伦敦、莫泊桑和梅里美……上学了,认字了,自己就去找书看。

妈妈回忆说:杨洁小时候"挺可怜"的,才七八岁,父亲杨伯恺就要求她背诵英文版的《共产党宣言》。但她很聪明,把政治教科书放在桌面上,抽屉拉开一条缝,眼睛盯着里面翻开的小说,从小就读了很多中外文学名著。

几年前回国后,我在北京近郊一个环境幽静的小区,见到了已经离休在家的姨妈杨洁。听我讲起难忘的儿时往事,依旧美丽的姨妈向我提出了一个令人不禁莞尔的问题:"现在,杰克·伦敦、莫泊桑和梅里美……是不是都住在图书馆里?"

参军前连小学都没有读完的王侠,没有像她的一些女战友那样,终生以"革命的大老粗"为荣,而是酷爱读书学习。这一定与曾在出版社工作的母亲和小表姐的影响有关。我相信,如果日本鬼子没有打进上海,没有张扬出侵占全中国的狼子野心,也许外婆会很乐意在辛垦书局,为中国进步的文教出版事业,一辈子协助杨伯恺刊印出许多许多好书。

杨伯恺在世时,危淑媛姨姥姥除了相夫教子,还自学成了日文。那时,很多文史哲著作是从日文转译过来的。当年,她帮助丈夫日夜伏案审译书稿,新中国成立后,带着两个女儿,默默地度过了一个烈士遗孀独自留在人世的大半生。她以九十二岁的高龄,在丈夫的牺牲之地四川寿终正寝。

杨洁姨妈对我谈起自己的母亲:"我爸爸牺牲的时候,我妈妈四十八岁。一个女人,在后来的半个世纪里想过什么?心里有多少苦?只有她自己知道……老太太晚年时,真还经常念叨起'娥儿'来着呢!"

姨妈杨洁不仅因为一部家喻户晓的电视剧《西游记》令我崇敬，她那刚正不阿的性格，鲜明得如同神话中的孙悟空。她也是二十世纪四十年代被父亲送到延安的小战士，通过广播电台响亮地宣读"青岛解放了"的播音员就是她。

但她至今也不是一名共产党员，原因是在解放战争期间，预备党员转正的讨论会之前，介绍人对她提出了"交易条件"。一气之下，小小年纪的杨洁当即宣布：这个"正"，不转了！虽然一直在中央电视台这样核心媒体的岗位上工作到离休，但她再没有提出过入党的要求。

杨洁姨妈在我心中，就是一个纯粹的艺术家，一个纯粹的人。每创作一部作品，她都是在流淌着心血，倾注着魂魄。她是我此生重要的榜样人物之一，身上传承着革命文人烈士杨伯恺的高傲和才情。

危淑媛姨姥姥的亲妹妹，就是著名的女红军战士、革命艺术家危拱之。在爸爸留下的一大沓遗稿中，我无意中看到了这样的描写——叛变革命后的王介佛，在跟我外婆发生冲突时斥责说："周志机，你就是要死心塌地追随那个危拱之！"

爸爸的记忆，显然是揭示了一个历史真相：这位姑表姐妹危拱之，对外婆周志机如何选抉择人生的信仰和道路，产生过至关重要的影响。

一九二六年冬，危拱之报考黄埔军校武汉分校，以"拿起枪杆子，将天下不平的事情尽情打平"的誓言被录取，成为中国第一代女兵。妈妈清楚地记得，外婆亲口对她说过：大革命时期，比外婆小两岁的危拱之，担任过中共河南省委信阳支部的宣传部长。同期，外婆担任过组织部长。但这段太过久远的历史，因为当事人尽已作古，难以进行确切的考证了。

危拱之这位我没有见过面的长辈，是一位令人每每忆之泪沾襟的人物。那么多的人发自内心地感念着她，回顾她的文章多得不胜枚举：容貌端庄，能歌善舞，勇敢忠诚，临危不惧……她的故事，不止一次被作家撰写成影视剧本。但不知因为什么，始终没有实现拍摄。

也许，危家女性的血统，天生就富有艺术基因。她毕业于苏俄高尔基艺术院校表演系，并曾赴法国学习表演艺术；在红色苏区和延安舞台上的勃勃英姿，激励过无数少年共产之军的官兵。抗战期间，她领导下的开封孩子剧团，亦是赫赫声名响彻了中原大地……

在大量有关危拱之的文字资料中，我印象最深的是著名美国作家埃德加·斯诺的生动记述。中学时代，我就拜读过《西行漫记》（又名：《红星照耀中国》）这部享誉世界的纪实作品。斯诺为"红军艺术家危女士"保留了那么多的文字篇幅，甚至超过很多享有历史声名和政治地位的大人物，至今我仍然会为其率真、幽默的描写而深受感染……

蔡畅称赞道："危拱之所走过的道路是极不平坦的。她毕生最为可贵之处，就是她在前进道路上，历尽坎坷，百折不挠，始终真诚热爱党，热爱革命事业，矢志不渝地为人民解放事业忘我奋斗。她的崇高革命精神，实在值得我们学习和发扬。"

中央红军从瑞金出发时八万六千多人，抵达陕北时是八千六百多人，幸存者为十分之一。一共有三十二名女性参加长征，危拱之是唯一一天也没骑过马也没坐过担架，靠一双受过伤残的"解放脚"，一步步丈量完雪山草地的女战士。

同时代的战友回想起她：除了做好部队的各项繁重的工作，还发挥她的文艺特长，积极开展文艺宣传活动。她不顾行军疲劳，坚持为红军战士和沿途群众表演歌舞节目。危拱之编唱的新《凤阳花鼓》更是全军闻名，深受欢迎。

在行军疲惫的时候，常有战士风趣地喊道："快点走啊！唱'花鼓戏'的同志就在前面，去听她唱两段吧！"听说前面有演出，战士们行军的速度也就快起来了。多年后，仍有红军老战士能一字不差地唱起危拱之当年演唱的《凤阳花鼓》：红军强，红军强，千难万险无阻挡；行军路上揍老蒋，北上抗日打东洋。咚咚隆咚锵，咚隆锵……危拱之的《凤阳花鼓》，成为长征途中的一道文艺盛宴。（内容摘自《鲜为人知的红色文艺开拓者危拱之》一文）

一九三八年三月六日，危拱之在《风雨》周刊上以"林淑英"为笔名，发表了《开封孩子剧团》一文。文风简洁凝重，今日读来，字里行间仍然让我感受到这位女革命者强烈的忧国忧民之心：

开封的孩子，马上要大批地流为无家可归的难民，遭受失去爸爸妈妈的不幸。所以九岁的孩子也都伸出拳头，要组织起来参加救亡事业，与将要到来的不幸奋斗！家乡存亡的关头，孩子们拿起艺术的武器，树起开封孩子剧团的旗帜，参加保卫黄河、保卫家乡的战斗，孩子们并不为炮火而吓退，要与家乡共存亡，也准备将热血洒在战场上……

广州起义爆发时，危拱之所在的女生队是在叶剑英的领导下打攻坚战的。勇敢善良而又多才多艺的她，由于党内忽左忽右的路线错误，一生先后三次在政治运动中被开除出党。延安整风中，如此坚强的女红军，因为拒不违心承认自己是特务，被逼得自杀未遂。直到去世，亦饱受精神疾病的折磨……

陶铸夫人曾志在回忆录中，描述了危拱之坎坷的人生经历，直言"没有儿女"的她，"孤孤单单地死于一九七三年春节期间……"

其实，危拱之本不应该是无儿无女的。杨洁在她的回忆录中，记述了一九三七年间，如何眼睁睁地目睹了这位自己心中"了不起的小姨"在上海的医院里，毅然打掉了她的孩子。

那个引产打掉的胎儿，被医生装在一个玻璃瓶子里，已经可以看出性别了。母亲危淑媛当时心痛得直跺脚，"太可惜了！把这个孩子生下来，我可以帮你抚养的啊……"（摘自杨洁的回忆录）

阅读了有关史料我才明白，这是个与一笔巨额金钱有关的故事：

红军长征到达陕北后，以苏俄中央为领导的共产国际，决定向处于极度困境中的中国红军，提供一笔紧急援助。

共产国际的巨额援助，无疑是雪中送炭。自中央红军到达陕北后，供给成为最大的难题，有时甚至需向张学良将军借钱来购买军粮。这笔巨款，将通过上海宋庆龄领导的"保卫中国同盟"，经上海再设法转送陕北。

中共中央指派了国民经济部贸易总局局长钱之光、西北银行绥德分行行长任楚轩、国民经济部会计科长钱希均和危拱之四人，协助毛泽民执行这一特殊的财政任务。当时，担任西安红军联络处会计的危拱之，是时任中央军委副总参谋长叶剑英的夫人。

钱希均和危拱之两位女同志，有时装扮成军官太太或阔商夫人，有时装成到西安古城烧香拜佛的香客。她们将兑换成法币的钞票，藏在装有高级衣料和化妆品的箱底，或是装着香烛和纸钱的网篮里……经过四个多月的紧张秘密运输，终于圆满地完成了任务。

我想，或许是为了执行这次秘密的送款任务，危拱之毅然放弃了孩子。那段日子，她就借住在姐姐危淑媛地处日租界的家中。外婆带着我妈妈，当时也是住在同一幢房子里。

在我的想象中，红色艺术家危拱之本身就像一位被艺术化的圣女：饱经战争考验、备受政治磨难和情感波折，却痴心不改挺立于理想的舞台，高歌不止，献身无悔。

一九四六年在赤峰，她名副其实地如同希腊神话中无畏的女神，在猛烈的炮火硝烟中，挺身挥鞭驱赶着飞奔的马车，将敌机的轰炸和扫射吸引到自己的身上。当她刚刚纵身跳下，马车便被炸得粉碎，掩护了转移中的上百名党员干部脱险。这位会像百灵鸟那样歌唱，像白鹤那样翩翩起舞的艺术家，不惜用柔弱的一己女儿之身，去上演战争大舞台上惊心动魄的勇士传奇——

漫天滚滚的硝烟中唯见她，短发迎风、目光闪闪……

聂荣臻元帅的夫人张瑞华和姐姐张琪华，二十世纪五六十年代多次亲临探视，危拱之仍常常处于意识不清的病中状态。其情形，让她们伤感满怀。危拱之的一位亲侄女说，老人在临终前的几年，所有亲友的探视都遭到了一个女护理员的拒绝。

一九七三年二月的一天，想必那是"文革"动乱期间北京寒冷的冬日。那只用光明之歌感染过苦难中无数颗心的百灵鸟，终于飞走了……

无论如何我更愿意去想象，危拱之姨外婆的在天之灵一定知道，当年，上海的教会医院里，瞪大双眼盯着一只玻璃瓶的小外甥女杨洁，四十年后也用那同一双充满童真光芒的眼睛，在"西天取经"的新长征中，拍摄了万里锦绣江山。杨洁就仿佛是代替未被允许睁开眼睛的玻璃瓶里的小表弟，饱览了五彩缤纷的大千世界，塑造出一大群不朽的影视形象。危拱之这位革命舞台艺术事业的开拓者，一定会为自己的血脉延续、后继有人而无比欣慰！

二〇一七年四月十五日，杨洁姨妈在北京突然病逝。我十九日从北欧采风归来，只能在二十一日的遗体告别会上，最后一次抚摸了她冰冷的额头，耳畔还回荡着她最后的嘱托：代替我多看看外面的世界哦——我最大的遗憾是她没能等到这本与她和危拱之有关的书正式出版……因为外婆，这两位中国的艺术女神与我血脉相连，成为我心中最美丽的前辈与榜样。

我爸爸、妈妈的老战友中，几乎所有的阿姨，都有过战争年代痛失儿女的经历。有的是胎死腹中，有的则是生后夭折，还有很多很多因为战事紧急，条件艰苦，送给了当地的老百姓，从此，再难团聚……

我妈妈特别不愿意轻易提起的，就是自己的第一个儿子。他有着一双大大的眼睛，还不满月，就死在了战争年代的风雨征途中……妈妈也许是只对我一个人说过：

"我哭啊，一个人偷偷地哭个不停。是你外婆追到部队来，苦口婆心地劝我说，'女儿，你还年轻，今后还能生很多的孩子呢。把眼睛哭坏了，还有今后吗'？"

一定是拜外婆的保佑，我妈妈有一双八十多岁仍平均每周阅读一部长篇小说的眼睛。她真的又生了五个健康的儿女。我们未必能像前辈那样功勋卓著，但自尊、自立、爱学习、不啃老，毕竟没有一个是报废的后代。

外婆对我妈妈说过一句民间俗语：生孩子，那就是"儿奔生，娘奔死"。到二〇一五年的夏天为止，日本连续三年是全世界女性平均寿命最长的国家：八十六点六岁。有一位学者对我解释说，这是因为婴儿和产妇的死亡率被降到了很低的程度。而很多不发达国家因为母婴死亡率的居高不下，拉低了人口的平均寿命。

现在，除了极贫困落后的地区以外，一个家庭中女人怀孕、生子，是何等地激动人心，以致兴师动众的大事啊！等待着新生儿的福气，用什么来形容好呢？

在共产党筚路篮缕、披荆斩棘的那近三十年艰难岁月，队伍中的母亲们牺牲的不仅仅是自己，还连同骨血连心的宝贝儿女。这种巨大的痛苦在女性原本柔软的心中，被隐忍着。同时，来自战乱的动荡、来自政治的考验，还有感情的挫折……她们到底是怎样用单纯的"信仰"二字，去战胜人类最强大的母性本能呢？她们，到底是一群用什么材料制成的……女人？

因为父母亲们一起度过了步履维艰的岁月，后代大都习惯于称呼年长的同辈作"哥哥、姐姐"。我敬重的黑子哥哥，他的父母"文革"前都已过世，父亲俞铭璜（一九一六——一九六三），是新四军中的大才子，亦是文坛知名的散文家和文艺评论家。母亲沈序，则是一位性情如同秋夜澄澈月光般的革命知识分子。

当我还很年轻的时候，黑子哥哥对我谈到母亲，总是三言两语："妈妈，她是最好最好的……""我的妈妈，是世界上最好的妈妈。"

直到一九九八年的一天，去国离家已经十年的我，在南京与黑子哥久别重逢。

俞黑子曾先后为陆定一、粟裕等多位开国元勋制作过影视专辑，《诗人毛泽东》至今不失电视片杰作的地位。他送给我的只是一本很小很薄，封面印着几片秋枫的散文集《目洗风尘》。

在这本发行量不大的小书中,我终于读到了一个儿子对母亲的回忆。他的殷殷思念,深深地打动了我的心……

(前)苏联汉学家米沙回忆说,沈序同志,是一位纯真温和的富于人道精神的女性,也是一位具有坚定的原则性为崇高理想献身的布尔什维克。米沙为我母亲写过文章,他同时也为我没有写过母亲而惊讶。

从我自诩能靠笔墨糊生以来,就时时受到这样的垂问。我理解这包含了老辈人对母亲的深厚情谊,也寄托了他们对开国初期人心振奋、百废待兴的那个时代的怀念。那时候党的形象和党的干部的形象是高度一致的。母亲能够长远地活在战友们朋友们的心里,历经几十年时光的磨砺而不衰,原因大抵如此吧。

留在我孩提时代的印象,母亲总是笑微微的。我家客多,有时一拨客人刚坐定,另一拨又接踵而至,往往开饭都来不及。好在那时候的客人都不讲究,无论大官草民,随茶便饭均不嫌怠慢。……有来谈工作的,也有的来时愁云惨淡,来倒苦水的。但他们告别时,大多数和母亲一样笑微微的。

我纳闷母亲有什么魔法,能把笑容传给别人。去问父亲,父亲说你们的妈妈是笑弥勒转世的,人们见到她就忘了忧愁……

母亲羸弱,常病重甚至病危。在发病甚至昏迷的间隙中,朋友们商量着为她准备后事时,她以惊人的毅力,奇迹般地学会并精通了俄语。她写好的每一行字,都是从死神手里夺回的一部分生命。

只要她能站起来,就迫不及待地走出家门,走向火热的生活,走进群众中去,废寝忘食地开始工作非要到下次倒在岗位上才罢。省里的领导曾当面批评她:"沈序啊沈序,你怎么一点也不会偷懒!命送掉了孩子谁来养——还笑!"

母亲靠在床头,膝上横一块木板,两头用书垫实了,时而伏"案"疾书……克制不住,咳起来,咳出一口一口的血。写作,并非竞技场上的奖牌,名利天平上的砝码,而是灵魂和心血交融的奉献,以及奉献后的快感。这大概就是母亲给我的启蒙吧。她写着写着,字越来越淡,铅笔还停在纸上,人已昏睡过去了。

碰到病势稍轻时,看见我和哥哥大眼瞪小眼地窥视她,她舒心地笑得眯起眼睛,说:"儿子们,过来!"我们欢呼着,往她怀里一拱,一边一个,踢翻了木板和书稿,脚朝天比画着拍子,跟着她唱《三套车》……

我那时并不懂得病魔的凶狠和死神的暴虐,私下里希望她总躺在床上。我甚至问过母亲:"妈妈,下一次你什么时候发病呢?"母亲一怔,苦涩地笑着喃喃自语:"快了……快了……"

短短三四年间,她的译著(有的是与陈林合译)二百余万字陆续出版,其中大部分是在病床上完成的。《冲击》《涅多奇卡》等长篇,《我们的太阳》等诗集,因其译文的严谨流畅,得到了老翻译家们的赞扬,她也因此成为华东作协的第一批会员。

她向父亲宣布:要译完十本书再去见马克思。母亲没有完成她的计划……

我喜欢伏在母亲胸前,听她胸膛里流淌出优美的旋律。满院子她亲手栽种的鲜花盛开着,牡丹、月季、蔷薇,幽幽花风涌来,暗香袭人……等我终于明白了敌人竟是死神时,悔之已晚矣。

离开母亲多年了,免不了摔摔打打,跌跌爬爬。尤其是那史无前例的十年,我数度被逼上绝路,不是没有产生过极端的念头。路终是没有走绝,固然有许多重要因素,原因之一,竟是一个小木偶人和他的仙女妈妈,这是我自己也想不到的。

木偶匹诺曹,若做了亏心事说了亏心话,鼻子会长得很长,非得他的仙女妈妈来解救不可。我有什么不对头了,妈妈便会嘲笑我:"快摸摸鼻子,长长了没有?"这一招比父亲的耳光还要灵。从此,那长鼻子总是会在我眼前晃荡,告诫我:要无愧于养育我的国家民族,无愧于亲我爱我的家人友人。我不愿意带着或被人强加一只丑陋的长鼻子去见我的母亲。(摘录自俞黑子散文《游子吟——母亲沈序》)

一个字一个字，我把这篇儿子苦恋母亲的文章，敲进自己的书稿，泪眼婆娑……只有沈序这样的母亲，能够用短短九年时间，养育出俞黑子这样的儿子。

二十世纪九十年代，黑子哥哥面临着抉择：是和已拥有学术地位的妻子定居西德，还是选择回国继续当个两袖清风的"刀笔小吏"。那正是海外青年思想最动荡不安的特殊时期……母亲铭刻在儿子心中的那一句"要无愧于养育我的国家和民族"，在他心中沉甸甸的，不是空话。

政治名誉，并不如人格名誉那么真实。黑子笔下的母亲，首先是一位公认的高尚善良的人。尽管知道"沈序"这个名字的人不多，在我眼中，却是令人为之惊艳的革命女性。

每每想到危拱之、沈序和很多女前辈的事迹，也总难免会愧疚地自问：二十岁、三十岁、四十岁……我又都做了什么？

外婆的亲侄儿周映渠，是中原突围中壮烈牺牲的一位著名革命烈士。

周映渠烈士是河南信阳人。一九〇八年出生，一九二七年入党，参加过八一南昌起义。一九三八年秋，担任"信南人民自卫大队"中队长，信应游击总队大队长，一九四二年任新四军五师信（阳）应（山）罗（山）礼（山）指挥部指挥长和信南县委书记并兼军事部长。

他领导根据地军民，多次粉碎日伪军的"扫荡"和国民党顽固派的进攻，发展壮大了信南地区抗日武装和根据地。这位能征善战的红色指挥员，令自己的敌人闻风丧胆且恨之入骨。一九四六年六月，他参加中原突围战役，奉上级指示组建郧山支队并任政委。一九四七年二月，由于叛徒出卖，在山阳县李家店突围时，壮烈牺牲。年仅三十九岁……

聂力将军在她的一篇回忆录中这样写道：

我姨妈张琪华的儿子周继刚、周继强、女儿周继英，都是从小就在我家生活。他们也是从小就受到我父母亲的教育和感染，老老实实做人，认认真真干事。稍有不慎,就会挨老人(指聂荣臻)的批评。

周继强的父亲,是我的姨父周映渠,也是个老革命。参加过南昌起义,以后又在新四军五师任职。一九四六年六月中原突围时,他被叛徒出卖,灭绝人性的敌人竟然将姨父的头颅割下来,挂在城头示众……

周映渠烈士的夫人张琪华,也活到了百岁高龄。外婆生前与这个外甥女兼侄儿媳妇的感情很深,有一段时间因为忙于工作,年仅十岁的小娥儿,就是交给她来照顾的。

我在北京见到妈妈的这位嫂子时,她坐的一张轮椅,就是二十世纪七十年代日中邦交正常化后,日本前首相田中角荣送给聂荣臻元帅的。几年前的一天,失联多年的张琪华老舅妈在看见我妈妈走进房门的一霎,马上就喊出了发自内心的一句话来:"小娥儿,嫂子想死你了!"

那一声呼喊,让我们一群站在周围的中年儿女们,无不为之热泪盈眶。经历了无情纷飞的战火,又经历了动荡不安的和平,在九十多岁和八十多岁的两位老人心里,到底翻腾起多少往昔的记忆?

周志机和周映渠,一位被滔滔的淮河水,淹没了端丽的容颜;另一位在陕南大地一座无名的城楼上,悬挂着至死高昂的头颅。血脉相连、英勇不屈的两位亲人,远离她们已是整整一个甲子……

我曾经问过身边的许多人一个问题:"你有没有亲手捧起过亲人的遗骨,为他(她)安葬、迁坟?"只有一个人回答我说:"我亲手捧起过父亲的遗骨,但是……没有头颅。"

这个人就是,周映渠烈士的遗腹子,原解放军军事科学院军事历史研究部主任周继强大校。

丈夫牺牲时的张琪华,年仅三十三岁。她开始默默地抚育着烈士留下的四个儿女。她在孩子们的呵护中,在二〇一三年以一百〇二岁的高龄,仙逝于北京。作为一个美丽健康的女人,她和杨洁的母亲危淑媛同样,都是以烈士遗孀的身份,默默地守望了大半辈子……

也许,在这些遗孀们的心中,烈士的后代就是丈夫的重托;为烈士坚守着贞洁、坚守着家，就是坚守着共同的革命信仰；我看到的是这批女性身心中一种男性所绝难具备的"始终如一"。她们是妻子、是母亲、是姐妹、是战友、是助手，甚至是保镖、是替身……默默无闻地、无怨无悔地爱着，守望着。

这些大时代的革命儿女，无论是名闻遐迩的秋瑾、杨开慧、赵一曼……还是默默无闻的危淑媛、张琪华……她们的矢志不渝，到底是为了什么呢？

"当大街上只剩下最后一个革命者，这个革命者必定是女性。"

这句出自国际共产主义运动著名的领袖人物罗莎·卢森堡之口的关于女性与革命的格言，究竟出自何时何处何种境况之下？尽管多方探寻，此刻的我依然不得而知。请问罗莎·卢森堡的在天之灵：为什么大街上只有一个革命者时，那个人必定就是女性呢？

因为女性是具有母性的人吗？因为女性革命者保护革命犹如保护自己的儿女，这里除了理想、情感，甚至还有本能吗？因为在女性的天性中，包含着天然的革命性吗？因为具备了柔韧的忠诚，因此便有了情爱般的追随——女革命者是将革命当作爱人来毕生忠诚、为革命而牺牲的吗？

在一个阶级推翻另一个阶级的暴力进程中，女性的参与，构成了主义钢铁意志之间柔韧的连接，因而使革命具有了某种特殊的，阴柔的美感。（摘自《主义之花》序言）

我也不由得会因此而联想，你死我活的世纪大对抗中，如果没有了女性的参与，那将是什么样子？如同苦雨中撑开的伞，无边夜海中桅杆上的灯，沙漠瀚海中一丛丛无语的花，枕戈待旦的勇士梦中永不消失的歌……她们是铁血阵营里最温柔多情，最具鼓舞力量的内涵。

十五　一个背叛者的秘密

在外婆身边一批献身者的对面,匍匐着一个众说纷纭的背叛者——王介佛。从第一次踏上淮南的土地我就发现,妈妈很少对人提及的父亲在家乡的知名度,甚至不亚于那位家喻户晓的"胡之光"。

老记者朱先生跟我聊天时说:"我十八岁那年,在大哥朱良甫的身边读书,常听大哥提起王介佛这个人。大哥与他是同期参加革命的知识青年,与他很熟悉,也挺佩服这个人的才华和魄力。"

朱先生告诉我,广州起义失败以后,国民党特务把中山大学在校的很多师生集中起来,让他们揭发带头参加起义的赤色分子。威胁说,如果谁都不招,就把在场的所有人都抓起来。名叫夏梅伯和李家功的两位共产党员挺身而出:"这件事情就是我们所为,与其他同学和老师无关。"结果,他们都英勇牺牲在敌人的屠刀下。

这两位烈士,也是安徽淮南人。朱先生个人认为,王介佛参加革命,与受到夏、李两位同乡的影响不无关系。以此推理,王介佛应是一九二四到一九二六年间,在广州中山大学读书时,秘密加入共产党的。那天中大的"检举揭发自首会",王介佛确实不在场。他已经在起义失败后,幸运地逃回了家乡凤台县。

大革命时期凤台"王疯子"的故事,可以说,当地关注历史的人是老少皆知。我亦因此听到了各种各样的证言。作为女儿的我妈妈呢,她对王介佛这位父亲的质疑,则令我非常困惑——

"我一直怀疑,杀害你外婆真正的凶手,就是王家的人,是……王介佛。"

半个多世纪以来，关于外婆的死，妈妈心中仿佛悬挂着一个滴血的问号。我一度认为，妈妈的怀疑，未免不符合人之常情。如果事实应验了妈妈的猜测，那么，这岂不是一场"天字一号"的人间悲剧吗？

尽管怀着如此深刻而无情的疑问，妈妈从来也没有否认，儿时亲身感受到过的"真实的父爱"。可惜的是作为女儿，她的记忆实在太有限了……

王介佛中等身材、容貌英俊，文武双全，聪颖过人，写得一手好字，还打得一手好枪。妈妈说，小时候亲眼见过他用手枪，打下一只飞在天上的老鹰。

他天生性格极不安分，少年时离家就读于广州中山大学。外婆对妈妈说过，大革命时期的王介佛，受训于黄埔军校，秘密加入了中国共产党，投身过摧枯拉朽的北伐战争，参加过名垂青史的广州起义……狂热地追捧过马克思理论和共产主义信仰。

一九三三年间，他一度失去了组织关系。为了重新找到党，这个地主家庭出身的中大毕业生把自己化装成收破烂的，衣衫褴褛，头上戴着顶破草帽，肩上挑着两个箩筐，在南京城人来人往的繁华街头，嘴里吆喝着"鸡毛鸭毛换洋火喽——"，整整流浪了一年多。

尽管经历过解放战争中分娩后的一场大病，妈妈几乎被夺去了产前的记忆，"鸡毛鸭毛换洋火喽——"那幽长、凄惶的回音，终生未从她的耳畔消失……

妈妈也对我说过，广州起义失败后，王介佛及时机警地逃脱了大搜捕，跑回安徽凤台县，担任过一个民众教育馆的馆长。因为十分明目张胆地大肆宣扬共产主义思想，不到一年，那个教育馆就被国民党县政府下令停办了。他的地主老爹王善臣，也因此不得不在那个时期公开登报声明：和王家这个"赤色的逆子"，从此断绝父子关系。

关于王介佛的被捕地点，淮南的史志研究者们一直有争议。朱先生只记得从他大哥朱良甫那里听说，王介佛应是在嘉山县被捕的。当时还有一种传闻是,王介佛不仅仅是自首出狱,还有过叛徒行为。

直到几年前,淮南著名老党员吴云前辈的回忆录《无悔的奋斗》一书,历经几十年的艰辛周折终于得以出版。该书透露出了二十世纪三十年代,他本人与王介佛之间发生的一场对峙。

作为"自首分子"的吴云,被捕后仍然力求最大限度地保持信仰操守与人格。那么,相对而言王介佛的背叛,性质是否已发展成了"卖身投靠"呢?

一九三三年九月,吴云得知黄家坝暴动失败以后,被捕的还有包括王介佛在内的六七个或是更多的中共地下党员。他写道:当听到的都是自己熟悉的一串名字,"如雷击轰顶,不禁打了一个寒战"……

有个官员私下里还对吴云讲过这样几句话:"你初到此地,不清楚现在的局势。时下,叛变已成为一种风潮,使共产党因此遭受了极大损失。"吴云这样讲述了当时的想法:"如果这些人真的叛变了,寿(州)、凤(台)两县的革命根据地将因此遭到严重破坏。特别是王介佛、程铁村、陈元德,都是地方党组织中的中坚分子……实在令人痛心疾首!"

吴云还记得,他在凤台的牢房里,见到了五个被新关进来的人。其中,包括朱先生的大哥朱良甫。当时有人骂吴云"你这个无耻的叛徒"!令吴云甚感诧异。

他追问监狱长的结果,这五个人竟都"是王介佛交给我的"。直到这个时候吴云还在发愣:"难道王介佛真的叛变了?"王介佛参加过凤台县委的创建工作,而且担任过县委书记一职,掌握很多党的机密。如果他真的叛变,损失就惨重了。

果然,吴云从朱良甫那里得到证实,王介佛确实叛变了。朱良甫还说了以下的一番话:"知道王介佛为什么要抓我吗?他是为了与我争夺民众教育馆馆长的位子。他蓄谋已久,专门等你押往凤台后,借你的名义逮捕我。移花接木、李代桃僵,这招真毒啊!"

当吴云知道沦落成"卑鄙出卖者"的舆论已经是满城风雨,为了给自己讨回个"名节",他对监狱长"严正提出,要求与王介佛见一次面。

但是王介佛做贼心虚,避而不见"。为此,吴云开始绝食抗议。

他写道:"绝食后的第三天,王介佛无奈,被迫来到牢房门前,唯唯诺诺道,'羽仙!大家都在帮你的忙,你还不知好歹'!我看见他战战兢兢的样子,完全失去了当年耀武扬威的神气,想到用无数先烈鲜血建立起的革命根据地就毁于这帮败类之手,气就不打一处来。正要狠狠训斥,王介佛却灰溜溜地走了。

"我通过监狱长要求王介佛,必须公开发表声明,澄清朱良甫等人被捕的真相。一日不声明,我就一日不吃饭,直到最后!"不久后,他得到了消息,王介佛登报声明:逮捕朱良甫等五人与吴云无关。

吴云说,自己"从朱良甫处得知,原来,早在一九三三年以前,王介佛、程铁村、陈元德另外成立了一个县委班子,整个党组织的活动早就在他们的窥视之中——特别是对我,早在他们的跟踪、监视之下。后来,他们那个县委班子的人全部叛变"。

我想,关于王介佛被捕与叛变的时间和背景,应以吴云耗时后半生心血的这部长篇回忆录为准。他对胡之光的敬重和对王介佛其人的厌恶,则鲜明地流露于字里行间。

"自首,就是卑鄙的怕死鬼!如果还出卖了自己的同志,就是更加不可饶恕的可耻的叛徒!"在叛变这个问题上,妈妈的态度是斩钉截铁的。

我只好顺着她说:"我外婆肯定当时也是认为,外公是没有过出卖行为的。否则她不会带着你回到了宣城他的身边,还设法说服,挽救过他嘛。所以……咳,都是八百年前的事情了。(我拉着长腔长调)妈——妈——我大老远跑到淮南,可不是为了用这些陈芝麻烂谷子来惹你伤心的啊!"

"他不是我爸爸,你也不要叫他什么'外公'。我恨他!"

淮南作家陈奎新先生有关淮南黄家坝暴动和王介佛的学术文章,揭示了一段我所不了解的历史。读后很受益,经作者本人许可,转载部分章节如下：

中共安徽党史记载：民国二十年十一月三日，寿凤游击大队协助当地党组织举行农民暴动……因敌众我寡，（黄家坝）起义失败。

当时正值王明"左"倾冒险主义大行其道。而皖北县委的工作方针也从另一方面说明，王明路线在当时是很有生存空间的，至少迎合了较大一部分人的心理。蛰伏就是一种等待。蛰伏更是一种考验。蛰伏的过程无疑也是痛苦的，因为并不是所有人都可以在暗夜中感受到黎明的曙光，更不是所有人都能够相信星星之火一定可以燎原。

从十月二十七日寿凤游击大队建立到十一月三日参加黄家坝暴动，这短短的六天就是这支革命武装力量的整个生命过程，因为在黄家坝暴动中有八十三名游击队员壮烈牺牲，其余人员除二十余人突围外，不是被俘就是失散，寿凤游击大队几乎全军覆没。虽然，寿凤游击大队仅仅存在了六天的时间，但他留给我们的感慨和思索却远远超出了这六天之外。

中共淮南地方党史对此次暴动的官方评价是这样的：黄家坝暴动是武装了的农民在党的领导下为摧毁反动政权求得解放、反抗统治阶级的暴力行动，给予了地主阶级一定的打击……

这个评价当然没有问题。缅怀历史，是为了更好的面向未来。当我们重新品读这段历史时，需要思考的问题肯定不仅仅只有这些。从表面看，此次暴动可谓是"天时、地利、人和"尽占。是年夏，淮河两岸一连多日大雨倾盆，淮河水位急剧上升。淮河破堤，广大贫苦农民仅有的一点家产、草房破屋、家禽牲畜，被洪水冲走冲垮，国民政府对民众疾苦冷漠面对，民愤极大。同时，黄家坝地区红色力量暗蓄……

按照常理推断，此次暴动应该会成为改变皖北革命形势的标志性行动。但历史就是历史，它不会依照某个人的意志而有所改变。八十年后的今天，当我们重新审视这一事件时，不得不说这是一场得不偿失的暴动。

事实证明,黄家坝暴动造成了地方党组织的严重破坏和革命群众的惨重损失。正如时任寿县中心县委书记的仇西华,为悼念在黄家坝暴动斗争中英勇牺牲烈士的诗篇中所表达的那样:

　　血染黄家坝草红,追念先烈恨无穷。
　　漫云赤化千家悦,哪料昙花一现空?
　　家室天涯哭望苦,流民遍野号哀中。
　　何日红旗飞皖北?喧天鼓乐吊诸公。

可以说"恨无穷"和"昙花一现",是对这场暴动最为确切的表达。是什么让这场气势磅礴的群众暴动,最终却是这样的结果?这当然有着多方面的原因,比如中央方针的"左"倾冒险、起义地点平原多水不利撤退,等等,但究其主要原因我认为,应当归结于此次暴动组织的本身。下面,就让我们从历史的一些蛛丝马迹中来探寻暴动失败的真正原因。

根据凤台县早期共产党员吴云回忆,他本人是在起义的前夜被组织开除了党籍。这一决定产生的主要原因之一,竟是其家庭成分问题。

吴云是在上海大学读书时由瞿秋白和薛卓汉介绍加入的中国共产党,吴氏兄弟三人全部投入了早期革命运动,可以说是寿凤地区的革命先驱者和早期革命组织的奠基者之一。从这一事件中我们可以明显感到,当时在这支革命队伍中"左"倾思想的泛滥。

王介佛和张庆道两个人也都在党内的会议上,明确表态反对发动毫无致胜把握的黄家坝暴动。认为那就是"左倾盲动",是"无谓的牺牲",是"拿着鸡蛋碰石头"……因此,王介佛和张庆道都没有参加那场注定失败的农民暴动。

王介佛作为寿凤地区的资深党员,曾任中共凤台县委书记,并参加过广州起义。应该说,此人有着丰富的革命斗争经验。但王介佛等人的反对,丝毫没有影响到暴动计划的实施。这至少说明,当时不只是左倾冒险主义的问题,甚至连党内的民主也很难得到保证了。

虽然王介佛后来叛变了革命,并担任了抗战后江苏省丹阳县和吴县国民党的首任县长,但他这次提出的反对意见,无疑是正确的。

从这些细节中我们可以明显感觉到，与这支队伍的建立同时而来的不只是"英勇和伟大"，还有一些偏激和浮躁。而这些并不是十分明显的偏激和浮躁，却足以令这支年轻的队伍停止了前进的脚步。

八十年弹指一瞬。先烈们的热血早已浸入了这片热土的深处，但先烈们的事迹却一直在寿凤大地传颂。……历史不只需要记忆，更需要我们用心品读。今天我们重新审视这段历史，不仅仅只是为了记忆，而是为了能够更好地面对未来。也只有这样，先烈们的热血才算没有白流。

王介佛被捕自首出狱后，据说是不久后当上了国民党驻安徽宣城的肃反专员。妈妈和外婆曾有不到一年的时间，跟他生活在一起。关于童年的记忆，妈妈说，只有那段日子，自己是与王介佛相处在一个屋檐下的。

那时，妈妈年纪太小。她只依稀记得，当时的专员行署设在宣城县城大街的一座几进青砖大宅子里。手枪排和行署的文员，也都住在同一个院落的后面一进院子。王介佛严格规定：第一，女儿是绝对不允许随便一个人迈出大门的；第二，包括家眷在内的闲杂人等，不允许到后院去。

每天早上，总有个寡言的老兵亲自把"专员小姐"抱到黄包车上，一路护送到学校，下午再去接回家来，丝毫马虎不得。可孩子嘛，总是对外面的世界充满了好奇心。妈妈好几次在傍晚趁大人不注意的时候，偷偷把头探到大门外面……

令人惊奇的是，专员行署大门的斜对面，竟然是个"红灯区"。天刚擦黑，成串的灯笼被高高挂起，穿红着绿、涂脂抹粉的女人，三五成群地站在门口，要么互相间说说笑笑，要么跟过路的人调侃搭讪儿。那些女人看上去大多挺年轻，有的是传统的打扮，穿着紧身旗袍，脑袋后面绾个纂儿，一侧鬓角后面插着花儿，脚上穿着五颜六色的绣鞋；有的也新潮得很，烫过的头发弯弯曲曲地垂在耳畔，脚上蹬着皮子的高跟鞋……

妈妈说，自己不知道那些女人是干什么的，还觉得她们一个个"怪好看的"。我开玩笑说：住在你爹那个专员行署里的男人们，倒是挺方便的呀！

妈妈承认，在这个行署的院子里，还看到过并"不好看"的东西：有一天，那个老勤务兵把她带到平时闲杂人等不准入内的地方。在后面的一进院子，妈妈亲眼看到了正在接受审问的人，还有自己那板着面孔正襟危坐在案前的父亲。

当发现小丫头笑嘻嘻地闯到自己的工作现场，当专员的爸爸发怒了。他严厉斥责那个老兵说："怎么能把小孩子带到这个地方来？胡闹！"

余下的记忆，就是自己的父亲和母亲经常激烈地争吵。大多是在她睡下以后，从隔壁的房间传来压抑不住愤怒的声音和摔摔打打的响动。终于有一次，父亲与母亲的冲突在饭桌上爆发了。摆满菜肴的大圆餐桌，都被狂怒中的王介佛一把掀翻了……

妈妈说："当时我吓坏了，缩在墙角直打哆嗦，连哭都不敢发出声音。那时候，我只是个六七岁的小不点儿啊！"但在妈妈的记忆中，王介佛从来没有对她发过脾气。王介佛跟妻子也和风细雨地谈过："以后就不要再出去工作了，我完全可以养活你们母女的啊！"

以后，外婆和外公之间发生的事情，正如廖运周将军在回忆文章中所述，一九三六年他路过宣城以后，外婆听从了他的意见，与已经"不可救药"的王介佛不辞而别。

如此一别，亦成永诀。且不是单纯的夫妻反目，留给后人的，是谜一般的"夫妻谋杀"之说……

二〇一二年八月底，我专程来到了宣城市委党史办和档案馆。我想说：中国最可爱的公务员，是史官。他们保持着文化人安贫敬业的那份纯粹。宣城也不例外，党史办的蔡长雁主任和他的同事们真诚地帮助了我。

其实，对二十世纪三十年代的历史记录，我并没有抱着多大的希望。当事人早已作古，更何况宣城地区几乎经历了每一场战争与政治动乱的洗礼。意外的是，经过几代史官的努力，宣城地方党史中，居然保存下了与王介佛相关的证言：

民国二十五年（一九三六年），安徽省的中统特务室在芜湖、合肥等县建立组织，任命与 CC 有关的国民党县党部书记长兼"肃反"专员。芜湖先后为经绍国、武英、王天梦，宣城为王介佛。

早期中统特务的基本成员简称"特工"，是职业特务。按小组过组织生活，各组不横向联系，只有垂直领导关系。中统对特务训练非常重视，训练教材有《特工的理论与实际》一书，介绍苏俄契卡、克格勃的理论与实际，包括组织、情报、侦查、逮捕与审讯等方式方法。还有《组织工作》《训练工作》《情报工作》《行动工作》《交通工作》和《总务工作》等一整套特务训练丛书。这些小册子，都是大叛徒顾顺章（曾是中共中央特科负责人）编写的。

民国二十五年四月，省特务室为训练皖南各县肃反专员办事处人员和情报人员，特在宣城开办皖南情报人员训练班。主任由宣城行政督察专员兼任，宣城的肃反专员王介佛兼任副主任。

据安徽（中统）特务室的不完全统计，在皖南破坏中共组织时，包括赤色群众计被捕四万余人。民国二十四年至二十五年（一九三五—一九三六），皖南六安、霍山的中共基层组织大部被省特务室破坏。包括赤色群众共遭逮捕六万余人。安徽的特务头子魏寿永得意忘形而口出狂言："以皖西、皖南的'自首、自新分子'为基础，组织十万人的军队是没有问题的。"因此，省特务室曾拟一个"建军计划"报南京特工总部，不知道因为什么原因，未被蒋介石批准。

第二次反"清剿"——泾旌宁宣地区游击战争和群众运动的开展，引起国民党地方政府的极大恐慌……宣城调查室肃反专员王介佛，率叛徒苏承平、徐世良和特务行动队，冒充游击队，混入宣城八条坑，逮捕干部、群众六十多人……由于叛徒的出卖和敌人的不断"清剿",地方党组织大部分遭到破坏,中共泾县县委停止活动。(摘自一九九〇年十月黄山出版社《中国共产党宣城县地方志》和其他研究史料)

蔡主任还特意告诉我,在王介佛手下充当过特工骨干的徐世良,是在二十世纪五十年代被新中国的宣城法院判处了死刑。这个叛徒的确在宣城干了很多的坏事。

当我把以上调查结果通过电话汇报给妈妈后,她久久无语……我知道,一位老共产党员的情感底线正在崩溃——史实可谓铁证如山:王介佛,是个双手沾满了同志和革命群众鲜血的名副其实的叛徒。

宣城档案馆业余喜欢摄影的女馆长冯莉君,我就像喜欢淮南党史办的张兰荣主任一样,对她也充满亲近感。她的作品从渴望读书的农民工子女的眼睛,到自家凉台上春意萌动的花蕾,很感人。

显然,宣城市的档案馆藏经过抗日战争、解放战争和新中国成立后历次政治运动的冲击,已经所剩有限。与淮南档案馆"文革"遭遇过一场纵火差不多,新中国成立后,宣城的档案馆搞过一场"废物利用"的活动——大批文字资料,竟被化作纸浆!

毋庸置疑的一个事实便是,中国大地上有不在少数的各级档案馆藏,都不同程度地遭受过洗劫和毁灭。尽管如此,冯莉君馆长还是在她的领地入口处,挂起了一块"欢迎市民免费查阅档案资料"的牌子。改革开放以后,一栋闹中取静的小楼房里,逐步增加了先进的电子检索设备,工作人员兢兢业业地把近几十年的档案收集整理起来……

冯馆长顶着烈日,陪我走访已经焕然一新的古城街道和学校。当我回到北京的第三天,她给我发来了一封邮件:

桃子老师:你好!照片收到,谢谢!很荣幸能和你认识。宣城之行我没能给予更多的帮助,有些遗憾。关于宣城调查室的地址我打听到了,就在那天我们去的谢朓楼路上,也就是谢朓楼北面的山脚下。

辗转托人,终于找到了四十年代民国宣城县长的女儿。老太太已年逾八旬,现住在合肥。据她回忆,(国民党)调查室是特务机关,不在县政府内,而是设在木直街。在这个机关附近,有一家叫作"宣大祥"的酱坊。而这家酱坊我到宣城来时还在,旁边有一栋灰青色的两层老楼,拆迁也就是近十来年的事。

虽然没有找到十分确切的原址,你总算是走了一小段外婆和母亲曾走过的路……欢迎你再次到宣城来。

我生出了一个很大的遗憾:王介佛在八年抗战期间的所作所为,相关记录至今仍然是一纸空白。那一历史时期的他,是否仍然活跃在安徽的宣城一带呢?当地党史办档案馆也没有他在这一时期的任何记载或证言。

只是我听妈妈说过,抗战胜利后出现在江苏丹阳任上的王介佛,娶了个"小老婆"姓朱,是"东流县"首富朱家的独生女儿。今天查阅有关资料,"东流"仅仅是个镇,而不是县,归属应是安徽省池州市的东至县。又是一团迷雾……

正如冯馆长所说,我的宣城之行最有意义的是"总算是走了一小段外婆和母亲走过的路"。

以出产宣纸而名闻天下的宣城,自公元前一〇九年设郡以来,历代为郡、州、府城,相沿两千多年而不辍,文脉源远流长,是江南乃至全国文化中心之一。大名鼎鼎的范晔、谢朓、沈括、文天祥等先后出生于此,李白、韩愈、白居易、杜牧等相继来此寓居,为此,拥有着"宣城自古诗人地"的美誉。

我最想去的一个地方,就是传说李白写下"桃花潭水深千尺,不及汪伦送我情"这千古名句的地方——桃花潭。我没有去,算是留下一个念想。用宣城新朋友们的话说,为了下次再来。

在宣城那段不堪回首的日子里，外婆作为王介佛曾经的战友，她是否总是难以磨灭丈夫当年执着追求理想那一番记忆？要么，作为妻子，她的心里是否仍然埋藏着千丝万缕的儿女情长？要么，就是作为母亲，她不希望女儿失去唯一的父亲？外婆一定是怀着痛苦也抱着希望，哪怕仅仅是一线希望。她在王介佛的身边尝试过，努力过，挣扎过……直到廖运周将军帮助她痛下了"彻底放弃"的决心。

今天，外婆已经得到了一场英雄的凯旋。那么，她的丈夫王介佛，到底是个怎样的中国男人？他最终的人生归宿，又在哪里呢？

十六 丹阳的"王介佛研究"

从二〇〇六年开始,我花了很多时间在无边无际的网络海洋中,试图搜寻有关外公王介佛的信息:国内的,港台的……抱着非常非常渺茫的希望。很多日子过去了,没有任何线索。但是,突然有一天的一个时刻,令我难以置信的一条标题,跃入眼帘……

我可真是与史官们有缘啊——在此,怀着深深的庆幸和感激,节选江苏省丹阳市委原史志办副主任钟建华的《王介佛与抗战胜利后的丹阳》。这是一篇叙事严谨、考证充实且文笔老到的文章:

民国34年(1945年)9月10日,民国政府还治丹阳。新任县长王介佛走马上任,入住麻巷门县政府。

省政府的委任公文是8月22日发表的,对于曾是中共党员的他来说,改换门庭后在官场还能混到这步田地,令人委实不可小觑。没有过人的手腕,何来今日排场?

王介佛,安徽凤台人,与其妻周志机在第一次国内革命战争时期参加中国共产党。民国22年(公元1933),中共凤台县委受到严重破坏,王介佛背叛革命,任太和县政府第一科科长、国民党安徽省党部特务干事、广州市政府土地局掌册股主任、安徽省政府秘书处视察员、宣城县县长、三十二集团军司令部中校秘书、江南行署第一二三区行政联合训练班上校政治教官。

对曾是广州中山大学文理学院高才生的王介佛来说,从穷乡僻壤的凤台起家到锦绣江南的丹阳，十一年来的迭迭升职，使他常常庆幸自己在关键时刻作出的抉择。可是，如今带着属下在丹阳城乡走马观花视察一番，不禁感到十分棘手。

丹阳县这座当年在京沪线上曾名噪一时的"小上海"，在日伪八年统治蹂躏之下，昔日的繁华昌盛、旖旎风光早已不在。整个县城仿佛就是一个大垃圾场：四门八关破旧不堪，满目疮痍，当年日军飞机轰炸之后的残壁断垣处处可见；幸存下来的沿街店铺大都关门上着铺板，仅有几家开门营业的店家门可罗雀，步入其中抬眼望去，货架上空空如也；从东门大街一路逶迤至贤桥、和平桥，上千难民横卧于道，衣衫褴褛，食不果腹，奄奄一息，饥饿哀号之声遍野，随地便溺污浊秽气熏天，路过之人无不掩鼻匆匆而过。

尤其是兴亚门（新北门）外的那片荒旷之地，据下面人讲，日军统治时期，天天下午都要拉着一卡车人去枪毙，行刑之后，有时还草草掩埋，有时则曝尸数日。天长日久，草长蛇窜，鼠辈横行，野狗涎着口沫，睥睨着红眼，不时地为争食尸骨而狂吠撕咬一气。莫说是夜里，就是大白天，等闲也无人敢从旁边行走……

看到这里，王介佛不禁暗自叹息。回到县政府刚一落座，看着办公桌上一大摞公文，不由得气不打一处来：倒台的汉奸政府留下了一个大烂摊子，钞票是一文不名，监牢里尚有饿鬼一堆，连伪军法庭都关着三个犯民，罪名无非是掳人勒索、危害治安。吾是光杆司令一个，虽有配枪在身，只能唬唬老弱而已，手下使唤人都没得几个。

虽然眼下抗战胜利，新四军还是友军，城区是民国政府堂而皇之接收下来的，但说不定哪一天共产党找上门来打黑枪，找一下我这个共党叛徒的晦气。孤家寡人的，连个收尸执拂摔瓦罐的人都没有啊！一念至此，王介佛不由得脖颈丝丝发凉。思来想去，如今王介佛犹如三峡行舟，中流击水，是进也不能，退也不能，只好把脑袋别在裤腰上干一场了！

说一千道一万，人为财死，鸟为食亡，招兵买马要钱，安抚难民要钱，手下人月终关饷要钱，上峰和军队过往要钱，清理街面粉饰太平要钱，经营县治要钱，我忙碌一生不也是为了钱吗？想到这里，王介佛定了定神，把杂乱的思绪集中在一个"钱"字上面。他根据以往积累的供职经验，给部下发布了几条指令：

一是把伪县长邱崧甫交出的县府账册拿来过目，重点是户籍、财税方面的底细不能含糊，必须一一厘清；二是着即查封冻结日伪时期所有日资及汉奸企业逆产，防止被人偷盗变卖；三是……八是找一部丹阳志书翻翻，以免上司来丹后谈及风土人情，咱家两眼一抹黑鸡同鸭讲，传扬出去岂不脸面无光，羞煞先人。

民国35年（1946）初春，县府大院渐渐地有了生气，经过王介佛一番苦心整治，省府也先后下拨了一些款项，虽然杯水车薪但聊胜于无。加之许多殷富人家陆续从外地和乡下返回县城，原先连鸟鸣声都不闻听的县衙，总算是开始车水马龙，不时还有地方绅士前来拜见父母官，顺便奉上车马资茶水费敬请笑纳。

王长官心想，与其恭敬不如从命，也就随礼了。囊中日渐丰盈，数月来地方乡绅连续宴请，县城几大饭店生意兴隆，王介佛的官体也眼见得发福一二……

随着复员工作逐步走上正轨，王介佛的治下也开始庞大起来：县政府设秘书室和民政、财政、教育、建设、社会、军事、田粮、地政八科以及会计、军法……而后，丹阳县银行亦告开张营业。王县长把用心着意放在民生建设上，一时间举措频频：

5月，修筑丹埤公路，铺设轨道状沙石路面，9月初通车。8月，县立简易师范学校开办，私立正则初中复校。同月，县初中从孔庙移至北门积谷仓。国立社会教育学院附属中学迁址县城孔庙。9月1日，整理全县田亩册籍，核算后较抗战前减少2万余亩。同月，强华毛纺厂开办。秋，正则艺术专科学校由四川璧山迁回丹阳县城白云街旧址。同月，丹阳纱厂在县城北门外勘定厂址，征购土地300余亩，次年9月建成投产。12月，修筑丹访公路……

桃子注：看得出，抗战后走马上任的王介佛，亦一度表现得励精图治，尽职敬业。

一波刚平，又起波澜。县警察局频频报告：一是县城难民自去年底，屡屡遣返却屡屡增加，昨日才送君去，倒是今天又见君还。共产党虽然与老蒋签署了"双十协定"，江南新四军也发布了北移告民众书。但大部队撤了，游击队始终是阴魂不散，留守人员也大有星火燎原再造丹北根据地之势。

卧榻之旁岂容他人酣睡？那些行乞要饭的倒还好说，烟民也可以慢慢收容集中戒毒，真正要命的是共产党。稍加放纵便会形成气候，闹大了传到省城、京城，我王介佛能有几个脑袋给蒋总裁开斩！

未敢造次，王介佛立即打报告要求派兵清剿。未料几日，国军21军145师进驻丹阳。国军大兵压境，对新四军留守人员实行全面"清剿"，一时间丹阳城满大街影影瞳瞳都是"丘八"。王县长又趁势在豪绅大户中募集了部分钱款，扩大县自卫队武装，这才松了一口气。满打满算，用不着再担心共产党会打自己的黑枪了。

只是未曾想到，数万军队往丹阳地面上一摆，这些"银样镴枪头"打日本人不中用，糟蹋祸害乡里倒有一等一的本事。成天价催军款要粮草不说也罢，动辄以抗战英雄自居，还调戏侮辱妇女，到戏院白看、饭店白吃、商店白拿，西门普宁寺大殿也因驻军用火不慎，遭了"祝融之灾"。

现在，丹阳乡绅名宿三天两头到县府来告状，说是"想中央（军），盼中央（军），中央（军）来了更遭殃"。让王介佛这个一县之尊，真是猪八戒照镜子——里外都不是人啦！外患甫定，内忧又生，县财政亦十分吃紧……

最要命的是近日物价飞涨，县府及商会连续发出注意平稳小麦价格、稳定粮价办法等指令，亦全然无用。原因盖出于政府战后不抓民生经济和复兴建设，成天价忙于内战戡乱，为掩盖日益严重的经济萎缩，又大量发行货币，强行田赋征实和粮食等征购、征借，实行统购统销，对农民进行直接掠夺，造成剧烈的通货膨胀……加之民族工业又受到外国商品大量倾销的打击和官僚资本的排挤，一蹶不振。市面上商品奇缺，发行货币缺乏信用，日渐贬值。国家政经情势乱及至此，又岂是一个小小丹阳七品官能够奈何？

桃子注：瞻前顾后、如履薄冰，摁下葫芦浮起瓢……小小王县长，当得也实在是殚精竭虑啊！

省党政接收委员会早就有明文规定，丹阳县所有敌产一律移交常州办事处办理。省府党政接收委员会主任委员，就是省主席王懋功。

尽管外地传得纷纷扬扬，什么国民党接收大员现在是"五子登科"（位子、票子、房子、娘子、车子），他娘的老子可是啥都没捞到，连本官的座驾，也不过就是黄包车一辆。正当王介佛搔头挠耳、束手无策之时，接到了省主席王懋功发至全省各地的公文，总算是帮他解了围……

这份公文明明白白地告诉各级政府，只要你不是打着税捐名义向地方百姓要钱，只要有办法向民众弄到钞票，空头支票尽管照开不误，至于何时归还，我是不管的。这种上面给政策开口子，下面使尽促狭手段弄票子的缺德招数源出于此。王介佛大喜过望，立即命令第二科办文发至各区，着即将各区殷富大户人家造册送呈审批而后开借。

从市档案局看到的几份临时借款报告表中可见：民国34年12月，共向县商会等12个单位及个人借款14950000元，民国35年1月又向75个单位及个人借款4690500元，2月再向18个单位及个人借款830000元，3月再向12个单位和个人借款510000元……

国民党丹阳县政府狮子般地张开血盆大口，尽情吞噬着商家百姓的血汗钱。到头来，这些钱是只见君去不见君还，直到国民党溃逃台湾也没能归还。在那个年代，又有谁胆敢向政府讨债呢！可怜见，这些商贾殷富人家从抗战结束到民国垮台，不正是"前门送狼，后门迎虎"吗？

桃子注：当着我的面，钟建华为当时借钱给县政府，最终本息无归的丹阳人士们表示愤愤然。王介佛经手干了借钱不还的缺德事，使我心里生出了莫名的犯罪感……

民国36年(1947)，王介佛在丹阳的执政进入了第二个年头。

别人看县长风光，可谁又知道县长也是后娘养的！王介佛自到任之后，与县党部那边一直不太融洽。民国34年9月，恢复丹阳县党部，组成执监计划委员会……

从还治丹阳后的国民党执监计划委员会书记长刘道一，到嗣后的党团统一委员会常备委员朱沛莲，哪个也没有正眼高看过我，无非是耻笑在下当年曾经"误入歧途"干过共产党，给上面打的小报告，天晓得有多少？

哼！没有金刚钻，能揽瓷器活？老子只要不通共，能咬了俺的屄去！丹阳地面上来来往往的这些政客，无不是朝三暮四，政治贞操不如娼门卖笑之流。我王介佛在众人眼里，恐怕也好不到哪儿去。通共是不可能的，政治上的反复之人，国共两党都不会真心对你。好马不吃回头草，剿共是一定要抓紧的。

3月26日，金柯、陈云阁等在前坞村被县保安大队包围后又金蝉脱壳；4月5日，曾任新四军高邮市副市长的恽白，被县保安大队及麦溪、延陵、九里等自卫队合击后活活烧死，首级被挂在县城南门示众。之后，薛斌也被捕并押往南京宪兵司令部……至此，王介佛彻底露出了狰狞面目，他要磨刀霍霍，拿共产党的人头向主子邀功请赏，来铺就自己在官场上的飞黄腾达之路。

桃子注：当我读到以上内容，就知道王介佛是永远也没有回头路可走了。虽说是"各为其主"，他在任上，到底还是干下了沾血的行径……

刚来丹阳之时,王介佛着意塑造的是一个儒士风范的县长形象,对最后一任汉奸县长邱崧甫,他都未曾与之为难。甚至邱崧甫又趁着战后民生困顿粮价飞涨之际倒卖粮食,他也只是将板子重重举起,轻轻放下。

面对现实,他深知老蒋的处置标准,什么人可以轻责,什么事不能枉纵。现在,他在丹阳是腹背受敌,前有共产党和人民群众正在与蒋介石反动政府进行两种命运、两种前途的殊死决战;后有国民党县党部的一帮党棍虎视眈眈,时时刻刻欲取而代之,正所谓"鱼和熊掌不可兼得",他是豁出去了。当然,他也早已准备好了退路,通过用自己两年来搜刮的民脂民膏上下打点,一个崭新的前程正在向他招手。

1947年8月,王介佛灰溜溜地离开丹阳,到吴县上任。其后事详情不得而知,只听说,他在吴县又干下了镇压吴县学潮和工人运动等勾当,徒留下千古骂名。

钟建华,何许人也?一篇"王介佛研究"洋洋万言,考证详实细致,文笔嬉笑怒骂。因本书篇幅所限,只引用了十分之一的内容。我深知,要寻找外婆,就必须了解王介佛其人的真面目、真本质,才能真正揭示外婆的惨遭暗杀是否与之有关,才能抚平历史留在妈妈心中那疑惑与痛苦交织的疤痕……

在二〇〇八年九月,我和钟建华,联名在《丹阳日报》连载过一篇报告文学。用二人对话的形式,记录了近乎奇遇的相逢。对共同寻找的一双历史人物——周志机和王介佛的故事,做了一番讲述和评说。丹阳市文联的石头主席,亲自撰写了编者按(节选):

此文以两人对白的形式,叙述了抗日战争胜利后江苏省丹阳县民国政府的第一任县长王介佛及其家人错综复杂、充满传奇色彩的故事。

王介佛与妻子为何走上两条迥然不同的人生之路?爱恨情仇、生离死别,一段段不为人知的秘史在这里首次披露,同时也给我们展示了抗日战争胜利后丹阳政治、经济、社会的一幅全景图。

全文悬念丛生，高潮迭起，加之作者优美的文笔、娴熟的叙事技巧，以及充满感情的叙述，使读者在解读历史的同时，也得到很好的精神享受……

为了不造成本书文字内容的重复，我同样是仅摘录连载文章中的部分内容如下——

桃子：

从上海开往南京的动车很棒，跟日本的高速空调列车相比，已经没有多大的区别。我将在一个叫丹阳的江南小城中途下车，这是此生第一次走下网络，亲自去与一位网友相见。网友者，顾名思义，网络上认识的朋友。干这种事情的，似乎不应该是我们这种年过半百的网民。

动车快到丹阳站时，我终于拨通了他的电话号码……

钟建华：

桃子说要到丹阳来，也是朝令夕改地变更了好几次行期。搞文学的与搞历史的，大约区别就在于前者浪漫多变，后者严谨古板。她的电话终于来了。人家为联系中断的解释是，"出发前，从洗衣机里把手机给捞出来了……"

但她又可谓是用心缜密，言及此行丹阳，将与自己以往的身份背景大相径庭——在淮南，桃子是"安徽赵一曼"的外孙女；而在丹阳，却是声名狼藉的第一任国民党县长的后人。

她特意嘱咐我："鬼子进村，打枪的不要！"

此刻，我独自徘徊在丹阳火车站的出口，等待着这班误点的动车。半个小时以后，我就要见到这位女网友了。她为此走了很远的路，从东京到北京，从北京到丹阳……我和她没有在网络上传递过影像，果然是新四军老特工的女儿，尽管自称已在海外旅居二十年，开口就问：

"出了车站，咱们的接头暗号是什么？"

> 我未加思索,答曰:"本人穿着一件粉红色的上衣……"

桃子:

我暗自倒吸一口冷气——中国共产党丹阳市委的党史办副主任,居然会穿着一件"粉红色"的上衣? 一年前,大海捞针一般,才找到这位"粉红色的史官"。他是不知道我当时那份欣喜若狂的心情啊! 我曾经搜索遍了国内外几乎所有汉字网站,为了寻找素未谋面的外公——王介佛。

二〇〇七年的一天晚上,日本家中的电脑屏幕上,一行标题跃入眼帘:《王介佛与抗日战争胜利后的丹阳》。作者署名,是一时难以判断性别的"钟建华"。多少年来,在我心中如同迷雾一团的那个"国民党反动派"外公,形象跃然纸上。在拜读完大作之后的第一件事,我就是给大海那边的妈妈挂通了国际长途:

"妈妈,我终于把你爹给找到了!"

"是啊——终于……你辛苦了。"

妈妈在电话那边沉寂片刻后,发出了深深的感叹。她不能否认的是,自己有过一位父亲;无法回避的是,这位父亲在历史中,到底扮演了怎样的角色? 对于我们母女来说,这是一场浩大的寻人工程。

坦率地说,在寻找外婆的同时,我一直不遗余力地也在寻找外公,潜意识中有着不为人知的私念:不仅仅是为了确认他与外婆的牺牲是否有关,而是我还企图证明,在这对决裂夫妻之间,反革命的一方,不是想象的那么无情无义。我渴望找到一个比较合情合理的解释,找到一个"并非那么罪大恶极、六亲不认"的外公;一位至少是勤政、清廉的民国官僚。

毕竟,在他的家乡安徽凤台县,还流传着他年轻时代为共产主义理想奔走呼号的事迹;在妈妈儿时的记忆中,还保留着父亲为寻找党组织,走街串巷、衣衫褴褛的身影……我内心怀着几分朦胧的期待和奢望,来到了丹阳。

外　婆

钟建华：

二〇〇七年底，由于单位为续修《丹阳市志》，总结整理史志工作的成果，通知各人将研究成果汇总上报。我顺便上网搜索了一下成果作品被贴上网络的情况。无意之中，在丹阳新闻网发表我的作品《王介佛与抗战胜利后的丹阳》一文之后的留言板中，竟然发现一封来自东瀛的电邮：

"拜读大作，非常不平静。二〇〇六年四月，外婆周志机（淮南当地家喻户晓的化名是"胡之光"）烈士的遗骸，被隆重迁入凤台县板张集烈士陵园。我正撰写纪实报告文学《寻找外婆》。其间，一直在设法寻找外公王介佛离开我外婆后有关的历史资料，甚至查阅了港澳台的大量网页……淮南当地关于王介佛的传闻非常之多，但我是通过你的文章，才第一次看到他在丹阳具体的社会活动以及所作所为。庆幸之情，笔墨难以形容！期待你见信后即与我联系。桃子叩首。"

由于这则留言登出的时间已有数月，深感歉疚的我，急忙进行了回复，之后，又接到了桃子的电邮："终于在〇七年最后的两天里，收到了你的回音。我相信，这是上天恩赐我的礼物。我已经等待很久了……"

从此，我这样一个无事不上网的人，居然也拥有了一位远在异国的女网友。

桃子：

我与这位钟建华史官的交流，内容基本仅限于一个话题——王介佛与周志机。通过自我介绍，得知了我们之间的些许共性：年龄相差无几，父亲都是一九三三年参加革命的老干部。不同的是，钟建华心甘情愿地在一个地图上很难找到位置的小城，做了十几年编撰地方史籍的文官；我却总是奔走在远离故土的路上……

钟建华：

穿着一身黑的中年女士向我走来，外表很平凡。唯一的装饰，是代替项链挂在胸前的一个小红U盘。我们向对方伸出了手。她说：让你久等。我说：路上辛苦。

桃子：
在丹阳的四天里，钟建华带着我一起去寻找隐去已久的历史信息。无论如何，我们都是共和国创建者的后代，很容易彼此相互沟通。

妈妈对自己的父亲，记忆是有限的。他们相处的时间很短，对他的了解，也许还不如眼前这位"王介佛问题专家"所知详尽。

妈妈记得，一天，宣城的专员官邸门外，跪着一对逃难的乞丐夫妻，苦苦哀求太太收下他们的女儿，给她一条生路。女孩骨瘦如柴，全身上下几乎没有一块干净的地方，一双小脚流淌着腥臭的脓血。外婆送给那对乞丐夫妻一些银钱，收下了这个叫翠儿的女孩，并马上请来医生诊治，亲自动手为她一遍遍地用熬好的药水洗涤双脚……

王介佛知情后很严肃地对外婆说："你不能够给我们的女儿买丫鬟！把这个孩子的伤病治好以后，马上就设法送还给她的父母。"这件事情给年幼的王侠留下了深刻的印象。我想，也许那个时候的王介佛在妻子周志机的心里，仍然残存着革命者的影子。

多年以后，外婆在长淮贸易公司这个秘密联络站，配合我爸爸林滔开始为中原突围筹资的经营运作期间，妈妈王侠则临时接受了一项特殊的任务：只身化装秘密到江苏丹阳去，与王介佛进行试探性接触。

丹阳县作为夺取上海和南京的军事重镇之一，组织上希望在未来我军解放大城市的关键时刻，前共产党凤台县委书记、现任国民党县长的王介佛能够承诺放弃抵抗，以减少军民伤亡。正是那次阔别十年的父女重逢，为外婆后来的悲壮遇难，埋下了重大的伏笔……

丹阳的县太爷让厨子做了四菜一汤，招待久别的女儿。当妈妈看到饭桌上有一碟虎皮青椒时，蓦然回想起了在宣城与父亲度过的短暂童年时光……父亲，依旧偏爱着这道朴素的家乡小菜。但是不知道为什么，在王介佛的身后，站着一个为他打着扇子的女仆。这个情景，给参加革命已经六年的王侠,留下了陌生而又异样的印象。

王介佛并没有掩饰对女儿的感情,在县长官邸中,他们进行了此生唯一一次成年人之间的对话。政治阵营针锋相对的一双父女之间,对话很快就进入了实质性的内容——

王介佛说:马克思、列宁的原著我读过,是完全违反历史发展规律的。中国共产党搞的那一套,不行。

王侠说:得民心者得天下。中国的出路,也不能掌握在国民党这样腐败的独裁统治者手里。

王介佛说:我不反对革命,也不抵制进步。问题是,什么才是真正的"革命""进步"。中国历史上有过很多次农民起义对皇权制度的反抗和冲击,即便是胜利了,取而代之的,不还是新的帝王将相吗?革命的意义,不仅仅是权力的转移,而是需要社会制度的彻底变更……

王侠说:今天的国民党政府搞的是一党天下,排除异己,残害同胞,弱肉强食,民不聊生……这算是什么社会制度?照此下去,国家和民族还有希望可言吗?

王介佛说:在中国实现民主和繁荣,是需要一个过程的。只有蒋总统和夫人所推崇的英、法、美西方国体,才是社会发展的正确趋势。我并不欣赏国民党今天的全部所作所为,但中国绝不能走苏俄的道路。将来肯定要被事实证明,那才是一条邪路,才将是真正的历史误区、民族灾难。

王侠说:妈妈对我说过,你当年就是个天才的演说家。我不想和你争论上下五千年的从今以往。现在,依仗强势破坏和平的一方,就是你们!

……

如此各持己见的辩论,当然不会有任何结果。王侠至今还记得,自己的父亲果然是出口成章,他表现得观点清晰,措辞犀利,而且,国语讲得相当标准。妈妈也许只告诉了我一个人:"你外公对我说的最后一句话就是——女儿,我们战场上见!"

钟建华：

原新四军五师宣传部长蒋立同志，原名姜泰南，丹阳人，亦是周志机的女婿林滔八年抗战中的老战友。一九四六年二月，蒋立和弟弟姜沛南受党的秘密派遣，回到丹阳从事地下斗争。姜沛南的公开身份是《中山日报》编辑主任和市参议员。

最近，是王侠阿姨协助我们，找到了九旬高龄仍然健在的姜沛南先生。他对王介佛其人的记忆，是公开场合表现得"低调、儒雅、温和"。倒是远不像那位经常指手画脚、亲自撤换了编辑主任姜沛南的丹阳县党部书记朱沛莲。

桃子在淮南找到的历史见证人岳龄勤等不少老者，他们对年轻时代的王介佛，印象无不是那种"能说会道、口若悬河"，充满表现欲望的人物。显然，十几年政治命运难以把握的变幻沉浮，来到丹阳时已过中年的他，连性格都变得判若两人。

只是天不知，地不知，只有王介佛自己知道，他到底要干些什么勾当。如果说，在大革命时期投身运动时，他还是为了理想和信仰的话，自从卖身投靠国民党，双手沾满了昔日同类的鲜血，想必心中早已一日不得安生。

麻巷门街道东首的那幢宅子委实不错，正应着那句"庭院深深深几许"。只不过"杨柳堆烟，帘幕无重数"，宅院的女主人清晨醒来走到窗前，春天浓密的杨柳笼罩在迷蒙的晨雾中。重叠低垂的帘幕外，唯有重重警卫，使得这所大院更显得幽静深邃。

花容月貌的县长夫人朱国英，与王介佛于抗战胜利后重新聚首于丹阳，对她而言，算是熬出头来了。对于夫君的出身来历，她是一清二楚的，当初自己委身下嫁，作为东流首富的唯一千金，娘家人无一看好。

如今，老公任职素有江南"小上海"之称的丹阳县太爷，要风得风，要雨有雨，她又夫复何求呢？而这两口子唯一的缺憾，就是后继乏人之忧。那时的科技条件不发达，王介佛也一直说，原先有过一个女儿。看来是自己的肚皮不争气，全然没有想到，夫君那边有什么问题。

于是两人有了共识，领养一个孩子聊胜于无。他们夫妇开始把脑筋动到了县衙门西首的王家身上。王家是个小商户，原本靠做洋伞为生。丹阳的洋伞不乏名气，据说还在南洋劝业会上得过奖。这洋伞商王家的小男孩名叫川森，生得虎头虎脑，煞是讨人喜欢。只是王家死活不肯，纵然是一县之长，也不能强求。

未过多久，终于托人物色到一个男孩子，长相也蛮机灵的，起个名字就叫"丹生"吧！王家总算有了后，哪怕是个螟蛉之子。想必王介佛对朱国英，大约内心总有几分说不出来的感觉，夫妻之间亲热归亲热，内心深处隐隐约约地，不知是歉疚还是敬畏。

直到自己和周志机的女儿王侠重新相见之后，才真正确定了这种感觉是"畏惧"。正所谓"青蛇口中齿，黄蜂尾后针。两般由是可，最毒妇人心"。朱国英在见到王侠之后的百般做作，心里恨不得要将这个小共产党和她肚子里的小杂种生吞活剥。

她表面上还要笑嘻嘻地送给王侠绫罗绸缎，这边还没送她上路，那边早已安排王介佛的六弟王保义连夜赶回凤台，密告处置周志机一干共党……行事手段泼辣凌厉，又岂是须眉男子所能及？

王介佛许是心想，甭说无力阻挡，万一上峰知道了自己"弃暗投明"这么多年，居然仍与共产党眉来眼去，私下暗通款曲，要被对头策反。一朝事发，还能有几个脑袋送给委员长去砍？从此以后，王介佛倒是生了臣服之心，与朱国英两人算是一根绳上拴的两个蚂蚱，谁也离不开谁了。

王介佛到丹阳任职一年零九个月，之后通过关系活动到吴县当县长。一九四八年秋天，在距离中共大军挥师南下解放苏州仍有半年的时间之前，他为何如此张皇失措地提前逃跑呢？到底是什么原因，王介佛非要选择"脚底抹油式"的不光彩的出走？桃子也没有得出合理的推测。

我则认为，一是与王介佛对大趋势的判断有关，他对国民党在内战上节节败退的最终结局，已看得相当清楚。中共夺取政权是早晚的事，与其挨到江山易主，倒不如早寻出路。自己原本和国民党就不是同路人，决然犯不上为蒋家王朝陪葬。

二是与他本人有贪腐之嫌，屡屡授人以柄有关。丹阳县党部书记朱沛莲在王介佛任职丹阳县长期间，一向对他不满。明争暗斗，有目共睹，其中就有着朱书记对王县长"县政财务账目不清"的严重质疑。

三是他对国民党内部党同伐异，相互倾轧的官场生涯已心生厌倦。自己的政治靠山王懋功，亦于一九四八年九月被蒋介石撤职罢官。"树倒猢狲散"，这对他来说，无疑是十分重大的打击。若是再出差池，上面是绝对没人给他庇护遮掩了……

历史上，关于这位一生身负民国要职的王懋功大人，其实还有值得其骄傲终生的一笔记录：一九四五年九月九日，南京的受降仪式在中国战区南京黄埔路陆军总司令部前进指挥所举行。日本的投降代表是臭名昭著的驻华日军最高指挥官冈村宁次及小林浅三郎等人。中方的受降席上，也端坐着这位抗日名臣王懋功。

王介佛在调离丹阳赴任吴县以后，朱沛莲仍然锲而不舍地追究调查。虽然是没有查出确凿的证据，从账面上证实王介佛的"不干净"，但他那桩被披露在新华社的"卖兵"丑闻，却从侧面证实了朱书记对他的质疑，亦非空穴来风。

史料【新华社陕北一日电】据上海报纸披露：今秋以来蒋匪当局在各地疯狂征兵抓丁……苏州蒋匪县长王介佛令其弟王保义，公开在苏州东方饭店卖兵交易处，将王在丹阳县长任内带来之保安队员十余名，高价售与该县东桥镇镇长。该镇长又以更高价格，向当地人民征收"安家费"。

桃子：

千里迢迢来到丹阳，我是没头没脑地开始寻找外公。我惊诧万分地看到，丹阳的民国档案保存量竟然如此丰富，席卷着浓浓的历史气息扑面而来……

王介佛在不到两年的时间，亲笔签字颁布的各种"训令"，多达两千余件——什么治安、剿匪、复工、复课、安置复转军人、提倡破除迷信、移风易俗办丧喜、改变妇女缠足陋习……可谓是五花八门、事无巨细。丹阳县县长"王介佛"的草书签字，在大批故纸堆中龙飞凤舞。

　　令我感到疑惑不解的是，王介佛的继任县长相关的档案却几乎荡然无存？市档案局的范康建科长也是老新四军的后代，他笑眯眯地告诉我：丹阳县民国末任县太爷叫王公常，在解放军进城之前，他尽量销毁了与自己有关的档案文件。因而大量被留存下的，"当然便是你外公王介佛的'政绩'喽"！

　　妈妈也说过，一九四九年她随着解放军大部队南下时方才得知，国民党政权的丹阳末任县长虽然也姓王，却早已不是自己的父亲王介佛了。

钟建华：

　　有文章描述，接王介佛班那位王县长"嗜血成性""贪财好色"，这个民国官僚在丹阳犯下了累累血债。当时，坊间就有不少关于他"肆无忌惮搞腐败""为泄私愤搞谋杀"的传闻……

　　一九四九年四月二十三日，是丹阳县城的解放之日。可就在两天前的晚上，王公常亲自策划活埋关押在看守所的新四军、中共地下党员和进步青年九人。他们被反绑手臂，喉塞棉花，活埋下去后，还用刺刀从头顶捅进一刀（另一说是"活埋前，先在头部插入了竹签"）。其凶残血腥，令人发指。

　　王公常，四川咸远县凤凰镇人，中央陆军大学（黄埔军校）第四期毕业生。一九四八年十二月，因丹阳战略地位重要，继任王懋功的江苏省主席丁治磐委派王公常，来丹阳任县长兼保安队第一大队长和城防总指挥。

　　他在丹任职的五个月内，以"严厉"闻名，对手下有犯错误或不听话的，动辄体罚打屁股，摆出一副效忠党国的姿态，上任后马上就召集各机关人员、中小学公教人员分赴乡镇，催逼田赋。在他的高压政策下，至一九四九年四月，丹阳已征收赋粮八成，而周边其他县仅征收到二成。除征粮外，王公常还下令紧急征兵，三个月内强抓壮丁一千多人……他的"政绩"得到了丁治磐的赞扬，因此获赠皮衣一件。

人民解放军渡江后，王公常明知国民党败局已定，犹作困兽斗。四月二十三日下午，他令手下去银行和粮店、布行掳走大批钱物准备逃跑后用。次日，解放军已占领丹阳，他派保安团长及县府人员胁迫保安团、自卫队的千余名人员，携带枪支，企图到珥陵上山打游击。

当日傍晚，王公常在毁坏电话机和秘密文件后，仓皇逃走。次日凌晨在金坛附近被三野战士捕获，押解至苏南行署，后转至丹阳县公安局。经审讯，王公常对所犯罪行供认不讳。经苏南行署和镇江专署批准，一九四九年九月二十日下午，丹阳县各界在公共体育场召开公审大会，参加者包括死难者家属、市民、学生、机关干部、部队指战员及各界群众，共计两万余人。

当王公常入庭时，群众一齐喝令其下跪，高喊"镇压王公常""血债要用血来还"的口号。被害者家属上台将王公常包围，悲愤地控诉他的罪行。有的家属还去撕耳朵、拽胡子、扇耳光。当人民法院宣判王公常死刑时，群众齐声欢呼。随着枪响，王公常这位不可一世的反动县长终于受到了人民的惩罚。

桃子：

在丹阳档案馆，我看到了王公常被五花大绑，即将受到正法之前的"遗照"。

钟建华说我表现得那么"贪得无厌"，因未能找到王介佛和民国旧县政府的照片，长吁短叹。于是，他和几位朋友花了一个下午时间，从老西门的城墙脚开始，胡家大院、林家大院、正仪坊、三思桥、警钟楼等遗迹一路寻访过去，陪着我穿行在老城区狭窄曲折的大街小巷，出入着很少被本地人光顾的旧屋古宅。

来到拆迁后重新盖起的阳光花园东南角后，钟建华告诉我，这就是我妈妈当年与王介佛重逢的地方。时间已经十分久远，新中国成立后在丹阳出生长大的人，都已经不能够确定民国时期老县政府的遗址所在和院落规模。改革开放的新时代经济腾飞，开发速度超越了中国有史以来的任何一个时期，淹没了太多昔日的痕迹……

钟建华：

尽管我在撰写《王介佛与抗战胜利后的丹阳》一文时，经过调查研究，确认了昔日县衙府邸的位置和由来。但是因为王介佛的女儿王侠阿姨记得，当年曾经亲眼见到"有犯人在县政府院子里放风"，我们开始争论不休……

我说："怎么可能把牢房设在政府的办公地点里面呢？"

桃子说："我妈妈对我有过很具象的描述，说她在穿过的第一进院子，看见了上午正在放风的一群犯人。他们倒是衣着干净，每个人头上还戴着一顶圆圆的小白布帽子。她还暗暗告诫自己，尽量不要去扫视他们，以免万一被其中见过自己的人辨认出来……"

我说："你妈妈的这段记忆，实在值得怀疑。试想县太爷和犯人住在一个院子，一旦发生了越狱、暴乱，那不是很危险吗？一定是她老人家记错了。"

桃子说："一九四六初夏，妈妈那次到丹阳来，唯一的秘密任务，就是策反王介佛在解放军兵临城下时放弃抵抗，肯定没有再去过其他地方。她跟老爸谈崩了，只能马上离开，根本没有条件到别处去转悠——丹阳，可是敌占区啊！"

我边挠头边讷讷："难以想象……"

丹阳的几个"地头"和一只沮丧的"海归"，毫无结果地争论着……偏偏此刻，奇迹发生了——桃子的运气可真好！我同学的母亲王月笑老人，在她儿子和我通电话时，突然用丹阳话在旁边插嘴问了一句：

"王介佛，谁在找他？"

言者无意，听者有心，这句打岔的话，居然被我听见了！哎，有门儿！因为她讲到"王介佛"三个字的时候，我同学复诵是用普通话，而他的母亲则是用丹阳方言重复——"介"字的发音土话谐音为"盖"。就冲着这个"盖"音，只有当时的知晓之人才会这样讲。我赶紧请老人家接听电话之后，结果则是令人大喜过望！

　　那厢的老者岂止是"知道"，原来，王月笑老人就是与民国丹阳县政府比邻为伴的那户洋伞商家的女儿！平时走动十分频繁，正是因为王介佛夫妇特别喜欢她的小弟弟森川，有过收为养子的心愿……桃子坐不住了，当下我就和朋友们陪着她，在路边的水果店提出一只果篮便驱车直奔而去。

　　七十五岁高龄的王月笑依然耳聪目明，更加难得的是，因为她年轻时在县话务局当过接线生，能说出一口丹阳老年人中绝不多见的普通话：

　　"王介佛生着一张国字形的脸，平日爱穿一身浅色的中山装，出门时，手里总拿着根手杖。他的太太长得很漂亮，身材苗条，皮肤挺白，比我还高一点。他们夫妇的模样好，待人又和气，从来也不摆县长的架子。

　　"当时县政府给王介佛配着一辆专用的黄包车，却常常见他走在路上。那时谁都知道，王县长这个人爱骑马，骑的是一匹大白马。他们夫妇碰到街坊邻里，都会和和气气地打招呼。后来听说他要调到吴县去，我们这条街上的居民，还都挺舍不得他呢……"

　　老人听桃子说，自己的妈妈正是王介佛的亲生女儿，一九四六年夏天，一度来到丹阳县府"看望"父亲。老人眼睛一亮，连忙说：

　　"这件事情我好像还有一点印象。那天我母亲招呼我说，县长府上来了客人，赶紧去把正在县长太太身边玩耍的小弟弟接回来。我到了王县长的住处，果然看见一个比我大几岁的年轻姑娘，穿着旗袍，瘦瘦的，模样蛮清秀，正站在客厅里……"

　　桃子心里有数，王月笑老人这一番描述，与当事人王侠阿姨本人的叙述十分吻合。但为了进一步证实老人记忆的可靠性,她特意询问王月笑老人,印象中那个"年轻姑娘"的身高几许?

老人答道:"比现在的我要矮一点。"

桃子为之释然——不错,很像是妈妈的身高了。

我接着问道:"您还记得,当时县政府那个院子是什么样子吗?"

王月笑老人表现得很得意:"怎么不记得,那时我经常去王县长家玩的嘛!那是麻巷门的一座四进的大院。每进院子有大约有四五十平方米的长方空间,正面一排有五间房子。前面几进院子的房间都是县政府的办公用房,王县长和太太就住在靠后面的一进院子。楼下是待客的地方,二楼是住房……"

当然,必须通过王月笑老人证实那个我们刚才为之争论不休的疑问:当时的县政府院子里,到底是不是真有监牢和犯人同在?

回答竟是不容置疑的一个字:"有。"

经过老人连说带画图的一番解释,一切就变得完全不难想象了:原来,地处丹阳麻巷门街的那座县府大院,第一进院子的西墙朝东开着一扇门,通向县府直辖的一所小监牢。男监房大、女监房小,女监的窗户是朝着街的。犯人放风,确实是利用县府的第一进院子。

显然,王侠阿姨时隔半个多世纪的记忆,是准确的。真是"踏破铁鞋无觅处,得来全不费工夫"啊!多年来与我近在咫尺的老熟人中,竟就有着如此重要的一位历史目击证言人。

桃子:

我对钟建华报告了淮南地方有关王介佛的坊间传闻。潘集一位退休的老校长,是老王家的族人。他对我回忆起自己所知道的王介佛。

据那位王姓老校长说,一九四八年,国共决战进入了最后的白热化阶段,早已在几十年纷纭世事中练就了一双"火眼金睛"的王介佛,突然做出了一个神秘的决定——

他对自己身边凤台县籍的厨师交代:"我跟省主席请了假,要到上海去看病。如果一时半会儿回不来,你就代我去领工资,坚持在这里为我看家。如果连工资也领不到了,可以卖掉屋里的衣服和家具,作为你的薪水补偿。"

他和朱国英确实是什么扎眼的东西都没拿,只带走了随身的两只小箱子和那个在丹阳收养的男孩子王丹生,就这样提前逃离了江苏。因为讲述者是在丹阳亲眼见过王介佛和朱国英的王家亲戚之一,本人亦是一位谨言慎行的老文化人,我暂且将以上这段故事,作为"野史"记下。

有正史可查的是,王介佛离开丹阳县以后,继而走马上任江苏省吴县的县太爷。他在人称"天堂"的苏州地界上,又留下了镇压工运、学运等劣迹。即便潘集那位王校长的描述是确切的,王介佛和朱国英亦应是从吴县逃离,而不是丹阳了。

同样是那位王校长,他说:六十年前,假借王介佛的名义给凤台县党部写信,告发了周志机和林滔夫妇的真凶,是朱国英。

在淮南时我还听说了这样一个版本:大约是在二十世纪五十年代末六十年代初,不知因为什么具体原因,王介佛和朱国英还是从香港迁到了台湾。王介佛因为自己的身体不好,自学了中医。随着医术日渐精深,也能够给人切脉开方了。他和朱国英在台南开了一家旅馆,默默度日。

二十世纪八十年代,许多台湾老兵回大陆故里探亲。听说也有安徽淮南的同乡前去询问王介佛夫妇:是否也有归去之心?回到淮南凤台的一个国民党老兵说,朱国英当时回答他们:"我们是不能回去了。"最后一个传闻,是王介佛以八十六岁高龄客死在台湾岛上,朱国英的下落则无人知晓。

钟建华:

我和桃子讨论过一个问题——国民党当时作为执政党,它的阵营何以会将有志为国家进步投身过革命洪流的理想主义青年,如此迅速地异化成利欲熏心的俗人?如果说,王介佛作为一介政府的公职人员,出于各为其主的立场而犯下过罪行,尚可理解为是当时角色使然。

但他在革命的危机时刻，作出了错误的选择。历史给予他重新选择的机会时，他仍一意孤行，甚至不惜牺牲自己的妻孥，仅为巩固眼前的名利地位，谋取一己私利。如此行藏，则为任何时代、任何社会共同的道德准则所不齿了。如果他真正地像在与女儿王侠诀别之时慷慨陈词所云："战场上见"，尚且不失为堂堂正正的男子汉，而后来的卑劣行径，则让世人为之侧目而视，为之不齿了。

桃子坦言：无法否认在自己英雄辈出的家族中，也出现过一个声名狼藉的人物。

正应了中国那句老话：人过留名，雁过留声。王介佛啊，王介佛——黄泉之下又如何能够想象得到，一个素未谋面的外孙女儿最终会在你的身后，执着地拨开历史的重重迷雾，看到了你这位"英俊才子"令人扼腕、令人憎恶的真实容颜，挖掘出了你埋在坟墓里的人生档案呢？！

桃子：

丹阳数日，承蒙朋友们无私的鼎力相助，加之所幸"运气太好"，收获之丰，远远超出了来前的预想。我为外公和外婆如此大相径庭的人生道路，心中百感交集。

时至今日我终于悟出：政治观点、政党归属，甚至阶级差异，都未必就是夫妻、骨肉或亲朋挚友能否同路的关键所在。人与人之间的恩怨亲疏、同道与否，决定性因素是两个字——人格。

不错，王介佛和周志机，是一双最终会因人格迥异而必然分手的乱世夫妻。

几年间，我行程万里，采访对象不下百人。在对外婆周志机的漫长寻找中，不同的证人从不同的视角，尽是对她高洁、博爱的人品充满了由衷的缅怀。丹阳之行，彻底粉碎了我对王介佛其人仅存的一丝……幻想。

丹阳，蝉联全国卫生城市十年之久，所有的大街小巷，真没有让我看到中国大地上令人见怪不怪的垃圾堆。一孔孔躬身碧波之上的小石桥，一条条被磨得发亮的石板路，一座中国最大的眼镜市场，一群性情温厚的新朋友……寻寻觅觅的几年间，这是我最难忘的一座小城。

在离开丹阳的动车上，我收到了钟建华的电话短信："别总走在天涯孤旅的路上，常回家看看。"

十七　前辈的身影在水一方

与王介佛有关的故事，远远没有就此完结。命中注定，外婆一生都无法摆脱这个影子。

几年前，年过七旬的湖南郴州政协一位副主席专程来到广州。这位老者紧紧握着妈妈的手，热泪盈眶："中原突围时，我年纪只有十五岁，如果不是周先生和林部长千辛万苦地把我经凤台一带转移出来，如今的我，尸骨早已化成了大别山区的泥土。周先生是我记忆中最好的人，一路上多亏了她的照顾。我找了你们好多年啊……"

这是我再一次听到有人说，外婆是一个好人。

新四军五师的军史资料中，记录下了中原突围的重要战斗，记录下了数以万计不畏牺牲的根据地军民……但并没有正式以文字形式，记录下淮河上这条秘密交通线的作为。

有一位新四军五师的老同志，说过一番意味深长的话：有些经历了中原突围的干部和家属，即便是化装转移的人，也更愿意对外声称，自己是随作战部队"打出大别山"的。也许，这就是淮河上与外婆和爸爸妈妈有关的那条秘密交通线，长久不被详实记载的原因之一吧？

妈妈却总是说，比起千千万万无名的献身者来，母亲周志机是很幸运的——淮河边的党员和乡亲们，从来都没有忘记她。

有关史料这样记载：

中原解放区是抗日战争转入相持阶段后，由新四军第五师和王震率领的八路军南下支队,在鄂、豫、皖、湘、赣五省交界地区,创建的敌后抗日根据地。日军投降前,中原军区部队已发展到两个纵队、三个独立旅及三个军区共六万余人,根据地也已扩展到六十多个县,并对战略要地武汉形成了包围之势。

而抗日战争胜利后,武汉成为国民党军从大后方进军华东、华北和东北的战略枢纽。蒋介石调集了二十多个师,加紧包围和蚕食中原解放区。先后占领鄂中、襄西、鄂东、鄂南、豫中、豫西等地,企图消灭中原军区的部队,打通国民党军向华东、华北和东北进军的通道。

一九四六年五月十日,国共双方代表虽然就中原地区停止武装冲突签订了《汉口协定》,但国民党军的蚕食进攻并未停止。六月,国民党军已将中原军区部队六万余人,包围在以宣化店为中心、方圆不足百里的罗山、光山、商城、经扶、礼山之间的狭长地带。中原解放区的占据面积,只及原来的十分之一。

为了避免内战,中共中央多次与国民党谈判,表示愿意让出中原解放区,将部队转移至其他解放区去。但蒋介石却一意孤行,不断加紧调动军队。至六月下旬,用于包围中原军区的国民党兵力,已增至十个整编师(相当于军)约三十万人。一九四六年六月二十六日,蒋介石撕毁国共双方于一月间达成的《停战协定》,以郑州"绥靖"公署主任刘峙指挥的十个整编师,首先对中原军区部队发起大规模进攻……

至此内战全面爆发,九州大地再度烽火弥漫。

早在国共谈判破裂之前,大别山根据地的广大区域,就长期受到国民党反动势力的经济封锁。表现得最为突出的问题,就是食盐。

大别山地区历来缺盐,老百姓俗称的地方病"大脖子",就是因人体缺碘而引起的甲状腺功能亢进症。当年,除了民间土法熬制出来的产量微乎其微的硝盐,就是要靠陆路和水路,从江浙沿海地区贩运海盐。

正常流通渠道的曲折艰辛,本来就增加了食盐的价格。长期的战乱与国共两党之间难以真正消除的对立,以及人为设置的税政与军事封锁，更增添了食盐、药品等重要生存物资供应的严重匮乏。根据地军民早已陷入了无法以笔墨形容的"盐荒"。人不吃盐，就没有力气，就会生病，甚至死亡……

妈妈的老战友周村叔叔回忆说：当时，缺盐已成为一个生死攸关的问题。只要是贩盐的商队被我们的部队遇到，那是一点儿客气也不讲的——每一颗盐粒，都要被毫无商量地"扣留"下来。

当时，作为领导干部的爱人，我妈妈为了缓解身体严重缺乏盐分的问题，也常跟战士们一起到小山涧、小溪流去"翻石头"。运气好的话，石头下能够抓到生长在淡水里的一种小螃蟹。从这种野生动物煮熟的身体里，可以连壳嚼出淡淡的盐味……军队尚且如此，穷苦百姓缺盐的惨状可想而知。

现在，每当我在超市的货架上看到食盐的价格那么便宜，品种那么丰富：含碘的、含钾的、粗的、细的、大包的、小包的……就会想起妈妈的故事和爸爸的手稿。谁能想象得出，那些未来共和国的创建者们，吃过从茅房墙根儿一点点抠下来的尿碱。

爸爸在他的手稿《淮河》中描写道，当知道苏北解放区为了支持老五师打好突围这一仗，表示要送给大别山根据地一批海盐时，高兴极了。当天晚上，他梦见自己的战士行军打仗时，每个人的背囊中都增加了一个小布袋子，里面装着白色的真正的……海盐啊！

大别山根据地指战员和干部家属的突围途径，除了部队的战斗突围，一部分机关干部和家属，只能是化装分散转移。这些不能随大部队行动的同志，每人、每家都需要带些上路的盘缠。这一部分经费的补充，也有赖于苏北海盐在封锁区内的贸易收入。

淮河贩盐，这在当时是风险巨大的暴利生意，甚至超过了鸦片、黄金和军火交易所获利润。沿海有盐，但如何通过敌人的重重封锁线呢？在差价巨大的中原地区，如何变通成救命的现钱？这就是必须有人去完成的一项艰巨任务。

爸爸生前对我说：自己一生走南闯北、身经百战，内心最引以为豪的一场战斗，就是单枪匹马地在淮河上贩运海盐。

突围前夕，中原军区党委做出决定，原新四军五师敌工部部长林滔，化装成携家眷回乡的盐商，完成这项特殊的使命：运盐、贩盐，筹措并输送资金，同时开辟秘密交通线，配合转移部分突围的干部和家属。

当时，妈妈已经有孕在身。为了完成这项任务，她没有任何迟疑，做好了包括修改两件外婆的旧旗袍在内的准备工作。爸爸的战前功课，则包括整整一个多月每天躺在大中午的日头下，暴晒自己的前额……一个风吹日晒的军旅中人，前额印着长期佩戴军帽的痕迹。

其实，在这场特殊战斗的阵容中，最为举足轻重的人物，就是我的外婆——自三十年代中期，始终没有被正式恢复党籍的一名中共老党员。淮南当地史料记载，周志机仍以大革命时期的化名"胡之光"出面，带着她的女儿王侠和化名"郑汝骊"的女婿林滔，神秘地回到了阔别八年的婆家淮南凤台县。

胡之光的女婿，名义上是外婆那位抚顺煤矿董事长姐夫家的儿子，一个在东洋留过学的贵公子。爸爸在他的遗稿中不经意地提到过一笔：当时，为了确认胡之光这个自称"来自大后方的女婿"的真实面目，凤台县党部用心谨慎地通过中统组织进行了调查核实。结果，还真的得到了重庆方面"确有郑汝骊其人"的答复。

爸爸的具体任务是通过国民党统治区域的重重封锁线，把一船船的海盐从苏北盐城，运到皖北敌占区。再通过淮河的秘密交通站批发、销售到沿岸的各个城镇、乡村。

爸爸、妈妈、外婆和警卫员郭定胜等一行，化装成抗战胜利后返乡的一家老百姓。他们车船辗转，风尘仆仆地从根据地来到淮南凤台县，要建立起一条东至苏北盐城解放区，西到中原军区所在地湖北宣化店的秘密交通线。

外婆周志机，在妈妈的讲述中，我看到的是一位母亲和乡村女教师。

从爸爸留下的手稿《淮河》中,我则看到一名睿智勇敢的女特工:

眼见她还是浑身破衣烂履,十足一个逃荒路上的贫苦农妇。闪进路边的小茅房再走出来,便活脱一个赶集走亲戚的殷实妇人,身着干干净净的旗袍、足蹬刺绣布鞋、手挽蓝花布包袱。她时而是一个为孩子生病,在敌人哨卡的盘问下语无伦次、神经兮兮的村妇;时而又是一位谈笑风生、八面玲珑的公司董事长……

爸爸在苏北接受了这批对于大别山来说贵比黄金的海盐,曾山老部长说:"林滔,你就搬吧!能运走多少,就搬多少。"于是,我爸爸贪心地亲自抡开了膀子,踩着晃晃悠悠的跳板往船上扛盐包,和战士、民工们一起,干得是汗流浃背。

通过爸爸的口述,我得知:当时,他怀疑苏北解放区的内部有人通敌。

对盐城同样负责敌工工作的某关键人物,爸爸再三叮嘱过他,在这项淮河运盐任务结束之前,千万不要去触动我方掌控在手中的国民党情报点。这些长期潜伏的敌特分子,无异于是瓮中之鳖,任何时候都可以肃清他们。在即将展开一项高度机密的大行动之前,必须谨防任何"打草惊蛇"的事态发生——无疑,这是对敌斗争起码的常识。

然而,不可思议的是,满载海盐的船队前脚刚刚踏上出发的航程,根据地那位敌工工作负责人就下令,一举拔掉了苏北根据地及运河沿线的所有敌特情报点。这突如其来的意外变故,自然会给敌人敲响警钟——共军根据地近期必有重大的秘密行动。

这就是一九四六年春夏那场淮河贩运海盐的任务,令人备感危机四伏的重要内在原因。对那位举措令人费解的苏北敌工干部,爸爸始终耿耿于怀,却没有确凿证据。他除了后来向上级领导单独汇报过自己的看法以外,保持了一生的怀疑和一生的缄默……

胡之光一家声称,从重庆大后方回到凤台,携带着大宗资金,创办了名号响亮的长淮贸易公司。淮南的老人们至今津津乐道的是,当时胡之光和女婿把生意做得十分排场。

运盐的大船顶风航行在淮河上，董事长胡之光稳坐钓鱼台。她运筹帷幄，长袖善舞，上下打点，四方周旋，翘首等待着大盐商女婿的扬帆归来……

事实上，这是共产党中原军区特工与国民党中统特务之间的一场"心照不宣"的暗战。长淮贸易公司经营的是若无雄厚资金和社会背景便无从介入的贩盐生意，不可不关联到的，还是王介佛。

抗战胜利后，王介佛倒是当上了江苏省丹阳县的接收大员兼代理县太爷。他的政治靠山是当时的江苏省主席，大名鼎鼎的民国元老王懋功。听说此公是个敢对蒋委员长拍桌子的人物，亦深得第一夫人的信任。外婆正是公开顶着"王懋公的红人"、丹阳县王县长夫人的头衔，将淮河沿岸上至官府、驻军，下至商家、地头一并沟通到位的。

盐船一靠上蚌埠以及运河和淮河沿岸的码头，入库、出库，周转如流。拥有着辉煌史绩的徽商后代们，将一船船雪白的苏北海盐，速速经过一级级的批发、零售，送进了皖北直至中原广大地区千家万户的厨房。

妈妈说过，外婆天生具有生意人的头脑。毫不含糊，她全部是以金条和银圆类硬通货直接进行交易。据不完全的估算，短短几个月间，公司营业额超过了现今人民币的五千万元（一说是高达近亿元）！实力非凡、背景神秘的长淮贸易公司，一时声名大噪。我相信，就在这个时候，财政状况同样陷入困境的敌对阵营，开始在暗中眼红了……

我至今难以解答的是，在爸爸和外婆"贩运"海盐的几个月间，生意场上风生水起，有没有人将信息传递到王介佛的耳朵里呢？时时与凤台县家乡保持着密切往来的王介佛，不可能全然不知。但他为何装聋作哑？抑或是刻意保持着别有用心的按兵不动？总之，他是任凭那个执迷不悟的"共匪"妻子打着自己的旗号，上蹿下跳，为所欲为了一番。

也许，只有淮河知道，知道历史的所有谜底。但她沉默着，沉默着，正因为只有她什么都知道，便选择了永远地沉默下去……

从二十世纪二十年代后期到三十年代中期，外婆在皖北地区教过书，可谓是桃李满天下。加上她的为人出了名的侠义、大气，人脉几乎渗透了漫长的淮河沿线。从军政界实权人物，到名门、豪强、黑道、白道的大小"码头"们，用爸爸生前的话说："周志机掌握着一张不得了的关系网。"

在驻防临淮关、五河一带的广西军中，爸爸直接用贩盐"入股分成"的巨大利益诱惑，收买了封锁线上的国民党高级军政官员。这张事关胜败存亡的网络中，包括着外婆帮助爸爸建立的各路社会关系。可是，爸爸仍然不得不经历过五关斩六将的惊险考验。

其中有一次，几个便衣特务连门都不敲，突然闯进了爸爸下榻的旅馆房间，看到的是一个能够用左手娴熟地打着算盘，同时用右手执笔记账的"地地道道的商人"。八成，那些国民党的小特务想当然地认为：穷棒子成堆的共产党队伍中，怎么会有这种专业生意人才？

殊不知，父亲林滔从小家贫，十三岁被"卖猪崽"贩到了南洋，在印尼华侨的金首饰铺子里当过几年学徒。不但练出了帮助老板娘做饭烧菜的好手艺，算盘最后打得连老板都服了气。月高风凉时，暑热中劳作了一天的男人们大都去喝酒、赌博、嫖娼，只有他仍在蚊叮虫咬的小板房里埋头苦练。

精明的老板曾有心把自家的独生女儿，嫁给这个不名一文的穷小子，招他做个继承家业的上门女婿。如果不是在他那位一九二七年的老党员哥哥林仲的引导下，林滔一九三三年就秘密加入了共产党的海外地下组织，兴许，我家老爸后来还真就成了个富可敌国的大侨商哩！

人生，就是一个个十字路口的抉择。时代，是所有人都必须面对的；而命运，因抉择而异。在爸爸一九九五年七月突然去世之前，我没有来得及问问他：你对自己平生一次又一次的抉择，后悔过吗？

正是因为爸爸这一身越演越像的富商气派，给旁人造成了某种假象。有一天半夜里，已经睡下的爸爸被旅店的老板娘敲开了房门：

"郑老板，求你带走这个苦命的女子吧！"

烛光下，老板娘身边站着个脸色苍白，身材消瘦的年轻女人。看上去不像是个村姑，大约二十三四岁的模样，梳着垂在耳下一寸的短发。她穿着朴素整洁，拘谨地低着头，无疑是在等待着一个陌生男人对自己做出命运的安排。

我爸爸还没有回过神儿来，只见那老板娘把默不作声的女人往他面前一推："快给郑老板跪下，要不是今天遇见了好人，我也不敢把你托付出去。"

爸爸不禁笑道："老板娘，你怎么就看得出我是个好人呢？如今世道这么乱，她年纪轻轻的一个女人家，总不能随便就跟着个陌生男人走嘛。"

老板娘朗声答道："我在这蚌埠码头上开了十几年的旅店，南来北往的各色人等见得多啦！还能看不出个好歹吗？不是自吹，郑老板刚进店门我就看出，您跟江湖上的那些个欺男霸女的有钱人不是一路的。您就行行好，把这个无亲无故无家可归的女子带走吧。做小妾还是做丫头，那就看她自己的福分了……"

就这样，伶牙俐齿的老板娘整整蘑菇了半个时辰，执意想让外表文质彬彬的郑老板松口。爸爸也明白，老板娘是个好心人。否则，可以不费吹灰之力就把战乱中无依无靠的弱女子，打发到愿意"收留"她的地方去。可是，一名身负重任的中共特工，无时无刻不处在十面埋伏之中，自然是无论如何也无法接受这样的信赖和托付。

我不知道，这个淮河运盐路上的小插曲，为什么在爸爸心里留下了如此之深的印象，包括灯光下那女子垂耳的短发……

至今仍留在妈妈记忆中的，有一位黑白两道通吃的冯宝爷。他生得很有福相，油亮的大光头加上大腹便便，言谈举止颇有几分江湖中大人物特有的含威不露。其背景好像是青帮，据说在皖北一带称得上是通天入地，呼风唤雨的。

每次盐船路经蚌埠这个中原食盐集散地，都是他的人高迎远送，安排食宿，装船卸货。他还多次亲自设宴，为长淮贸易公司的"去留方便"，款待当地政、税、警、军、商各路的头面人物。相当一部分苏北的海盐，在冯宝爷的码头就得到了顺利的批售，直接变通成了黄金、银圆。继续运往淮南一带的货物，也在他的帮助下，顺利地换装大船，扬帆破浪……

爸爸的任务，的确完成得非常漂亮。一船船白花花的海盐，几乎是直接就变成了一袋袋亮闪闪的金银。当时苏北解放区的海盐进入皖北，需要通过不下八道国民党军队的水陆封锁。"郑老板"这等神通广大的盐商，说白了就是棵摇钱树。

那次贩运海盐的任务，与当时登场的各色人等相互间存在着巨大的利益关系，客观上，包括那位神龙不见首尾的冯宝爷在内，很多姓名早已被淹没在岁月流波之中的人，出手帮了共产党的大忙。

我试图查访关于这位"冯宝爷"的传闻或史料，却未能如愿。爸爸生前的手稿中，也没有留下有关他后来的线索。

二〇一〇年的春末时节，我再次一个人到淮南凤台去给外婆扫墓。返回北京，特意选择了经由蚌埠搭乘京沪线动车的旅途，第一次走进淮河岸边这座古老的河港城池。我下榻的那家"国际酒店"的周边，是店铺鳞次栉比的老城商业区。

走进路边的小馆要了碗面，开店的老板娘也许还是太年轻，对我关于老蚌埠的种种询问，基本上是一问三不知。她突然指着店铺门外靠左侧的一个小路口，说："那条小街，就叫'盐巷孜'。"

可以顾名思义，那里早年是盐商家宅聚居之地。安徽的盐商，自古便以"富可敌国"著称。在清宫档案中，至今保存着有关的文字记录：和珅为给乾隆做八十整寿，独独向淮南淮北的盐商强行索要"孝敬皇上"的巨额捐款，就有整整四百万两白银。

一九八三年，蚌埠旧城改造时，便爆出"挖到了袁大头"的传闻。据说世代住在盐巷孜的一户人家，老祖母临终前，对守护在身边的孙子用手指了指自己的床底下。孙子心有所悟，知道祖父死得早，祖母是在暗示自己床底下的地里有东西。于是，孙儿在祖母过世后，趁着家里没人，就在奶奶指点过的地方开始深挖猛刨。偏偏他爹提前下班回家，认为是儿子犯浑想拆房，把他痛殴一顿。

果不其然，赶上盐巷孜拆迁后盖楼挖地基，就是在老奶奶升天前"仙指"点过的地方，众目睽睽之下挖出了一堆袁大头。直到今天每每提起，那当事人仍然对其父当年不问青红皂白的阻挠，愤愤不已……

我干脆包了一辆出租汽车，请司机漫无目标地带去我游览一番蚌埠的市容。当汽车离开了老城区，视野顿时豁然开朗——车窗两侧，出现了一座崭新的现代城池。经过了法院大楼、检察院大楼……八股车道的东海大路两侧，市政建筑宏伟、漂亮。

司机告诉我，前面的龙子湖面积比杭州西湖大得多，经多年治理，现在已是国家AAAA级景区公园。超过一公里长的跨湖大桥上，不锈钢护栏都是人工来擦拭的……我的视线便被湖畔的豪华商业高层住宅楼群吸引住了。

司机说：这是上海绿地集团在蚌埠开发的第一个楼盘。对面就是安徽的大学城，距离高铁车站直线距离只有两公里。当地人都说，开发商正在打品牌，房子的质量很不错的。

鬼使神差一般，我走进了路边鲜花丛中的售楼处……一个小时不到，当我回到出租汽车上时，就已经成为"蚌埠国际花都"的第五位外籍业主了。司机用诧异的眼光看着我，善意地问道："大姐，你的决定不会太草率吧？为什么突然想在我们蚌埠这小地方买房子呢？"

"置业毕竟是件大事，我也不是没有犹豫，只好从兜里掏出一枚硬币抛到了空中。我和那个销售员说好了，正面就是'买'，反面就是'不买'。结果硬币落了地，销售员笑了……"

出租司机也笑了："天意呗！大姐你跟我们蚌埠有缘。"

其实我心里十分清楚的一点就是：如果不是外婆就长眠在不远处的一块土地之下，没有任何"必然"或"偶然"的理由，会使我突然心血来潮，竟在一个滞留尚不足二十个小时的内地小城，买下了一处房子。

也许有一天，我真的在这个名叫蚌埠的淮河码头落了脚，也未必能够找到爸爸当年下榻过的那家旅店；"冯宝爷"这当年响当当的江湖大名，也依旧不会浮出历史的水面……不知道为什么，我喜欢这座外婆和爸爸妈妈战斗过的淮河码头；喜欢这个离东京、北京和外婆的陵墓都很近的交通枢纽；喜欢龙子湖畔那改革开放后的一片新景象。我在心里相信，这是外婆叫我安下了一个离她很近的家。

淮河中上游，还有个叫正阳关的昔日码头。这个爸爸的遗稿中反复出现的地名，也终于被我收入视野之中。

与大多数没有特殊资源的乡镇一样，当地的青壮年们渴望得到在大城市改变前途的机遇。这个老码头早已不再具有水路交通枢纽的功能，城镇建设的突飞猛进，把她抛弃到了时代的边缘。居住人口的急速减少，令她呈现出了今非昔比的冷落萧条。

当地人对我讲，老话有水路"七十二道归正阳"之说，新中国成立前，这里原是淮河水运最重要的关卡大港。盐政、税务、工商、水警和白崇禧的广西军（当地人称"小蛮兵"）一个陆军团的重点驻防，可谓是衙门林立、丘八满街。淮河上的货运船舶在必经之港正阳关，商贾们不留下万贯买路钱、不接受对"匪区"禁运品的严格盘查，便是无法继续起锚扬帆的。

熙熙攘攘的过客需要向官家、军爷们行些"方便"，行贿受贿的金钱往来一多，餐饮、旅宿和娱乐业，自然应运而繁荣。甚至，不少颇有名气的京剧班子也纷至沓来"跑码头"。连同苏杭、扬州窈窕妖冶的卖春人，把这小小的正阳关，染出一片姹紫嫣红的热闹风景来。

父亲林滔也曾以盐商的身份，在这个水陆码头上大宴宾客，招待过当地盐商、水警、驻军和大小地头蛇们。那一次，年轻的王侠身着一席修改过的缎子旗袍，也在觥筹交错的酒席上正式充当了一回盐商太太。

她亲眼看到，爸爸给小费，结结实实就是一摞子的钢洋。于是，那整个馆子所有的堂倌,按照规矩一起拉腔拉调地高呼"谢了——"声震屋瓦,满堂客人无不起身引颈探寻:这是哪方的大豪客,出手如此大方?

那家饭馆在正阳关算得上档次,是"群英"聚散往来之地。必然常有敌特混在食客之中,察言观色。想必林滔是经过了丈母娘的亲自调教——做地下工作的人,要讲究"穷家富路"。尤其不能在小做派上,让人家看出了大破绽。

偏偏那帮平时不好好学习的国民党特务们,还真就犯了成见性的错误。他们有一种先入为主的概念:穷棒子扎堆的共产党,哪来的这种挥金如土的财力和豪气?便让一条"大红鲤鱼",生生从眼皮子底下溜走了……

在正阳关古朴的老街巷深处,一家小餐馆接待了我们一行。还真挺难想象,装潢如此简朴的店家,火爆腰花、炸肉枣、烩三元汤、锅烤鸡……能够做出这么色香味俱全的精致菜肴。

如今,正阳关的"名片",仅剩几座保存依旧完好的明代城门。古老的砖缝里,挤出生生不息的野草。城门洞下的青石板路,雕刻着凹凸的车辙……在大开大阖的建设大潮中,如今,它们已是名副其实地弥足珍贵。

至今仍然固守在正阳关古镇里的人们,脸上的表情就像老街那样沉稳、老屋那样沧桑。小杂货铺门前,站着一针一针打着毛线活的女人,消磨着腈纶线般又软又长的时光;古董陈列室一般的昏暗理发店里,坐着古董一般的老剃头匠;铁匠铺子风箱呼呼,火光闪闪,传出千年不变的"叮叮当当"……令人生出了穿越时光的错觉。

淮水边孤零零的正阳港码头,芳草青青的堤岸上,几只细腿白鹭在无声地滑翔,一头无人看管的水牛正默默地吃草……静悄悄的,没有一条停靠的船舶。淮河不逝的流水,仿佛淘尽了昔日的喧嚣。我不能想象,妈妈、爸爸和当地老人记忆中那个五色杂陈、熙熙攘攘的正阳关,是否真实地存在过?

站在静悄悄的码头遗址旁，蓦然想到一个问题：国民党的天下，到底是被打"败"的？还是被腐"败"的？淮河边老气横秋的正阳关，也许知道……

十八　梦里寻你千百度

真正让我"看见"了外婆的,是六十年前共产党敌对阵营中的人——九旬老者朱利贞。

二〇〇六年,朱老爷子已是九十四岁高龄。大革命时期,这位受过高等教育的青年,亲耳聆听过王介佛那慷慨激昂的宣讲,亦因此而向往过共产主义理想……大浪淘沙,可惜的是朱老爷子没能够把"理想"坚持到底。

抗日战争把国内的政治阵营,进行了新的分化与组合。不少知识青年认为,无论哪一派政治势力,只要打出"抗日救国"的旗帜,都不算是叛逆之道。新中国成立以后,朱利贞因为抗战后担任过"中华民国"凤台县银行总经理,不满四十岁就蹲进了大牢。与吴云前辈同样,一蹲也是整整十五个年头。

人生坎坷的朱老爷子,想必处世心态还挺洒脱。否则,也不可能结结实实地活了九十多个年头。当地的干部们是很有人情味的,也像对待百岁革命老人岳龄勤那样,陪同我上门拜访之前,特意买了送给年长者的盒装牛奶和罐装奶粉。

也许同样要感谢粗茶淡饭的清贫,这位历经沧桑的长辈,精神健朗,声音洪亮,身上没有一点儿如今最大的健康杀手——脂肪。瘦长的脸庞上鼻梁笔直,躯干也毫无老年人常见的佝偻。

我注意到,老爷子身上那件旧得看不出年头的深色中山装,虽然磨破了袖边,但领口的纽扣系得整整齐齐。想象得出,这位六十年前的朱

利贞总经理,是个相貌堂堂、一表人才的精英人物。听到不期而至的来访者们提到胡之光,他马上就开了口,倒像是提起一位老熟人:

"这位胡之光董事长,那可是个名不虚传的人物。她为人豪爽,精明强干,就是个女侠嘛!我知道,胡之光真正的名字叫周志机。这个名字的意思是,她认为自己有志于投身革命这大好时机。我年轻的时候,还是她和王介佛的学生呢。民国三十五年她回到凤台,就在县城的大街上开办了长淮贸易公司……"

听到这番讲述我发现,这位老者的思路出人意料地清晰。也许,人越老,遥远的记忆反倒越发鲜明了。包括淮南市委党史办在内的很多地方史志专家,都没有人准确地说出过,爸爸和外婆创办的是"长淮贸易公司",而非"长淮贸易货栈"。

这一点,我是早就知道的。妈妈对我有过解释:自古以来,从皖北到交通闭塞的大别山区,盐本身就是老百姓生活中一笔沉重的开支。加上国民党长期以来对中原根据地的严密封锁,谁有本事贩盐,也许就好比今天谁有本事走私军火、倒卖原油甚至海洛因一样。

在当时,能够经营海盐的经济实体,没有一定的资金储备和社会背景,那是不可想象的。外婆和爸爸决定将联络站定名为"公司"而非"货栈",正是分出了两者的层次高低。当然,前者更能表现出实力和规模。

就像是在回忆过去一段美好的时光,朱老爷子笑眯眯地望着我,目光很和善:"胡之光突然带着女儿女婿回凤台来贩盐,县党部的那帮人大致是心里有数的嘛,这个长淮贸易公司背景挺复杂。当时,凤台县有个专员调查室,负责人叫詹孝耿。这是直属中统领导的特务机关,他们的人员全部配备着武器,行动权力是独立的,不同于要受县政府管辖的警察和县保安部队。

"无论是县党部还是专员调查室,谁都知道抗战前的胡之光在我们这一带,就是个相当活跃的老共产党。听说是后来脱离了(中共党组织)关系,卢沟桥事变爆发后离开了凤台。可谁也不清楚,她离开后去了哪里?做些什么?

"抗战后,她丈夫王介佛在江苏做官,还是当时江苏省主席王懋公跟前受重用的人物。我们都知道,王懋公又是老蒋和宋美龄跟前的红人。这一层层的关系权衡下来,自然是不敢轻易得罪她的。

"长淮贸易公司开张那天,就在咱们凤台县城最有名气的饭馆金谷春摆了五六桌。胡之光是以王介佛的名义请的客。我记得,那是民国三十五年开春后的一天。这顿饭,从中午十二点开始吃,一直吃到了下午的掌灯时分。那金谷春饭庄当年的少掌柜现在还活着,老房子也还在。胡之光的那顿客请的是……翅席。"

我不由讶异:什么?翅席?吃鱼翅的筵席吗?就这么个内地的小县城,兵荒马乱、民生凋敝,外婆居然还能拿"翅席"来大宴宾客?岂不就和天方夜谭一样吗?只听朱老爷子接着说:

"金谷春的官府菜做得不错,是当时本地最体面的馆子。虽说店面不大,凤台县的官家富户请客,基本都定在他家。胡之光那顿饭,把全县的头头脑脑,上至正副县长,下至教育主管,差不多都请到了,少说来了五十人吧。我当时是国民政府的县银行经理,也接到了长淮贸易公司的请柬。

"不过,凤台警察局和县党部的人,不知道为什么没有来。也许,还是因为对胡之光的政治背景,有那么点……吃不准吧。还记得那天,胡之光的女儿没有出来,只有女婿到场了。他是个中等个子的年轻人,好像跟我年龄差不多。人前不大开口说话,生得白白净净,穿着一身浅灰色的西装。听说,人家还是个东洋留学生呢!"

朱老爷子对我爸爸的形容,还是很符合实情的。在我家的老相本里,"文革"前有一张爸爸化装成盐商,妈妈化装成盐商太太的合影。爸爸的长衫下面露出了西裤和皮鞋,妈妈则是一款旗袍,身材苗条娇小,"体积"只是现在的二分之一。她烫着那种额发向上高高翻卷起来的发型,好好一个十八九岁的少女,把自己打扮得活像个成熟妇人。

记得我还好奇地问过妈妈:这旗袍是什么颜色的?妈妈回答说:"为了化装嘛,你外婆把她以前的两件旧旗袍改了给我穿。一件桃红,一件翠绿。我忘了相片上这件是什么颜色啦。"

于是,我忍不住好奇地追问朱老爷子:"您还记得胡之光那天的穿戴打扮吗?"

"胡之光嘛,头发梳在后面,绾了个小纂子。她穿的是一身黑。"

"是一身黑色的旗袍吗?"

"不,是上衣、裤子的一身黑。"

就在听到朱老爷子最后这句话的时候,我的脑海就像过电一样,突然一片通明!我似乎看见了……第一次,看见了我始终无法看到的形象——活生生的我的外婆:正当鼎盛年华四十多岁,富富态态的中等身材,目光明亮,皮肤白皙,梳着古典的发式,脂粉全无却光彩照人;她穿着一身黑色的薄呢衣裤,身边站着个少言寡语的白面书生女婿,谈笑风生,应酬自如,从容面对着满堂非权即贵的男人……

廖运周将军证言里那位奋不顾身的女党员;周村叔叔回忆中那位多才多艺的周先生;爸爸遗稿上那位机智、果敢的女特工;百岁老人岳龄勤念叨了整整六十年的闺中密友;还有妈妈口中那仁慈、美丽的母亲……迄今为止,所有人对我的描述,都未曾让我真正确信无疑,我有过一位有血有肉的外婆。

二十世纪三十年代著名的上海女作家张爱玲,对女性与服装有过独到的理解和精彩的论述。她认为,衣服恐怕永远不只是人体轮廓的烘云托月而已,有颠沛沦落的寄托,有生命状态的寄寓,"对于不会说话的人,衣服是一种语言,随身带着一种袖珍的戏剧"。

妈妈说过,外婆生前最常穿着一身黑色。我在海外留学,原本学的就是服饰设计,自认为通过一位女性的穿戴,就基本能够判断出她的人文修养和性格气质。在一个需要向周围炫耀实力和财富的时刻,长淮贸易公司的董事长胡之光,似乎也应该穿红着绿,用珠光宝气来刻意地粉饰自己。而她偏偏选择更为"目空一切"的表现形式,令在场的人在漫长的六十年过后,回忆起那鹤立鸡群般的全套素青,依然历历在目。

经过后人年年岁岁的缅怀,经过自己一次次访谈的信息沉淀,终于,当朱利贞对我描述的胡之光在金谷春饭庄请客时的衣装打扮：上衣、长裤一身黑，金银不沾、脂粉全无……瞬息之间，外婆就那么栩栩如生地挺立在我的眼前。

那千金不换的"瞬间"，对于我这苦苦的寻觅者，真是感动至极！如同惊鸿一瞥，我看到了她——我梦中的黑衣女侠。

在凤台县的老城关区，老饭庄金谷春还遗留着破破烂烂几间红砖平房。坐在路边看街景的一位老人，苍老得我已经看不出具体年龄。他把一只耳朵捂成兜风状，听到我的询问后举起枯槁的手，指着狭窄老街道的深处说：

"当年，长淮贸易公司就租用了离金谷春饭庄不远的那几间铺面和库房。挂出来的牌子，是蓝底白字的……"

我什么也没有看见，想必是一砖一瓦早已不复存在。

金谷春的末代掌柜八十多岁了，也是个身板依旧健硕的老人。他的耳朵也同样聋得厉害，可仍格外健谈。因为听力有障碍，他说话的声音就格外响亮。请我们一行来到小巷深处干净整洁的家，话匣子一打开，就是金谷春当年的鼎盛光景：

"那时，我家专做山珍海味的官府菜。采买鱼翅、海参之类的高级食材，要专程派人跑到蚌埠去。那时，无论是本地的名流还是洋人，除了国民党的高官，还有共产党的特工。我还记得，连张太冲都在我家请过客哩！"

末代掌柜提到的那位张太冲，在抗日战争进入相持阶段，调任中共凤台县办事处主任。这个办事处不久后改为"凤台县抗日民主政府"，原址就是潘集新四军研究会的同志带我去参观过的那个纪念园。他是一位当地人民念念不忘的老革命。

末代掌柜丹田气十足地接着演说："那年，蒋介石来到凤台，县政府就是在我们金谷春请老蒋吃的……翅席。那家伙！里三层、外三层的岗，连厨房里都站着全副武装的警卫。他们挎的枪，我还是头一回见着呢。比冲锋枪短，比盒子炮长，真不知道那是啥新式武器？从洗菜到上桌，厨子、伙计都被当兵的盯得死死的……"

如果我不颇为失礼地打断那震得我几乎耳鸣的讲述，关于蒋介石在他家吃过一顿饭的回忆，就会无止无休地继续下去。显然，当时外婆在金谷春请的那几桌翅席，绝非这位金谷春少掌柜记忆最深的往事。

不过，足以说明一点，拿出与宴请蒋委员长同等规格的什么"翅席"，来招待凤台县的地头儿们，也是非同小可的排场了。在我的追问下，当年的少掌柜，一五一十地向我描述了金谷春那桌名闻遐迩的菜谱——

前菜是十六小碟：四荤、四素八样凉拌；四水果、四干果八样小吃；热菜是每人一套的两碗、两碟：红烧鱼翅、海参烩鸡脯肉（特别注明，那鸡肉必须是"雪白"的）；清汤鱿鱼和清炖母鸡（特别注明：要细心地把浮油撇去，保证做到荤肴不腥不腻）；最后上的那道主食，已经是象征性的了——扣出青天白日旗徽模样的一大碗八宝饭。

一桌翅席一般入坐八到十人，每桌价格大约是十五块钢洋。也许相当于今天人民币两三千块钱一桌的价位吧？我还真是搞不清楚。仅听描述可以想象，那个时代中国的高级餐饮，已经十分在意预防血脂、血糖等"亚健康"的问题了。也难怪一生食不厌精的宋美龄和粗茶淡饭的岳龄勤，同样都洋洋洒洒地活了一百多岁。看来，在饮食中忌油，是长寿的秘诀之一。

末代掌柜还说，在金谷春的宴席上，尽管根据客人的需要，也开茅台等名酒，但绝对少不了自酿的凤台枣子酒。这种酒有四十度左右，使用当地一种野生的水灵枣，加上冰糖和桂花等配料，夏秋时节开始浸泡，用黄泥封口，等到除夕时开封，慢慢喝上一年。

听到爷爷说起自家的酒，末代掌柜机灵可爱的小孙女跑上前来，从床底下拉出一只黄泥封口的坛子……我接过一小杯特别的款待，满怀虔诚地将这当年蒋介石和胡之光都饮尝过的枣子酒送到舌尖上——比想象更加强烈的一股辛辣，直扑喉咙。

末代掌柜没有忘记告诉我，尽管客人大多不会再碰碗筷了，照例一定要上的最后一道甜品,叫"大救驾"。远方的客人到凤台,不能不尝的甜食,就是这闻名古今的"大救驾"。周围的人们七嘴八舌地对我解释开了:大救驾的名字,与宋朝开国皇帝赵匡胤有关……

后来上网一查,发现也和豆腐的典故一样,众说纷纭。最普遍的一种说法是公元九五六年,大将赵匡胤连续作战九个月攻下淮南之后,进城就病倒了。他胃口欠佳,茶不思饭不进,令部下们非常担心,于是四处寻找烹饪技艺高超的人。

凤台有个厨师手巧,做的糕点非常独特,他用上好的青红丝、橘饼、核桃仁、白糖、白面、香油、猪油等材料,做出了一种带馅的圆形点心。油炸后色泽金黄,外皮有数道花酥层层叠起,金丝条条分明,盘卷成旋涡状。赵匡胤见这点心一下子来了食欲,连吃几顿,病居然好了。

后来他一统江山,当了宋朝的开国皇帝。有一天,又想起了凤台的那味点心,随口道:那次鞍马之劳,战后之疾多亏它从中救驾。从此"大救驾"的名称和制作方法也代代相传,成为凤台土特产的一张名片。

还是那句老话,中国人对与帝王将相沾边的事物,总难免情有独钟,另眼相看。有拜大宋开国皇帝青睐,普普通通的一味民间糕饼,遂得以流芳千古。

我纳闷,妈妈怎么从来没有跟我提起过,凤台还有"大救驾"这么个千年品牌?县委老干办负责接待工作的女干部胡宗凤,乡音浓浓地对我说:不好吃、不好吃、一点儿也不好吃!第二天,她却赶早出家门,给我买了刚刚出炉的一大包来。

看上去,大救驾的外观很朴素,也没有任何讲究的包装。我迫不及待地塞进嘴里,"咔叽"就是一口……啊——好吃,真好吃!又香又甜。

当时,长期处在被国民党军严密封锁中的中原解放区,连最高一级的领导干部几乎顿顿都在吃野菜和豌豆。因为营养和食盐严重匮乏而倒下的军民,早已不在个别。我妈妈忘不了自己受到过一次严重的"批判",就是因为吃清水煮蚕豆的时候,剥了两颗蚕豆的皮。

爸爸笑着对我说:"你妈妈在那次组织生活会上,被同志们批评得都哭鼻子了呢!"

就在这种情况下,为了淮河贩盐这场特殊的战斗任务,政治部的张树才主任代表军区党委,亲自为外婆设宴饯行。改革开放这些年,生活水平提高了,国门也打开了。妈妈不但在国内饱了口福,也走访了亚洲和欧洲至少二十个国家。旅游嘛,自然少不了和"吃"有关的节目。直到今天,每当妈妈提起大别山的那顿送行宴,仍然会发出深深的感叹:

"两荤两素的四菜一汤,桌上有炒肉片和炒鸡蛋。简直是难以想象的丰盛、隆重啊!"

几天之后,淮河上的那场秘密战拉开了序幕。不出半年,外婆的身影便化作了淮河岸边"黑衣女侠"泣血的传奇……

十九　一条大河波浪宽

已故女作家戴厚英在《流泪的淮河》一文中写道：你们知道一条河能作多大的恶吗？我知道。因为我在淮河边上长大，不管我愿意不愿意，却是淮河的一个女儿。我听见过淮河的咆哮，看见过漂在河面上的人畜的尸体。我知道大水一到就有人流离失所，卖儿卖女，更知道我的乡亲为什么把"水"读"匪"……

在凤台，治淮委员会的张成功工程师为我上了至关重要的一堂"淮河扫盲课"。我第一次宏观地了解到淮河的古今以及共和国为她所做的一切。六十年前毛泽东"一定要把淮河治好"一句话，她便逐渐地改变着原有的脾性。通过张工的一言一语，我仿佛看见风雨中一代代为治淮事业献出了青春和生命的人们——技术人员、干部群众……他们世代喝着淮河水而生息，承受着淮河的恩惠与肆虐。他们心中的淮河，拥有着更加鲜活的生命形象。

许慎在《说文解字》中这样解释："淮，水。出南阳平氏桐柏大复山，东南入海。从水，佳声。""佳"是美好之意，佳水自然是美水、好水。《诗经》有诗赞美："鼓钟锵锵，淮水汤汤""鼓钟喈喈，淮水湝湝"，故淮河被称为"华夏风水河"。

终于，在河南省境内桐柏山海拔一千一百多米的太极山顶，我气喘吁吁地俯下身，亲眼拜见了千里淮河的源头——奇妙的一口水井而已。

说它奇妙，是因为高山之巅的水井内水位很高。也许，井是外观，实则是泉。一眼泉水，终于汇集成了一条浩浩荡荡的大河。如同星星之火般的共产党，聚沙成塔，前赴后继，从此改写了一个千古大国的历史。

就在登上淮河运煤拖船的几天前，当地的老领导陈宏仁同志把我带到中统特务杀害外婆的地点——凤台县城关区一段叫古堆的河岸。那座二十世纪九十年代初才被彻底清除的日本碉堡废墟仍在，残影还保留在当地居民的记忆中。

直到最近，一条出乎意料的文史信息惊现于眼前：《设凤台初级审判厅》。这个标题让我觉得有点儿没头没尾，却无从深入考究。可我相信，这就是我在二〇〇五年第一次踏上淮南的土地，曾向新四军研究会索要的凤台司法档案！遗憾的是，有关文字内容非常简略：

民国三十五年（一九四六），凤台设特别审判机关，对所谓"危害民国的反革命"政治案，由县党部指派三至五名国民党员组成陪审团进行不公正审判。中国共产党皖北特委机要秘书周志机（女），于民国三十五年春（桃子注：准确时间应是"民国三十五年夏"），不幸在城关被捕，凤台特别审判机关采取秘密审判，进行严刑拷打后装入麻袋沉尸淮河，年仅四十四岁。
一九五二年，受理刑事案件中反革命案件占百分之八十。一九五二年五月一日，在城关召开万人公审大会，对国民党凤台党部书记、县参议长、日伪代县长、特务等人依法处以极刑。

再次感谢网络之海的丰饶，我马上拨通了国际长途，向妈妈邀功般地报告了一番。妈妈不懂电脑，再次惊叹我的"法力无边"。

终于被揭示的历史是：杀害外婆的凶手们被"处以极刑"的具体时间，是一九五二年的五月一日，地点就是凤台县这个叫"城关"的地方。我看到，档案中唯以"暗杀周志机"案为例，记录在凤台司法档案中，可见此案在当时当地影响之重大了。

中统特务们居然还煞有介事地搞出一场有三五个"陪审员"作陪的所谓"审判"！暗杀，就是暗杀。根本就谈不上公正或不公正的问题，当然不存在任何意义上的司法程序。黑暗中的自导自演，难道不就是在为内心的犯罪感压惊吗？

即将被建设成县城河岸公园的那一段堤岸下，有船，有水，有我心中无法诉说的流淌的怆然。我只有满怀疑惑不解和妄自猜测推理的权利，所有历史的答案，如同一江春水无语东流去……

就在外婆牺牲后的几年，一位国民党凤台县的官员也在这淮河边，与杀害外婆的刽子手们一同命丧黄泉。凤台新四军研究会的老同志对我谈起过这位外婆生前相识的故人：

抗战胜利后，他出任凤台县国民政府的副县长等职。早年是王介佛的同窗，亦是当地公认"学问顶好"的才子。大革命时期，也是个追求过理想的青年。三十年代中期脱离共产党组织后，做了个吃民国皇粮的地方官。

这位民国官员对外婆在中原突围前夕重归淮南故里，一手公开卖盐筹资，一手暗修栈道救人，是心知肚明的。他利用社会身份，尽力予以庇护和帮助。想必此人如果不是对共产党内心仍留有情义，便是有意给自己多留了一条退路……我已无从知晓其真实的心迹。

听说，刚刚成立的新政府一度念及他的有功有过，不但未一并将其作为"反动官僚"处以刑罚，还为这位一方知名的博学之人，安排了中学教员的谋生之道。可不久以后不知因为什么原因，他突然被从课堂上直接逮捕，匆匆做了枪下之鬼。

当地有位知情的老干部发出了百感交集的叹息："可惜啊，这个人本不该杀的。"妈妈也对我提起过这位副县长，姓名忘记了，但至今尚记忆犹存，说他有着一副文质彬彬的外表。

直到最近，我才从吴云前辈的回忆录中，获得了更加详尽的资料：此公名"张铭诚"，因为参加反政府的社会活动，三十年代还坐过国民党的大牢，幸而被家族倾财倾力救出，从没有过任何变节自首的行为。

他抗战期间在国民党中为官做事，新中国成立以前，一直在暗地里同情并支持共产党，鼎力营救被迫害的中共地下人员。解放战争期间，廖运周兄弟关键时刻的率师起义，与他出手亲自进行沟通联络，不无关系。在许多至关重要的时刻，正是他利用县参议院议长、戡乱委员会主任等公开职务，为解放大业做出了贡献。

当游击队长丁文山抓获了国民党凤台县党部书记陈馨吾的时候，他也在场。罪大恶极的陈馨吾被枪决了，但他作为中共地方组织不可或缺的统战盟友，游击队员对空鸣枪后，马上释放了他。新中国成立后，在土改镇反运动中，虽有当时深知内情的老干部郑淮舟单枪匹马、仗义执言，却因有人指责其右倾，"张铭诚最后仍难免一死"。

我也天真地想象过，如果外婆没有牺牲，活到了新中国成立后，那么这位也算是为中共打天下、夺政权有所贡献的旧官僚，结局是否便截然不同呢？事实却是，当年那位为张铭诚仗义执言的郑淮舟同志，虽然手握重权，却是自身难保。

外婆如若九泉之下对此有知，一定也会说些什么吧？可又能够说些什么呢？眼前这苍茫的大淮河，似乎也在向我展示着不可揣摩亦不可抵御的浩瀚天意……我忘记是在哪篇文章中读到过这样一段话：人生在世，所见所闻与天地相比，不过渺小得微不足道。还是应该对那些未知的世界，多一分敬畏之心。历史的大潮席卷而过，也许就如同泛滥的淮河一样，难免伤及许多本不该过早终结的生灵。

无论世间之事何等诡谲无常，且转瞬即逝，我仅奢望在这本微不足道的小书里，向为共和国的创建做过有益之事，却被滚滚波涛无情裹挟而去的善良、忠直的亡魂们，祈祷冥福。

眼前的大淮河，风平浪静时呈现出的是无限的宽容、仁慈；一旦性情骤变，便是荡涤席卷、泥沙俱下……养育之恩是淮河，灭顶之灾还是淮河。面对如此讳莫如深且接纳了千古胜败、无数雄寇的一脉血水一条泪河，我越发自知笔墨无力。

为了这趟淮河漂流，我提前做了一些功课，希望看到的是一条经过七八年治理后恢复了生态之美的河。毕竟，这是一条曾经淹没了我外婆的无情的河，又是一条把她送回到亲人身边的灵性的河；是一条养育过中华灿烂文明，托起过共和国创建者那乘风破浪之舟的河……

有人考证，"一条大河波浪宽，风吹稻花香两岸"的美丽旋律，歌唱的其实是淮河。资料显示，淮河流域自然资源十分丰富，拥有六百五十多条河流、近六千座水库和众多的湖泊以及广阔的湿地，加之秀美的山地森林，形成了一大批生态良好的景区。

当然，我还是读到了治淮专家们近年来痛心疾首的呐喊：拿什么来拯救你，淮河——她容纳着全国六分之一人口的生存环境，是我国投入最多、开展污染治理最早的淡水大河。但是，要重现碧水清风，"五六月间无暑气，二三更后有渔歌"的景象，还有很长的路要走，现实仍比任何想象都严峻得多。

当我最终登上运煤船队的拖轮，开始在淮河上航行，零距离亲近的淮河，已被一道道人工河闸所限制。一般情况下，河水是不流动的，被船家称为"平水"。船舶无论上行还是下行，所需马力基本一样。人定胜天，是不是这个道理？而基本不流动的水，还能够叫河吗？我想还不如干脆改名叫"长湖"算了。

两岸的人民既不愿继续遭受洪患，又需要淮河奉献出水的能量来制发电，需要承担两岸剧增的农田灌溉、居民排污，需要为发财致富制造出的重金属流毒寻找逃避的途径……淮河，不得不迅速地改变原始的生命形态。

今天的地球，到底还剩下多少条没有被截断的河流？再过千年抑或仅仅百年，后世又将怎样评说工业革命起步后人类的所作所为？可是，当下的人们活在当下，不能不为当下的生存而挣扎，亦如作家戴厚英那如泣如诉的描述……

皖江河999——载我大河漂流十四天的船队。一艘长不过十米的钢铁小拖轮，"隆隆"牵引着九条满载淮南煤的驳船，预定驶往江苏一个叫东台的城市，那里有个热电厂在等米下锅。载重超过了五千吨，浩浩荡荡总长约一里，俨然是一列水上列车。

船长和船员们表情淡然地接纳了不速之客，让我这个每每来到凤台，总是受到特殊礼遇的"烈士后代"，暗暗感到几分失落。上船前我被告知，生活条件如何舒适、方便、卫生。于是，我概念中的船，就是一间移动在水上的旅馆客房。实际情况却是年轻的男船员临时搬走了他们的被褥，把布满灰尘和杂物的一间名副其实的"斗室"，腾给了我和陪同前往的凤台女干部胡宗凤。

在北京的公寓里，有天晚上我从一米八宽的大床上掉到地板上。面对着总宽度不足八十公分、铺板高低不平的小床，有点儿不知所措了……我的"浪漫淮河漂流"，就是这样开始的。

当初，哭着喊着非要上船的我，内心一度生出了"上贼船容易下贼船难"的自嘲——几个月来，我不知多少次在长途电话中追问出航的机会。兴师动众，惊扰了一方上下。从五月底到六月初的整整一个月，我真是天天都在祈雨，祷告淮河上游发大水、泻洪流，彻底缓解下游枯水的航道……可连我自己都不明白，对这次大河漂流计划的实施，真正的动机是什么？只是有个朦胧的预感——淮河，将用一种无语的启示，让我明白一直也没有真正想明白的问题：

周志机、岳龄勤、危拱之那整整一代革命者，为什么活得那么艰辛，那么苦难，却那么不屈不挠？到底因为什么，他们那么甘心情愿地付出、无怨无悔地牺牲？

我是在一个共产党人组成的家庭中长大的，却是从寻找外婆之旅开始的那天逐渐发现，原来，自己根本就不理解所谓"真正的中国共产党人"。

汽笛一声长鸣，皖江河999号船队开始了全程约六百公里的航行。对于船上的人们来说，这不过是他们每年十多次航行，生平千百次航行中最普通的一趟"出门"罢了。对于我这个已年过半百的行者，却是终生难忘的一趟风雨旅程。

我查阅了互联网上显示的资料，从淮南到江苏省东台市的陆路距离是四百七十五公里，区区一天的车程而已。我却必须为未来两周的水上生存，在码头附近的集市上购买了凉席、枕头、被褥、不锈钢洗脸盆、整整十卷的卫生纸……自觉英明的是，还有一大瓶喷雾花露水和两箱瓶装矿泉水。

淮河上的船家自称是"用船人"，这是我学会的第一句行里话。也许是因为我虔诚祈雨整整一个月，上船后的大部分时间，都处在绵绵阴雨之中。本来就长期离不开安眠药的我，在那张八十公分的小床上辗转难眠；船上的菜太咸、饭太硬，也令我食欲不振。于是，我长时间坐在船头的甲板上，那淮河的景象是舒展淡然，朴素无华的。

我想象着当年外婆和爸爸妈妈，在这同一条河上看到过什么？想到了什么？国民党的飞机投下了炸弹，曾把怀着孩子的妈妈从船上炸到了河里……当时，年仅十八岁的一个女孩子，她有没有张皇失措？

我忽然想起小时候，一点儿也不喜欢体育活动的妈妈，强硬地要求我们兄妹几个都在北京什刹海的游泳馆学会了游泳。从军时代，我的游泳训练课程成绩还过得去，和男兵们同时完成过驻地附近一个大水库的武装泗渡。为此，当深感责任重大的船长询问：作家会不会水？那段已经过去近四十年的光荣历史支持我不假思索地回答："会！"

船长的担心不无道理。马行千里也难免失蹄，在用船人脑海中，前辈和同伴葬身河底的记忆重重叠叠，从来也没有中断过。

收容我寄宿的动力拖轮上，有正、副两位船长、一位轮机长和两个年轻的船员，加上一位俗称"烧锅的"——炊事员，是副船长太太。如今加上我和小胡，舱里的饭桌也变得拥挤了几分。船上的时间，似乎比陆地上要绵长许多……

把着舵轮的船长，全然没有电影上头戴大盖帽、身穿肩头盘着金色流苏白制服的那份威武。可能因为跑来个吃文化饭的陌生人，他们的衣着比以往注意一些，也就是没有光着膀子而已。

詹船长是船队中唯一的党员，无论是心情舒畅还是情绪紧张，都在不停地嗑瓜子儿。轮机长李师傅是一位风度儒雅的劳动者。他慢声细语、举止斯文，经常穿着雪白的府绸衣裤在甲板上转悠，与经常发出咆哮的副船长格调截然相反。他和我的对话内容，能够从讨论当下的国是民生，到探寻历史人物潘汉年、闫宝航。

两个年轻的船员，一个是打扮很"潮"的公关小詹，另一个是腼腆的副轮机手小卢。小詹负责一路上与海事管理、公安检查、缴纳税费等各色地方官员打交道。沉默寡言，喜爱读书的小卢，则是轮机长身边听指挥的技术助手。

就像合肥那个酒店的漂亮姑娘一样，他们共同的愿望都是有一天去北京看看。我微笑：北京，难道很遥远吗？是啊，不用去跟他们说"东京"说"纽约"，淮河上的船，能够漂到离大海很近的地方，却不能漂到杂志上、电视里金光闪闪的首都。

整条船队一共十几号人，无论老少都已经成家立业，男女双方都出身用船人家。女人们一个个皮肤正是国际时尚用语中的"小麦色"，煞是健美。年龄最小的船员只有一岁半，跟着爷爷、奶奶和爸爸、妈妈，在船上的家中成长。

我问起他们中的任何一个人，祖辈是从什么时候开始在淮河上行船？回答是"不知道"；后代们还将把这种水上的营生继续下去吗？回答还是"不知道"。有一点无法否认，他们很感激新中国成立后发生的变化：从祖辈留下的木篷船，到二十世纪七十年代的动力水泥船，再到今天这配置了电子水深测试仪、卫星导航和高频对讲器的铁壳机器船。

虽然交流电的使用还不够方便，饮用水还不能得到净化，行走中的船上看不成电视，酷暑与严寒中享受不到空调……但淮河上的用船人习惯于"纵向的比较"，他们总是在对我说：比起过去，条件好多了。

我只能是设身处地去换位思考：那没有动力的木船时代，不顺风不顺水的时候，常常需要用人力拉纤。那没有电子设备的水泥船时代，测试水深用竹竿，传递信息靠嗓子喊和吹哨，船体碰撞，很容易破损沉没，时时威胁着生命和货物的安全……

中国的用船人，只感悟自己的现在比过去好，不会去想其实今天世界上不少发达国家的船上生活，还能够更好。我没有听到他们对过去苦难的抱怨，也许，现实的巨变已经填满了他们的梦境。

　　还有一件小事给我留下了深刻的印象：凤台县新四军研究会的孙以明秘书长，早年担任过凤台县城关区的区领导。因为他听取了居民们的反映，亲自下令把一条满是泥浆的烂路"终于"铺垫修整好了。以船长为首的全体船员提起十几年前的老区长来，就像提起了天下最好的父母官，甚至奢望着得到和这位退休老干部同桌喝上一顿酒的荣幸。

　　开始，我本能的反应倒是有些不以为然。作为一任享受税金的地方官员，难道这不是应该做的事吗？但接着不由因而联想，当年外婆和她的战友们，之所以能够迅速得到拥护和爱戴，客观原因之一便是中国的老百姓，是这个世界上最容易满怀感恩戴德的国民，只要有人为他们谋得一点点的福利，就会被他们长长久久地被铭记在心……

　　现如今生活好了，用船人都有了岸上的家。孩子在岸上读书就学，老人在岸上颐养天年。小胡和他们攀谈起来，亲近得就像是左邻右舍。可刚开始，我与任何一位出现在身边的人主动交谈，人家大都是问一句、答半句。直到几天以后，用船人见我除了抽的进口香烟又细又长比较古怪之外，并不像是个来打他们小报告的人。他们开始向我提出各种各样的问题，对我诉说现实中的喜怒哀乐，请我到船板擦得亮闪闪的家里去做客……

　　船上的家周围都是水，洗涮拖把那是太方便了。每艘货船都有风力带动的几张小翼片，可以产生有限的直流电。中国的民营实业家不失商机，制造出了微弱直流电带动的电扇和小电视。行走在大河上的每一条船，都会挂起一面五星红旗。我第一次觉得，舒展在风中的旗帜是那么好看。

　　如果没有小胡的同行，也许我当天就弃船上岸了。我需要她为我保密，偷偷地用瓶装矿泉水漱口刷牙……

轮机长终于经过一番聪明的技术改进，专门为我拉出了一条交流电源线，启动了原本仅仅作为碗柜使用的冰箱，使我终于可以享受经过冰镇的水和西红柿了。笔记本电脑也开始接收航路上的信息，供船长参考应该驰向哪个排队较短的船闸……

我的大敌一是蚊子，二是酷暑。也许，如果河流是真正意义上的一脉活水，就不会有这么多的蚊子。它们简直就是一群无声无息的杀手，正在把舵的船长会被围攻得抓耳挠腮。于是我发挥出了一个作用：隔十几分钟就向舵手从头到脚喷射一次花露水。显然，这对世代的用船人来说，也算是一种奢侈的新发明。下船时，我特意把这瓶没有被喷完的花露水留给了船长。

至于说"酷暑"，想象一下，钢铁甲板一旦被盛夏的太阳烤得烫手烫屁股时，船上的大活人自然也就快被甲板烤熟了。明知就要被烤熟了，却无处逃遁……只需重复一下我当时给陆地上牵肠挂肚的妈妈和亲朋好友们发出的手机短信，便可体会一二："烤鸭，就是这样炼成的。"

就在船队驶入洪泽湖中的那天晚上，起风了。网上可以看到有上万张洪泽湖的摄影图片，无不是"千帆映红霞，百里碧荷香"的美景。初次与她相逢，我只见浊浪连天、电闪雷鸣，两千七百平方公里的水域，爆发出低沉的怒吼。它在八级风力中掀起并不太高的波涛，却让许多超载的驳船进水搁浅。我第一次产生了海上晕船的反应。

就在那个时刻，我看到了淮河用船人张扬的力量和性格。他们穿起了军绿色的雨衣，竭尽全力去保护颠簸中的家园。在甲板上，迎着金龙游走般的电光，从胸膛中爆发出我听不懂的粗犷音节，试图压倒雷电的轰鸣……

我一直陪伴在神情果敢严峻的船长身边，尽管他对我抱怨过，航运公司扣留了他按期领取退休金的有关证明材料，逼着他和拥有驾船技术但已到退休年龄的老员工与老板签约，再继续上船工作几年……

"作家，害怕吗？"

"有船长在，不害怕。"

皖江河999也和周围的船队一样，没有逃脱船舱进水、搁浅的厄运。我则亲眼看到了船家们之间责无旁贷的互助……这个时刻，突然联想到爸爸——

他在外婆的协助下，几度航行在"敌军封锁万千重"的淮河和运河上，几度在这片连接着地平线的洪泽湖，泊下过情系着大别山战友生命线的木帆船……爸爸秘密运盐的船队，有没有经历过这样的风雨？天边划过那陆地上难得一见的横向游走的金色闪电，是不是也曾照亮过他严峻的面庞？

船长告诉我，一旦发生了成千艘运输船滞塞在湖中等待过闸的状况，一个月下来，湖水便会被污染得连世世代代的用船人也不敢食用，甚至要动用部队来为住在船上的人们送水解渴。那个时期，洪泽湖的鱼虾是绝对不能"进口"的。

中国目前所有内河船舶产生的生活垃圾，都是没有经过任何环保回收和净化处理便被排入河中，再直接用于生活水源。这种肮脏可怕的循环，延续了千百年。但几十年前的用船人，并没有"享受"过塑料袋、化纤编织袋、尿不湿之类难以降解的化学制品。

因为突飞猛进的市场经济对水路运输业的需求，河道越来越窄，船舶越来越多。用船长的话说，事实上，所有淡水大河沿岸那一座座崛起的新城，几乎就是"漂来"的——沙子、石子、砖瓦、水泥、钢筋……开发商们总是会用最低廉的运输成本，去堆积起价格高昂的大楼。

这支估计超过百万的内河航运劳动大军，是介乎于农民与工人之间的一个特殊群体。当陆地上的农民迅速地转变传统的价值观念，拜金主义、效率第一等时代色彩日渐浓厚之时，因为生存环境的限制，这群用船人则更多地保持着祖传的处世态度。也许是因为总是身处异乡、脚不着地、无依无靠，他们的性情，敦厚得近乎于忍气吞声。当下的用船人自己也知道，上了岸，是没法跟人家比精明的。

就连在这祖祖辈辈的水路上，他们亦愈加忍辱负重、如履薄冰。一是海事部门，相当于水上工商。二是巡逻水警，威慑力不言自明。三是沿岸的渔民！信不信由你：他们任意地在这条内河航运的黄金水道遍布渔网，只要货轮的螺旋桨拖挂上了，常常是被勒索十余倍的赔偿。请当地海事部门出来评理，虽说也会批评渔民不该在航道中下网，可人家终究是乡里乡亲——"剐坏了，就该赔"！结果便是运输船晚上不敢轻易航行，延误了大量的时间，也增加了河流的污染。

我为此专门到途中经过的一个海事办公处去，提了这样一个问题："在航道中间下渔网，是不是就等于在公路中间摆地摊？"海事值班公务员的回答很是干脆："就是。"然后，对话就没有了下文。

每到一站的"例行罚款"，已经成为规定俗成的套路。经过负责公共关系的小詹好一番说明，才知道这罚款的依据何在：国家对航运船舶的各项规定和设施要求，林林总总、大大小小多达一百八十多项。可以说没有一艘船能够做到百密不疏。于是，水路上的官民之间，便形成了一方索性睁一只眼闭一只眼，另一方则恭恭敬敬，或多或少地认罚了事。

水警的职责是随时上船抽查户口。一条船队，船上人员对不上号的时候是居多的。谁家临时添了帮手，谁家因故替换个兄弟把舵……按规定是必须派人上岸，到指定的机构去重新登记水上户口的。

我亲眼看见一艘水警的快艇靠上来，他们当然是来查户口的。还是负责公关的小詹赶紧拿出一摞蓝皮本本，结果是警察也提供了方便：象征性地翻翻看看，盖了个公章，就让船队至少是解决了半年的户籍登记。他们呢，收下九百多元现金但没打条子。

看到我的相机镜头，照旧是如此这般，只不过故作轻松地用手挡了挡脸。船上的人们为此还很得意，等巡逻快艇驶远了就对我说：他们有点儿怕你哩！我苦笑——怕？简直就是有恃无恐！

用船人自身也在搞"腐败"，我所指的是他们中身为父母者，艰苦奋斗的目标就是给儿子买房娶媳妇。我简直要被他们给气晕了：

"你们结婚的时候，爹妈给你们买房子了吗？"

"没有……"

"那你们的儿子凭什么要让爹妈买房子?"

"现在家家都得给买房,要不儿子就结不成婚。"

"他自己没本事,活该!"

"那咋办?现在都这样啊……"

"你们甘心情愿给儿子当牛做马,但培养出来的不是寄生虫,就是低能人。黄鼠狼下耗子,一代不如一代。"

"作家你是生在不愁吃穿的人家,俺们是想让孩子过得好一点呗。"

"我爸我妈不但不给孩子买房,连我出国留学,都是靠自己一边打工一边读书完成的学业。你们呀,就是在助长儿女不劳而获的思想,培养腐败的后代!"

我也奇怪自己为什么会把用船人训斥得大眼瞪小眼。我只听到轮机长李师傅一个人的喃喃自语:"这次我上了岸,就得把我家那个怕吃苦的小子弄到船上来!想结婚娶老婆,是应该自己挣钱买房……"

我不理解中国的老百姓,到底出了什么毛病?这种父母,简直糊涂得不可理喻。他们不知道,这是在剥夺儿女"靠奋斗成功"的快乐。

不劳而获、少劳多获,这种人生追求是从每个社会细胞滋生而养成的。国外的父母会鼓励孩子在跳蚤市场出售旧玩具、旧图书和自家院子里收获的果实……我认识他们中的富有家庭,只值几角钱、几元钱的收入,是小不点儿们自己向客人努力推销所得,他们因此亲身体会到劳动的价值。这样的国民,才能在繁衍生命的同时,永远传承着自强不息的精神。

淮河,因为权威的力量得到过治理,也因为大大小小特权所怂恿的贪欲受到摧残。也许,只有人的觉醒和跃进,淮河才能有朝一日得以真正的救赎。这不过是我整夜整夜坐在船头甲板上纷乱的思绪……

船队在苏北运河与淮河支流邵河交汇处一个叫"盐邵"的船闸停留下来,将近上千艘船(看清楚了,不是"上百",而是上千)需要排队等待过闸。对于淮河上大多数用船人来说,这是经常性的事态,他们表现得心平气和。大多数船主既没有走后门的人脉关系，也自知比不上那些实力与背景强大的航运公司……可我却不可能在这闸口旁，摇摇晃晃地再等上十几天。

社会经验告诉我，不妨做一次"最后挣扎"，坏透了的结果，无非就是冷酷地留下皖江河999，独自弃船上岸。

在见到这个闸口的当家人之前，我先侦察了他的领地。树木花草围绕着奇石假山，从没有见过这么怡情的"官府"，充分展示出了扬州地区独特的园林文化。这是一个只有五十来人的小单位，主要工作职能就是放闸、关闸。

在这连接着大运河的河闸管理处办公楼前，我看到了大幅的红色标语、镶着玻璃的宣传栏、制作颇费心思的板报……所有的主题只有一个：发挥党员的先进模范作用。我甚至还看到了一张例行公开管理处每月行政开支流水账的表格。

又是船头甲板上整整一夜的不眠。第二天，我特意换上了一身相对整齐得体的衣服，没有吃一口早饭的心思，就在宗凤和小詹两人的陪同下，来到了一天前已经侦察过一番的办公地点。我把他俩留在办公楼门外，独自一人两手空空地敲开了闸口管理处党政第一把手陆风定书记的门。

走进了窗明几净的办公室，我开门见山地表明了自己"希望此行采访能够有始有终"这么一个单薄无力的理由。接着，我不等他的答复，就提出了唯一的问题：

"陆书记，您搞的党员先进模范作用教育活动，真有效果吗？"

"搞，总比不搞要好。"

这位陆书记的回答是我难以忘怀的。仅从这区区七个字里，我听出了几分……困惑，更看到了一种坚守。

他告诉我，自己就是扬州地区出生、成长的本地干部。守着这条河流、这个船闸，已经整整九年。再过两三年，一座崭新的大闸即将建成，南来北往的船舶路经此地，便不再会苦苦等待得太久……起身临走时，我忽然听到"守闸人"问道:"请问您的船,叫什么?"

"皖江河999!"

这是我此生第一次如此豪迈地说出一个番号,即便是当兵时在部队,都不曾有过这般良好的自我感觉。

回到船上,我跟船长开了个小小的玩笑:"我不可能在这个闸口再等待十天半个月,所以今天就要离开你们了。"船长和船员们尽管都在翘首等待着"咱们神通广大的作家"得胜凯旋,可面对我此行攻关的败北,仍然派人上岸采购,摆了一桌子丰盛的送行宴。打开的,也不是平日饭桌上那种一瓶三元钱的劣质白酒。淮河上用船人的厚道和善良,使我在举起酒杯的时候,湿润了眼角……

我忽然再次有所感悟:外婆和爸爸妈妈,还有许多我见过和没有见过的伯伯、叔叔和阿姨,他们正是因为老百姓的这份儿厚道,这份儿善良,这份儿世世代代对天子和官家的忍辱负重,从而发誓要为他们讨回生存的公道,做人的尊严;立志要为他们打下一个"穷人当家作主"的新社会。

凌晨四点,无线送话器传出了闸口管理员呼叫皖江河999准备提前过闸的命令。在淮河漂流的全程中,年轻的守闸人陆风定书记是我发自内心想说一声"谢谢你"的国家公务员和共产党员。他使我因此而联想到很多……

经历了一次次的过闸,每每如同一场波澜中斗志昂扬的穿越:缓缓开关的巨大闸门,迎送着一艘艘庞然大物般的货轮。那个时刻,所有的用船人都会神情肃穆地守在岗位上。两侧高耸的钢筋水泥陡墙,留下了与船体碰撞后的无数痕迹。进来,出去,继续远航……如同人生所必须经历的一场场对信念、意志、良知和智慧的考验。

当我重新回到陆地,计划写一部关于淮河的长篇报告文学。不长不短十四个日夜的水上生活,令人百感交集、浮想联翩。我意外地接触到了一个被主流社会边缘化的群体——内河航运的劳动大军。可此刻的我,却不能写得太多。

淮河，用她最富有人性色彩的一面，也感化过我爸爸一颗战将的心，令他充满无尽的思索、怀想和憧憬。通过他的遗作我发现，不知道为什么，在不能不时刻面对生死考验的每一天，爸爸的目光，却停留在那么平凡的情景上——

船家小姐弟俩非常懂事听话，能够帮助父母挑起生活的担子。他们常常合力把长长的竹篙插进江底，再迅速地抽出……每当大木船能够靠风帆缓缓行驶的时候，十岁的小姐姐和七岁的小弟弟，两人常常并肩坐在船帮边，披着一身淮河上的霞光，把小脚丫泡在水里，一边拍打着水花，一边轻轻地唱着祖辈传给他们的船歌……

我不知道这船家小姐弟俩，如今是不是依然生活在淮河上？他们本人或是他们的儿女永远不会知道，在我爸爸的笔下，那坐在船帮用小脚丫拍打着河水的稚气身影，在一名出生入死的红色特工心中，留下了美好动人，一生难忘的印象。

爸爸穿着一身丝绸裤褂，戴着副水晶墨镜，半躺在船头一张竹躺椅上，这位"大盐商"可能是因为自己的妻子正有孕在身，他梦见了未来共和国所有的孩子穿着漂亮的衣服和鞋子，迎着朝阳走进窗明几净，围墙下种着向日葵的校园……

河上的船，岸上的家，人们吃这水，用这水，糟蹋这水——无论是煤渣还是塑料制品，洗涤用水还是人畜排泄物……无须思索地统统倾倒进水里。我连一个烟头都要认认真真地放进厨房的垃圾箱，然后，再经过副船长太太的手，倾倒进河里；然后，我那支抽掉三分之二的细长烟头会一根根地在水面漂浮；然后，常会听见有人发出好奇的声音："看，作家的烟头！"

我这伪善而渺小的环保主义者悲哀地联想：终有一天，大河干枯了，死去了,展现在后世眼前的,也许就是一脉七彩的河床——无法计算吨位和立方的不可降解物质的堆积沉淀。让这条大河的子孙后代去考古,去发掘,去头痛,去抓狂吧!

外婆的河,爸爸妈妈的河,新四军的河啊,我为你吟咏,为你流泪;为你满怀着深深的忧虑、期待和梦想……

二十　他们才是烈士的后代

我第一次从淮南回到妈妈身边,带着许多答案和许多问题。我在庆幸找到了外婆的同时,还要继续经受现实的磨难。当妈妈看到我带回的照片,外婆的长眠之地上堆满了民办小工厂的垃圾杂物时,立刻放声大哭:

"我过着这么好的生活,妈妈却躺在这样的地方……"

承受这尴尬无奈的,还是我一个人。发现了胡之光老墓的淮南市潘集区新四军研究会,希望留下烈士的遗骨,当地却没有合适的烈士陵园。一知道胡之光的女儿在广州,王家守了六十年老坟的子孙们不断打来电话,说那个本家王姓的工厂主,不断地催促他们赶快迁坟,关系搞得越来越紧张。

我和妈妈甚至一度产生过"干脆让外婆回到河南信阳老家去"的念头,可又不知道怎样向满怀真诚的淮南党员和老同志们交代。妈妈开始忧虑自己的年龄和健康,坚持要在外婆牺牲六十周年之际,亲自前往淮南进行交涉,让母亲从此得到安息……

有一天,终于被王家人不断的来电弄得心神不宁的妈妈对我说:"成千上万的无名烈士,身后不是什么都没有留下吗?我们要不就把你外婆的遗骨迁到老王家的地里。种几棵树,让她和守护了自己六十年的后人待在一起吧……平原的土地那么少,老百姓的日子也不富裕。任何兴师动众、劳民伤财的事情都不要搞。你外婆本来就是老百姓的女儿,留在老百姓家,也是应该的。"

可我心里非常明白,此事绝非如此简单。一位远离人世将近六十年的老祖宗,就是以这种特异的形式,回到了我家的现实生活中。

生在都市、长在军营的我,三十岁以后出国留学,从未真正理解过一个"农民的中国",也从来没有试图去接受过中国农民式的伦理观念。我的父辈们逝去后,会安息在革命公墓整洁肃穆的咫尺空间。乡村的那些"土馒头"从小就令我恐惧。早就有人批评过我的心理承受力非常之差,而这一次,我知道自己必须努力为之。

二〇〇六年的深秋,我从日本再次飞到北京,跟因为腰疾正在住院的妈妈会合。住院期间,贺捷生将军前来探视,两个女共产党员谈起了这桩犯难的家事。贺龙元帅的家乡、旧居、战斗过的地方,当地政府和人民都有各种愿望和计划,有时不免让后人犯难。贺阿姨听我讲述了矛盾重重的顾虑,简洁地提示我:

是烈士,就进烈士陵园。跟当地其他的烈士一起,不特殊也不孤独。

一语定音,终于统一了认识。贺捷生将军是位老资格的军旅作家,我向她提出了一个困惑自己很久的问题:寻找外婆,我到底是在寻找什么?

贺阿姨没有正面回答我,只是讲了一个小故事,一个发生在今天,发生在人们身边的小故事,"众里寻他千百度,蓦然回首,那人却在——灯火阑珊处"。当一个人初初感到必须写下什么的时候,就要找到这篇文章的一个灵魂。"灵魂"二字还区别于主题,这是首先刺激着执笔者本人无法为之平静的一个思想结晶,是需要深藏在"篱笆"后面,却必须为之呐喊到天下皆知的几句大实话罢了。

无论如何,不能没有这样一个堪称灵魂的启迪,首先照亮自己的心胸和眼睛。就在贺捷生阿姨讲完了那个小故事以后,我终于得到了醍醐灌顶般的豁然顿悟……

拒绝妈妈与我同行淮南寻找外婆遗骸的另外一个原因,就是岳龄勤老人的存在。我担心百岁老人突然看见自己亲手抱过的娥儿出现在面前,激动过度而乐极生悲……

包括妈妈在内的所有人，总算都理解了我的顾虑。可不知道因为什么，妈妈在电话的那一边突然哭了起来。我想，她一定是觉得我有点儿可怜，去办理从来也没经历过的为祖先迁坟这么大一件"家事"，一个人太孤单了……

"妈妈，也许这就是天意——肯定是外婆的在天之灵早就拿定了主意，要让我一个人去淮南找她。要不然，她怎么会在十几年前跑到国外给我托个梦呢？"

"可，梦是虚的……"

"淮河边上有那么多外婆的亲人、战友和接班人，他们，是真实的。"

当我第二次踏上淮南的大地，已是二〇〇七年百花盛开的阳春四月。我没有再路经合肥，而是学会了乘坐夜行列车，从北京直奔淮南市。我知道，自己将面临着一场考验：外婆必须被我真正找到，必须落脚在她应该去也能够去的地方。烈士，必须从此安息了。

我向党史办的张兰荣主任和新四军研究会的老前辈们，如实转达了贺捷生阿姨的原话："是烈士，就进烈士陵园。"

潘集新四军研究会是最早为胡之光墓奔波操劳的组织，他们在我到达的当天，就神速地赶到市委党史办，展示出了一卷颇具规模的设计蓝图……最终还是淮南新四军研究会的老同志们，用老面子出来为我补台。在这些被得罪的同志中，想必也包括沾亲带故的族人。

淮南新四军研究会的宋老、单老、柴老、秦老……至今，每当想起这些前辈的面孔，我心里依然是热乎乎的。他们在淮南这片土地上，兢兢业业地当了大半辈子的父母官。现在老了，家境没有特别富裕的，可他们活得很淡定，保持着过去那种踏踏实实、言出必行的办事作风。他们把毕生的信念和爱，都交给了这片故土。

我想，正是因为中国共产党中存在着这样一批忠贞不贰的骨干，方才坐稳了匆匆打下的江山。淮河岸边这一方水土养育的一方人，是我正直、温厚的父老乡亲。

两年前,新四军研究会的老同志们在凤台县境内叫板张集的地方,发现了一个特殊的小烈士陵园。

园中的十四位烈士是在一九四八年淮海战役开始不久后,为解放凤台而牺牲并在仓促间被掩埋的。这给当时年仅十六岁的李文传留下了深刻的记忆,从此以后,每逢清明、春节,他都来上坟,给烈士墓培土、种树……如今一眼望去,松树挺拔,古柏森森。

就在李文传去世的当年,凤台县老龄委和新四军研究会共同向社会发出倡议,筹建板张集烈士陵园,得到了各界的广泛响应……(摘自赵中坤《父子接力守护烈士英灵六十载》一文)

我买了一篮鲜花,准备献给埋葬在板张集的解放军烈士。在陵园对面的英烈事迹馆里,我看到了关于外婆的图文介绍。像潘集一样,作为凤台县最知名的女性革命烈士,她受到了令人瞩目的纪念。

出乎我的想象,当年由一个普通农民党员守护的烈士墓地,已经被建设得很具规模。穿过高大的陵园牌坊,在宏伟的纪念碑后面,依然保留着一片朴素的小坟。清明刚过,被春雨打残的纸花还没有收拾……

如同文章所描述,李文传生前栽种的松柏,已在老坟周围长得有几人高了。环绕小陵园的水泥通道,完全可以推过轮椅。周围还是大片翠绿的青苗,不远处就可以看到守墓人居住的小自然村。当地负责民政的马士平副县长,是一位性格开朗的女性。她告诉我,这个陵园将区别于其他陵园而受到格外的重视。

淮河平原特有的温润春风,卷着农作物和草木的气息扑面而来。这里是一个远离繁华闹市的所在,我依稀听到了不知名野鸟们婉转的啼鸣。尽管不喜欢使用太多水泥,但我的心还是告诉我,已经不能再好了……我的外婆,终于找到了她最后的归宿之地。

翌日,上下各方一致正式决定:胡之光烈士的遗骸,迁移至凤台县板张集烈士陵园。外婆今后的安息之地，将被确定在中心的一个位置。

　　王圩子老王家现在的当家人王怀邦带着儿子来跟我商量，按照老规矩，棺木必须由他们这些男性子孙负责打造，我同意了；他们又提出了必须让村里懂黄历、通风水的人，定个"适宜动土"的日子，我也同意了；我则提出，迁坟当日不许放鞭炮、烧纸、哭送和披麻戴孝，他们也同意了。淮南新四军研究会的老同志对我千叮咛万嘱咐，包括要"尊重当地的风俗习惯"。但我不愿看到一个革命者的葬礼，充满了世俗乌泱乌泱的喧闹。

　　说到这王家跟外婆的渊源，正是我在前面叙述过的那段与外公相关的往事：当年，王介佛被迫接受了一场包办婚姻，显然，受到中国封建传统压抑的不仅仅是女子，也包括着命运得天独厚的男儿们。他扔下一肚子委屈的新媳妇，被窝还没焐热就跑回广州的大学。谜一般"抑郁而死"的老三媳妇，身后留下名叫王克书的儿子，真成了一个"姥姥不疼、舅舅不爱"的多余人。

　　听同族的老人们说，王克书没有好好接受读书启蒙，长成了一个性格胆怯、反应迟钝的少年。跟他那位发誓永不承认有个儿子的父亲王介佛，就像是天差地别的两个"物种"。

　　天下也许就是我外婆才能做出这种事情了：她跟王介佛相爱、结合，阜阳暴动失败后生下了我妈妈。进而面对的是大革命运动的低潮，是丈夫的自首变节、放弃革命，是夫妻间感情的分崩离析……

　　日本侵略中华，战火席卷而来。外婆居然就从王家公公和婆婆手里，接过了反目丈夫的前妻留下的儿子。她决定从此亲自来抚养他，带着他一起逃难到河南信阳的娘家，一起度过了兵荒马乱的岁月。

　　妈妈对我描述过当时的情景：十几岁的克书哥哥已经能够挑个小担子，外婆背个大包袱，妈妈还不满十岁，就背个小包袱。娘仨能挤上火车就坐火车，连汽车和马车都坐不上时，就一步步地往信阳方向走。

　　我的脑海中出现过一幅画面：苍凉无边的大平原，那云幕低垂的天空下，吹拂过雨前湿冷的风。高、中、矮三个人影，在茫茫地平线上缓缓地移动……外婆带着一个半大的男孩和一个小小的女孩，一家三口相依为命，踯躅在仿佛漫无尽头的逃难路上……

虽然外婆是为人师表做教员的，有时也会不讲"文斗"搞"武斗"。妈妈回忆说："你外婆年轻的时候，脾气暴躁得很。我不听话她真发火，还罚我跪过搓板呢。每次一看到她瞪眼睛了，克书哥哥总是挺身出来呵护我，舍不得巴掌和笤帚疙瘩落在我的身上。"

王介佛说到做到，真是一辈子也没有理睬这个原配媳妇生下的儿子王克书，当然更谈不上一天的抚养、点滴的关照了。可是，这个男孩子，在孤苦的成长岁月中，从此得到了一位有疼有爱的母亲。

王克书自然是没有成就大学问、大事业，他在我外婆的身边，倒是学成了一门谋生的手艺：织袜子。十二岁的妹妹当兵打鬼子去了，他却被留在了外婆的身边。直到抗战胜利以后，重新回到淮南王圩子的爷爷家。

外婆说："打起仗来，子弹又不长眼睛。就他这么个傻乎乎的小子，要是有个三长两短，我怎么跟老王家交代？"

给予殷殷呵护的，只是一颗母亲的平常心。

王克书在自己的革命养母牺牲后三年，吃爷爷家的"瓜落儿"，也戴了顶地主的帽子。他好歹娶了媳妇成了家，在艰难中度日。在自己的儿子王怀邦还没有换牙时，就带着他来给养母上坟，一遍遍地告诉这小小子说：

"这里埋的是咱家的老奶奶。记住了，是咱家的老奶奶……"

回报养育之恩的，也只是一颗儿子的平常心。

到现在，连王克书的儿子王怀邦都做了爷爷。外婆没有给王家的子孙留下一纸既荣誉又实惠的烈士证书，他们连一方碑文也不知道应该怎样书写。农村发生了一次次的变革，几度几番土地政策的冲击……村里的老人都说，怀邦家成分高，上头下政策，平了几次老坟不说，新中国成立以后，架河乡王圩子这一段的淮河，先后发了三次大水，全都淹完了。这个老墓能留到今天,真不易啊!

是不易啊——老王家的三代人,就这样不离不弃地守着"咱家的老奶奶",送走了整整六十个风雨凄凄的清明……

在淮河边普普通通的自然村里,我家这户亲戚是个令人羡慕的存在。体面的两层楼房里,住着王怀邦夫妇。他那三个健壮的儿子,都娶了媳妇生了娃,各自住在敞亮的独家院落里。平时,哥儿几个和父亲一起,在淮河滩上挖沙子卖给施工、盖房需要原料的客商。村子里有不少老人说,老奶奶的那座坟风水好啊,怀邦家就是靠着她老人家的保佑,才有了今天这么兴旺的家境。

孙子辈儿里的王宗将多读了些书,人也成长得精明可爱。他跟我学着村里人的话,言下之意,自然是不想迁走那座老坟。我呢,干脆就假装听不见,都到这节骨眼上了,胡之光可是"党的人"。迁不迁?往哪儿迁?连王侠都得听组织上的安排呢。

王家的老爷子王怀邦跟我同辈,虎虎实实的几个儿子都得叫我一声"姑姑"。他们的小娃儿们自然是要叫我"姑奶奶"的啦!我觉得挺中听,也就乘机倚老卖老,把迁坟事宜的所有细节,郑重其事做一番指示……

只听门外噼噼啪啪地炸响了炮仗,刚刚打好的一副三尺长、一尺半宽的小棺材,由怀邦的两个儿子抬在肩上,按照当地的风俗绕着村子,风风火火地走上一遭。我就怕国人红白喜事都要弄得震天价响,好歹大事都依了我,想绕村子那就绕去吧!

比起我这个从地里冒出来就指手画脚的外孙女,毕竟,那是一座陪伴了人家整整三代的"老奶奶的墓"。

新四军研究会的柴老不厌其烦地教导我:办事要如何考虑老王家乡亲们的心情,如何要注意群众关系,从挖墓、取遗骸、装棺、封棺,到覆盖棺木只许使用全棉红布……千头万绪,让我一一用笔在小本子里记下。

在那些事无巨细都要做到的几天里,我经常接到一个无声的电话,她就是刚刚学会了用手机发短信的贺捷生阿姨。那时,几乎每天都能够收到她的"表扬信",夸我如何孝顺长辈,如何聪明能干。她主动提出:

我亲自批准你"搞一次特权"——向当地的武警部队请求支援。

这辈子连看见农村的"土馒头"都会起鸡皮疙瘩的我,如今却要亲手办好一件为祖先迁坟的大事情。妈妈还明确指示,必须是我代表她本人,亲手把外婆的遗骸重新装殓入棺。我还要面对早已感到陌生的国情,一言一行都代表着烈士的亲人……如此种种,需要独自承受心理上的压力,谈何容易?那时,几句长辈的表扬、几声亲情的鼓励,都给予了我极大的慰藉。

新四军研究会有位热心肠的魏耀华大姐,负责陪我上街去采购。这是我生平第一次去为外婆买东西。淮南是个富有的矿区,商品市场出人意料地繁荣。豪华的现代百货大楼里灯火通明,新潮货、名牌货可谓一应俱全。

我给外婆挑了一件中式风格的红色丝绒睡袍,还想再找一身高档的黑色中式衣裤,却发现在堆积如山的女装中,已经很难找到那早已消逝的时尚了……

我一直在想象着,外婆如果依然活着,走进这样漂亮的大商场,会是怎样的心情?妈妈告诉我,外婆是个爱美也挺会打扮的女性。我一直都很诧异,她的身材偏胖,在那个时代就无师自通了现代服饰色彩学的原理。她知道,黑色对于自己是最适合的,能够达到令形体看上去偏瘦的效果。

我终于买到了一套黑色衣裤和一双锦缎面的布鞋,上衣有些许古典的刺绣图案,领子是唐装款式。无论如何,觉得勉强还算可心。张兰荣主任过目后大加赞赏,夸我和魏大姐"真会买东西。送给老外婆,她肯定喜欢"!这令我多少感到释然。

腐朽、黑暗的中国大地上,翩然走出了周志机、危拱之那样一批女孩子。她们仁慈、坚强,拥有文化修养和德行操守;她们卓尔不群、才貌兼备,凝聚着从内到外的人品魅力。她们的女性之美,当下的我们也许已经难以仿效了……

那天,电视台来了两个年轻的记者,他们跟市党史办的同志谈过了胡之光的事迹和即将举行的纪念活动后，开始至少是抱着进一步跟踪采访的打算。但回到台里，领导就让他们打来了取消采访约定的电话。

我听到身边有干部开玩笑说：要是现在通知电视台，某某歌手、某某影星正在咱们办公室，他们不跑步赶来才怪呢！对此反应我并不感到太意外。生活就是如此，大众媒体对现实的关注，当然远远高于对昨天那虚无的想象。

最真实最珍贵的，是王克书和他的儿孙们的默默守望——没有血缘，也没有任何功名利益，只有人世间的感激与思念，平平常常，瓜瓞绵延……

二十一　另一双眼睛看他们

淮南作家陈新奎先生在《爱情的另一座坟墓》中，就像是用"另一双眼睛"，注视着外婆胡之光和王介佛的情感历程。

我还记得，那是一个满天星星的夜晚，凤台老县城路边的小火锅店里，蒸汽弥漫在我和这位新朋友之间，连他的目光都显得温暖。新奎坦言，阅读了有关我外婆的一系列记载和事迹，可还是感觉到她离自己"很遥远"。胡之光作为一名受到过现代教育的知识女性，从进步学生成长为坚定的革命战士，一定有着她"鲜为人知的心路历程"。人们不应忽略了她内在的情感世界，否则，看到的也许只能是一种表象。

可到底缺少了什么呢？显然，这个问题困扰了新奎很长时间。作为写作的同行，我对这位兄弟的观点深以为然。就在那个满天星星的晚上，他承诺我要"写一篇探讨胡之光情感世界的文字"。

有人说婚姻是爱情的坟墓，其实能够埋葬爱情的又何只是婚姻。

最近几年，革命题材的影视作品可谓是异常火爆，作品中自然不乏那些红色的爱情故事，这也让太多的人开始相信战地恋情别样红了，甚至把战争当成了爱情的催化剂。当我们重新翻阅那段历史时，看到最多的往往却是另一种事实。爱情的美好与坟墓的凄凉，可以算是我们体味人生的两个极端。既然写下了这个题目，就让今天的话题从一座"坟墓"开始吧。

距离凤台县城北18公里，有一个叫丁集的乡镇，这个现在看来普通得不能再普通的皖北乡镇却有着悠久的历史，最早的记载可以上溯到唐代……昔日的风光并没有留下太多的印迹，倒是近年来重新修建的板张集革命烈士陵园为这里平添了几许厚重……该园也已成为了凤台县爱国主义教育基地和淮南市青少年爱国主义教育基地。

被誉为"安徽赵一曼"的胡之光就长眠于此。

新奎写下此文后不久，板张集革命烈士陵园升级为安徽省爱国主义教育基地。很难想象，这样一个甚至远离凤台县城的自然村旁，小小的烈士陵园会获此殊荣。毕竟作者生于斯，长于斯，他对故乡的一草一木，有着与我不尽相同的理解和感悟。

许多曾被我忽略的环境细节，被他用优美的文字加以了描述。我亦是通过他的文章方才得知，外婆的娘家信阳府有条"浉河"，本是淮河的支流之一。而王介佛的出生地凤台县有条"架河"，同样是淮河的支流。淮河，恰似这对传奇夫妇二人的"缘"头。

新奎推测，胡之光与王介佛的结合，应是一九二七年底或是一九二八年初。当时，二人都在国民革命军第二集团军高桂滋部从事党的兵运工作。他们从相知到结合，"不会超过半年时间"。

这个推理我持异议：如果王介佛参与过兵运工作，那就很难逃避四·九暴动，岳龄勤的记忆也与之不符。新奎引用了西方的一句名言：如果一个人宣称他不想结婚，那一定是没有遇上合适的人。

这句话可以算是对王介佛的最好写照……王介佛与胡之光的结合，完全可以称得上是郎才女貌、天作之合。

首先，两人有着相似的经历——他们在没有相遇之前，胡之光是从淮河上游的浉河之畔，走进了开封第一女子师范学校，随后参加了河南四望山暴动。来自淮河中游架河岸边的王介佛，就读于广州中山大学，并受训于黄埔军校，投身过摧枯拉朽的北伐战争，参加过名垂青史的广州起义……

第二,两人有着共同的信仰。都是马列主义的追随和实践者,并且都已经加入了中国共产党。

第三,两人的性格也有相通之处。胡之光新潮开朗、聪慧干练,王介佛学识出众、激情四射。

可以想象当英俊帅气的王介佛遇到了时尚漂亮的胡之光,爱情的火花自然会在两人之间迸发而出。在战火的催化下,两人很快便有了爱情的结晶,在阜阳四·九起义失败后,女儿王侠在中共寿县县委所在地寿县城南出生了。在随后的一段岁月里,王介佛和胡之光这对革命情侣,也的确续写了一段充满了革命浪漫主义色彩的爱情故事。

关于这段姻缘,在淮南的文史工作者中始终存在着争议。当然新奎也承认,今天的人们已经无法知道其中的具体细节。历史就是过去,没有任何人能够对过去,做出一锤定音的结论。但我同意新奎的看法,这一双大时代的革命青年,的确是从爱情而走向婚姻的。

通过历史的诸多证言不难发现,无论是拜了天地三天之后便愤然离家的王介佛,还是少女时代便从封建大宅门中只身逃离的胡之光,性格中的共性,一定曾是他们能够迸发出爱情火花的易燃点。我也因此可以理解,用"心"结成的同盟一旦分裂,肯定是会令"心"流血的……

新奎的文章中详细地陈述了我外婆与王介佛并肩战斗的足迹,其中有一段史实我初次得知:

1930年6月,张楼党支部改选,胡之光与王介佛同时当选为支部委员。一切就如同我们在影视剧中常见的那类革命爱情故事一样,激情、紧张而又不失浪漫。爱情在斗争中得到了升华,斗争也因为爱情让人忘记了它的残酷。这样的革命爱情可能是每个人都十分向往的。可惜如此美好的岁月太过短暂了……生活如同是一个跷跷板,有时它可能在瞬间翻转。王介佛与胡之光的爱情考验,也同样迅速降临——他们与党组织失去了联系。

寻找组织是一条漫长而艰辛的道路。曾在寿县开展过学兵运动的许光达将军在学兵运动失败后,为了重新找到党组织,辗转千里。相对而言,许将军还算幸运,而与其有着相似经历的廖运周将军,更是用了五年时间,才得以重回党的怀抱。王介佛与胡之光的寻党之路也同样令人心酸。

新奎不但是个考证史实很严谨的新闻工作者,更兼具作家的文学才情。对胡之光和王介佛那段无助的窘境,他似乎能够感同身受。他想象这对患难夫妻"当时的窘境可见一斑""真不知道这对从小就不知柴米贵的公子小姐,是如何度过那一年多的日子……"

这段描述中有一点小小的误解:我外婆和王介佛并不是因为囊中羞涩、经济上捉襟见肘,方才会去吆喝"鸡毛鸭毛换洋火喽——"流浪在南京街头。那时,他们根本不缺钱。仅仅是为了找到组织和同志,茫茫人海中,王介佛只能乔装打扮,实施这种大海捞针的办法。

通过这一点足以看出,"这对从小就不知柴米贵的公子小姐"对主义的追求,当时还是很执着的。他们可以做到富贵不能淫,甚至也可以做到贫贱不能移,但王介佛到底因为什么最终选择了叛变自首呢?新奎认为:导致王介佛投敌的诱因很多,既有来自国民政府清剿共产党的白色恐怖,也有党内错误路线的盛行,当然更多的还是王介佛与生俱来的性格缺陷……

无疑,我外婆所置身的那个时代,同路的革命男女们,不得不面对着一次次选择,一重重考验。每每命运攸关、生死攸关,不容迟疑、不容彷徨,一枚指印,一生荣辱……没有左右逢源的中间道路可走。

胡之光在王介佛叛变后,一度带着女儿回到他身边。新奎以独立的视角,诠释了这一家三口在宣城共同度过的最后时光——

离开（宣城）还是留下？摆在胡之光的面前：共同的信仰，曾是两人爱情重要的基石之一。如今，这块基石坍塌了，他们的爱情还能持续吗？当然不能。如果这是一个故事，胡之光一定是毅然决然地离去。可是这偏偏是一段真实的历史，历史不会以任何人的意志而改变。

　　胡之光留下了。她的留下也许再次向我们证明，现实永远比故事要复杂得多。胡之光与叛变后的王介佛共同生活的这段时间，曾让一些人颇有微辞。而在我看来，胡之光的留下是理所当然的。

　　无奈、眷恋、幻想……或许就是胡之光当时最为真实的写照。当信仰与亲情发生碰撞的时候，任何人都会感到难以抉择。一方是历经千辛万苦仍没有联系上的党组织，另一方是自己深爱着的丈夫、女儿。任何一方，都是胡之光生命的重要组成；任何一方，都令她难以割舍。

　　应该说，此时的胡之光对王介佛还是抱有很大幻想的。如果能通过自己的努力，让王介佛再回到从前，让他们的生活再回到从前，这无疑是最好的结局。事实上，这一切只能永远地停留在幻想之中。

　　胡之光失败了，王介佛越走越远。

　　当然，同样感到失败的还有王介佛。可以说，王介佛和胡之光为了保存住他们的爱情，彼此都做出了极大的让步。可惜的是，他们各自为对方设立的底线却不在同一平面，永远也没有再相交的可能。当方向发生错位，所谓的方式方法都变成无关紧要。不管是语重心长的劝解，还是声色俱厉的争论都已经失去了意义。两人最终无法，也绝不可能达成共识。

　　这将近一年的时间，对胡之光和王介佛来说，绝对可以算是人生最为痛苦的时段。彼此的努力使得关系不断恶化，同时也将他们残留不多的爱情，一点点吞噬殆尽。分开，成为必然，也成为彼此最好的解脱……廖运周的出现，促使胡之光的想法变成了现实。

　　没有了爱情的束缚，王介佛和胡之光各自踏上了自己的追梦之路。

　　关于宣城这一时期的胡之光烈士，不仅旁人对此"颇有微辞"，同样曾令我本人颇为费解。也许是随着阅历的逐渐增长，我开始能够透过一位妻子和母亲的厚重本能，去理解女性革命者做出情感抉择的不易。人，有着人性的柔软。新奎说，"王介佛和胡之光为了保存住他们的爱情，彼此都做出了极大的让步"，我同意。外婆对曾经的革命伴侣所有火热的记忆，难免会影响到她冷静地决断取舍去留。

经过了十多年的风风雨雨（自胡之光与王介佛诀别，到抗战胜利这段时期），在王介佛的生活中，我们已很难发现胡之光的痕迹。但是在胡之光的身上，我们却可以随处感到王介佛的存在。

我现在仔细回顾历史事实，的确如新奎所言，外婆在中原突围前回到凤台创办长淮贸易公司，打出的就是当时江苏省丹阳县县长"夫人"这面旗号。凤台特别行动组的中统特务对胡之光一行未必不存质疑，但当时人人心知肚明，王懋功的红人、王介佛的夫人，不是想动就动得了的人物。爸爸在淮河流域贩盐，生意做得风生水起。八成外婆因此也难免想象，这场任务的旗开得胜，多少与王介佛的某种默许不无关系吧？

1946年7月，凤台地下交通站暴露，胡之光被杀害，沉尸淮河。

凤台地下交通站的暴露，主要是源于一个错误的决定，这个直接导致了悲剧发生的决定，就是让王侠到丹阳策反王介佛。我们虽然没有证据可以证明，胡之光是这次策反的主导者，但可以推断，她至少是这次策反的支持者。

对于王介佛，胡之光当然是最有发言权。她的观点任何人都会重视，但是当时的决策者却忽视了一点，那就是感情往往会让人失去分辨力。这次草率的策反行动不但未能达到预期效果，反而暴露了自己的真实身份。

这段令我受到震动的文字，促使我和妈妈再次进行了讨论——诚然，那是一场未免"无情"的对话——

　　妈妈承认，那次丹阳之行，的确是经过外婆首肯的。证实了新奎关于我外婆"她至少是这次策反的支持者"的推理。我也不能不在某种程度赞同他关于"凤台地下交通站的暴露，主要是源于让王侠到丹阳策反王介佛这样一个错误决定"的观点。至少，王侠在丹阳的突然现身，极大地刺激了朱国英的神经……

　　与此扼腕不已的同时，我却因妈妈王侠的丹阳之行而暗暗惊叹：这些共和国的创建者们，在国共实力仍然对比悬殊的一九四六年，已崭露出他们的勃勃雄心——占领上海、南京、全中国……无疑，奇迹正是从梦想开始的。而在实现梦想的严峻征途上，共产党人不得不经历一次次以失败为结局的血的探索。

　　不妨反过来做另一种推理：如果善于审时度势、随机应变的王介佛，真的对女儿做出了缔结"城下之盟"的承诺，那么，未来的丹阳解放之日，军民的牺牲，也许便会降到最少……

　　历史皆有任何"可能"和"不可能"的发生。共产党人总是要为哪怕是百分之一的可能性，去做百分之百的努力。有人说，他们总是在"飞蛾扑火"，总是在冒"明知山有虎，偏向虎山行"的危险。可如果没有这种信念和行动力，区区二十八年，南湖那艘小船上的一簇灯火，又怎么可能化作天安门上照亮九州大地的无际光焰呢？

　　绝不瞻前顾后，挑战任何的"不可能"——只有这种热血勇者，方能收获几乎"完全不可能"的成功。如同大革命时期年轻的中国共产党一次次以失败而告终的武装暴动，谁又能说那叠加的错误，仅仅就是"错误"而已呢？

　　对外婆当时为什么没有随我的父母一起转移。新奎的质疑是"也许直到此时，胡之光还没有明白：王介佛为什么会走得这样遥远"？这个观点是严峻的，却亦不失客观——他直言，胡之光始终"对王介佛心存幻想——至少幻想王介佛不会狠毒到来要自己和女儿的身家性命"。

事实上，到底是谁给凤台县党部写了那封告密信？至今仍然众说纷纭。包括我爸爸妈妈在内，在很长一段时间里都认为，真正的罪魁祸首，是那位早年也受过中统特训班培训的朱国英。

新奎接着写道：

> 从另一个层面来说，胡之光的留下，也是想用自己的生命去验证王介佛的品性。这一点，对于别人或许已无关紧要，但对于胡之光来说，实在是太重要了。在安全送走女婿、女儿的第二天夜晚，胡之光便身陷囹圄。在此，我实在不愿去设想胡之光当时的心境。当一个人所有的希望、幻想被现实逐一击破，那种从期望到绝望的心情，哪怕只是作为一个局外人，其感受也让我不愿面对……
>
> 哀大莫过于心死。与其说，是国民党杀害了胡之光，倒不如说，是胡之光在一心求死。

"一心求死"，这样的措辞，刺痛了我的心。如果一切都是真实的，选择了牺牲的我的外婆，内心已经痛苦、绝望得到了什么程度？她是一位热爱生命的好人，她亲身经历过大革命的严酷、白色恐怖的狰狞、抗日战争的艰苦卓绝……

凭着胡之光十多年的敌后斗争经验，即便是被捕后身处绝境，也还是有机会为自己寻求一线生机的。可胡之光偏偏选择了一种最为激进的斗争方式，痛骂对手，毫不屈服。这不能不让我们相信，此时的胡之光已经没有了求生的欲望……

尽管在寻找外婆的漫长十年间，我不知多少次重温着这个骨肉至亲生死厮杀的故事，新奎的描写，仍然令我潸然泪下。他使我也以另一种视角，注视着外婆曲折苦涩的心路。也许，他是对的——从外婆同意我妈妈冒险去丹阳说服王介佛，到最后她决定留下坚守凤台的联络站，内心深处,始终潜藏着对昔日故人的丝丝幻想。

中统特务的毒手,无异于王介佛的毒手。"一心求死"之说,尽管对于胡之光的后人未免残酷,却不能说绝无合理之处。我外婆的尸体奇迹般地逆水倒漂,竟偏偏就漂到了王介佛父亲家的秫秫地边……淮河,就是我外婆的河——淹没了她的生命,承载着她的诉求。

无论当地文史学者们的个人观点如何,我由衷感激,淮南这片土地对我外婆的不离不弃、念念不忘。陈新奎先生能够将胡志光作为一个有血有肉的人来理解,来推测她的心路历程,我相信,这就是最真挚的缅怀。

二十二　林海滔滔，心潮不息

在正式准备迁移遗骸之前的日子里，张兰荣主任和单星老书记忙里偷闲，带我来到了淮南的新四军林。这是一个不能拒绝的邀请。

途中，看到一座保存非常完整的日军碉堡。当地政府有关部门特地让新建的柏油大路稍微打个弯，保存下如此完整的战争遗迹，令我惊喜。

从来自国家林业部门的消息得知，以"红军""八路军""新四军"命名的纪念植树造林工程，在全国各地已经绿化了许多处荒山。淮南新四军林，又会是个什么样子呢？汽车开过了一长段修缮不太好的公路之后，我看到了一处崭新的名胜——如此评价绝不为过。

入口处，一块巨大的天然石像路标一样，上面是新四军研究会总会长周克玉上将的亲笔题字"淮南新四军林"。走进高大的水泥牌坊，宽阔的登坡通道两侧，林立着很多当地天然石材自然随形的石碑。这种名叫"紫金"的石料很独特，呈现出一种平实而亮丽的厚重感。

革命领袖们关于理想、牺牲以及为新四军所题写的历史名言、诗句，几乎无一遗漏地被雕刻在一块块紫金石上，包括我上小学时就背得滚瓜烂熟的《梅岭三章》和《赣南游击词》。

天将晓，队员醒来早。露侵衣被夏犹寒，树间唧唧鸣知了，满身沾野草……

听到我脱口而出，单老和张主任笑了：到底是老新四军的后代。必须承认，这片新四军林给我带来了深深的感动。我看到，在政府机关林、新闻林、教育林……划分给各条战线的林地上，松树、柏树、枫树、香樟树和许多我叫不出名字的树木，已是郁郁葱葱。

淮南市新四军研究会的老同志们，辛辛苦苦地向社会各界募捐了几千万元巨款，购买了大量的树苗、花苗，建造了林场的办公大楼和一座革命博物馆，保证了育林护林队伍的日常运作。曾经的荒山野岭，从此变成一片花红柳绿的人间乐园。

教育林是我最喜欢的一片园林，那里耸立着陶行知先生的高大石雕塑像；林中的小路边，一块块大小不一的天然石材上，刻着包括外国思想家罗素先生在内的思想格言。这片美丽的园林，使我想起妈妈的一句话："你外婆是一名教师，一生都在教书育人。"

年轻时我在上海生活学习过一段时间，住在康平路，距离陈布雷的革命女儿陈琏阿姨的家，近在咫尺。

陈琏的儿子对母亲的纪念这样写道："接触妈妈的人都觉得她身上有着一种特殊的精神力量，一种不凡的气度。在大家闺秀的矜持与蕴藉背后，闪耀着一种似乎洞穿一切的理性之光……诗人们说，智慧是痛苦孕育出的珍珠。他们（特指出身当时上层阶级的子女）参加革命并非是为饥寒所迫，欺压所逼，而是出于对他人苦难的同情，对腐败社会的痛恨和挽救民族危亡的责任感。人不怕死并不难，难的是能为超越自身的理想去死。妈妈的生命之河早已汇入大海，可是那昂扬的理想之歌仍在天际回荡……"

不错，外婆和很多像陈琏那样的革命者，拥有独立的思考能力，他们是经过了理性的选择，在血与火的洗礼中，坚定地站在共产主义的阵营中。我想，真正意义上的理想主义，正是指他们这样一批拥有自觉性的人。

短短不到半年时间里，开办在凤台县城的"长淮贸易公司"通过贩盐，获取了巨额利润。外婆带着爸爸的警卫员郭定胜，化装成逃荒的叔嫂二人，将相当数量的黄金白银藏在身上，挑在盖着破烂杂物的箩筐里，分两次历尽重重艰险，昼夜兼程送到了中原军区领导手中。

中原突围时，干部、战士和家属转移都急需救命的盘缠。部队按照级别，分发了数量不等的银圆。高级别的领导同志，还要随身携带金条，以应不时之需。战火纷飞的非常时期，如今已查找不到外婆和爸爸经手的这一大笔硬通货具体交接的文字记录。

在这里，不能不提及郭定胜叔叔。这位抗战时期入伍的老战士，响亮的名字是爸爸亲自为他改的。他的文化水平虽然不高，但忠诚勇敢，屡建功勋。

就是这名普通的警卫员，护送着外婆和她负责携带的金条和银圆，风餐露宿、惊险万状地向正在准备大规模突围的中原根据地走去……试想，年轻力壮的郭定胜，身边只有一位手无寸铁的中年妇女。只需"一闪念"，这百万身家便是自己的了。而他从始到终挑着银圆垫底的沉甸甸的箩筐，一步不离地走在身上藏着金条的胡之光身边。

在凤台秘密联络点遭到破坏的前夕，爸爸林滔、妈妈王侠和郭定胜叔叔一行，随身携带着还没有来得及送到中原军区去的最后一批黄金，通过水路和陆路，直接送往苏北根据地。

船行在淮河上时，国共之间已经彻底翻脸。中原突围的历史战役全面打响，封锁交通线的国民党轰炸机投下的炸弹，炸得水柱冲天，激浪翻滚……

妈妈对我回忆起这桩往事时说："我炸得掉到河里了，你爸爸就在船上喊'王侠掉到水里了——快捞快捞……'看到我像只落汤鸡一样，被你们的郭定胜叔叔和船夫七手八脚地捞上来，你爸爸哈哈大笑。头顶上，敌人的飞机还'嗡嗡嗡'的呢，他居然还有工夫笑哩！"

几天以后，成捆的黄金像座小山，一股脑儿地堆在了曾山部长的面前。里面，包括爸爸化装成盐商为了掩人耳目戴在手上的金表和金戒指。在爸爸上缴的皮箱里，连一柄看上去像黄铜似的鞋拔子，都是纯金打造的。

有一天，妈妈微笑着问我："见过'小黄鱼'吗？"

我一怔，讪讪回答："没有。"

有一天，我也问一个老革命的女儿："见过'小黄鱼'吗？"

她同样是一怔，然后讪讪回答："没有。"

我忍不住放声大笑——原来，咱们都是穷人的孩子啊！

许多人并不了解新中国成立前中国共产党人真实的形象，以为他们一个个甘心情愿啃着杂粮、扛着破枪，就是为了甩掉命里的一个"穷"字。出生入死打下的，也是一片穷人的江山……不，不是的。中国共产党人，他们的心里，装着比金银财宝、广厦良田更加贵重的理想和追求。

"文革"期间，淮河贩盐的这段历史被年轻的造反派们挖出来，煞有介事地搞了一场外调。专案组的人在北京找到了曾山老部长，开门见山地质问道："林滔和他的岳母当年单独经手了那么多的黄金、银圆，谁能担保他们就没有贪污行为？"

老部长闻言拍案而起："我曾山就能用几十年的党籍担保，林滔和他的岳母，没有沾过一分不该沾的钱！"

我不知多少次听妈妈感叹地回忆起这段往事。古人云：昂昂独负青云志，下看金玉不如泥。二十世纪六七十年代，造反派专案组里的一些人，想必已经就不十分理解这句古话的含义了。他们与处心积虑想要打翻在地的老一代革命者，根本就不是同一种人。他们八成到死也无法理解，这帮"老家伙"，为什么过去真的能够那样做？现在，又为什么敢于拍案而起，如此这般地说！

他们不懂：在黄金堆成的小山面前，曾山老部长、林滔、周志机、王侠，还有那个年轻的警卫员郭定胜……是一批比金子更加光华闪闪的人。

中国共产党赤手空拳地从一个红色的梦想开始，如果没有一批无私无畏的献身者，成功，又将从何谈起？眼前的淮南新四军林充满生机，遍布阳光，我似乎不应该去过分地强调，大树下疏疏寥寥的几抹阴影。

在准备迁坟的那些日子里，繁忙并没有妨碍我回到久违的回顾与思索之中——有关信仰、奉献、奋斗、牺牲的神圣字眼儿,从自己遥远的身后重新回到了眼前,重新开始撞击胸怀。山风吹着碧绿的林海,我仿佛听到一首今天已鲜为人知的军歌,它是爸爸生前为我写下的歌词:

豫鄂皖边区之歌(作者不详)

江汉两岸,豫鄂之边,
从西北,到东南,
我们是铐紧武汉的铁链。
当敌寇冲进家园,
我们到处燃起反抗的火焰。
在这山野我们苦战五年,
五年,我们经过了考验。
会合了边区兄弟千百万,
鏖战在高山平原。
我们是战无不胜的铁军,
踏着艰难困苦我们挺进,
挺进、挺进、挺进!

二十三　深夜，打给妈妈的电话

在正式为外婆迁坟的前夜，我在淮南和妈妈通过一个长途电话。我认为，自己终于串起了历史凌乱的珠链——当年外婆被谋杀的事实真相：背景、原因、过程和真凶。我刻意保持心态的冷静，力求尽量客观地用一个局外人的称谓和语气，汇集来自各方面的证言和资料，进行了推理并描述出如下的大致轮廓。

周志机仍以阜阳暴动失败后的化名"胡之光"，在长淮贸易公司这个联络站配合林滔经营贩卖私盐生意，已经有孕在身的王侠临时接受了一项特殊的任务。

一九四六年夏，林滔的思维已经衔接到了"解放全中国"的辉煌大计。丹阳县作为扼守上海和南京的重镇之一，他考虑到了一个试探性说服王介佛的计划，目的则是使未来解放大军逼近南京、上海之时，丹阳县放弃武装抵抗。王侠受命只身化装秘密通过封锁线，赴江苏与父亲进行接触。正是那次阔别十年的父女重逢，为后来周志机的不幸遇难，埋下了重大的伏笔……

对于身负秘密策反任务的王侠来说，一个难以逾越的障碍是抗战全面爆发后的八年里，与周志机母女完全失去了联系的王介佛，娶了东流首富朱家的独生女儿朱国英。

"朱国英"这个名字，我是来到淮南后才听说的。见过这个女人的一些王家人说，她虽然长得挺好看，但给人的印象却有些刻薄，尤其不喜欢穷亲戚来串门走动。对此，老人们几乎是异口同声：朱国英跟我们周先生，根本就不是一类人嘛！

出现在王侠面前的朱国英穿着淡紫色的绸缎旗袍，烫着时尚的半长鬈发，外表显得高雅、漂亮，神情却是很冷峻的。她用标准的国语对王侠说："是你父亲欺骗了我。他一口咬定，你们母女早就已经死在战乱中了。否则我一个黄花闺女、大家千金，何必一定要嫁给他！？"

王侠讨厌出现在这个位置上的女人，是很自然的。对我提到朱国英时，一口一个"王介佛的小老婆"。如今设身处地换位思考，朱国英的确难以咽下这口恶气。她的娘家是徽南有名的大地主，她应是唯一的财产继承人。如此"金枝玉叶"，上过大学也见过世面，当然不会自视太低。

一九三六年，周志机离开王介佛以后，他们之间并没有一纸离婚协议。不仅周志机仍然是法定夫人，她和王介佛之间，居然还有着如此亭亭玉立的一个女儿。这就令朱国英的处境不能说不尴尬，心理感受也不能说不失落。

加之，还有一个外人不知道的隐私：王介佛脱离共产党组织后，一度十分消沉。私生活也随之混乱不堪，堕落得失去了节制，终因染上疾病，导致他不再具备生育能力。

也许是为了表现出自己的大度，要么就是一副"阴险用心的伪装"，朱国英拿出了两段丝绸衣料，作为礼物送给王侠。后者却根本不赏脸，她把衣料留在原处，空着手走出了房间。王侠还是太年轻了，显然，她没有意识到，身后那双漂亮的眼睛露出了凶光……

当王介佛看出王侠已经有孕在身，怀着另外一个共产党人的后代时，一个私下里的打算便不得不放弃了。最后，这双父女必须再次分道扬镳时，他道出了内心的遗憾："如果你不是已经怀着林滔的孩子，这次就不会让你再离开我，回到周志机那里去了。"

他派出手枪班，命令一个挂着国军中校军衔的叔伯侄子护送王侠，走出了国统区一道道森严的哨卡，直到把她亲自送上了南京码头上的客轮。王侠至今还记得，那个中校堂哥生得身材挺拔、相貌堂堂。就是这位王介佛身边的丹阳县保安队队长，让妈妈最后一次见识到了敌人的兵强马壮——

所有城门、码头上站岗的国民党宪兵，个个美军装备齐身，头戴锃亮的钢盔，挎着烤蓝的卡宾枪……与大别山里那支破衣烂衫、常年连口盐都吃不上的武装，真是无法同日而语了。回忆起这一切的王侠说过：正是在这种情况下，一个人的政治信念就是决定人生的了。谁又能够想到，不出三年，如此八面威风的百万国军，居然顷刻之间一溃千里、土崩瓦解了？

那是第二次国共合作破裂，中国的两大政治力量逐鹿中原，进入大决战的前夜……

就在王侠这次与父亲王介佛秘密相见的同时，有个獐头鼠目的人物也出现在丹阳县——王介佛的六弟，人称"小六子"的王保义。通过当地老人们的讲述，综合林滔的遗稿，小六子这个人物是相当"脸谱化"的：从小好吃懒做，吃喝嫖赌、不务正业，是个时时刻刻都在挖空了心思捞钱的无赖。

林滔在遗稿中有过一段有趣的描写：周志机带着女儿、女婿化装回到凤台。他们谎称是从重庆回到淮南来"开公司，贩盐赚大钱"的，当晚就住在王善臣家的一间厢房里。这自然引起了亲族中人，特别是小六子的种种猜测。他八成搔心挠肺地猜测，阔别八年的三嫂，当下是如何地"腰缠万贯"。

殊不知，当时周志机除了一身还算体面的衣服，手里一共只有二十块银圆。入夜，她知道外面肯定有人在偷听，就背着窗户坐在炕上，把那区区二十块银圆托在手心，"叮叮当当"地反复数了大半夜……

当第一船来自苏北军部的海盐运进了淮南，顿时便化作"黄金万两"。小六子跟在周志机的身后，乞求三嫂给自己在长淮贸易公司里"谋个差事做做"。因为周志机此次重返凤台县，公开的护身符还是王介佛的势力背景，对王家的人便不能不在表面上略作关照。她只好给了小六子一个库管的杂役差事。聘请来的财务经理，则是写得一手好字的外姓人金益山。

　　林滔在遗稿中描述说，在仓库里打打扫扫角落，小六子能够捞到大半笸箩的海盐，出手就是为数不菲的大洋。可架不住这种人是个填不满的无底洞，单是要抽上一口鸦片便耗银不菲。他就是那种为了钱，根本不惜出卖祖宗的人渣。

　　每每提起王保义"小六子"其人，我总会忍不住叹息：周志机曾经打遍旗鼓相当的敌手无数，谁知最后却栽在了一个乡下二流子的背叛中！因为在三嫂那里达不到谋财的目的，这个王家真正的败类，就把自己的灵魂出卖给了披着画皮的朱国英。

　　从爸爸遗留的手稿中，我还发现了一条线索：朱国英参加过安徽宣城中统特务培训班。

　　不知是其中另有隐情，还是纯粹巧合，就在王侠奉命潜入丹阳，秘密接触王介佛的同一时间段里，小六子居然也出现在丹阳。当得知小六子比王侠早一天返回了淮南凤台，从事敌工工作多年的父亲，产生了极为不祥的预感。他果断地对岳母说："这里面有问题。必须马上转移。"

　　当然，这也是基于"三人谈判"彻底破裂，国共间再次兵戎相见的大形势，一个地下工作负责人必须做出的危机判断和决策。不可动摇的是林滔身为淮河这条秘密交通线的领导，他的决定具有权威性。周志机无条件地表示服从了，但是她提出：自己一个人留下来。

　　除了周志机当时正在发高烧，身体特别虚弱之外，她担心的是，还有我方人员零星化装突围经过凤台，她还舍不得这条救人的秘密交通线。周志机没有和女婿、女儿一起撤走，从此再也没有离开淮河边的这块土地……

　　为此，半个多世纪以来，只要回想起这段往事，王侠都会对丈夫发出悲情的质问：为什么？为什么你当时没有坚持带妈妈一起走？林滔也很可怜，为自己辩解了整整半个世纪："当时你妈妈发着高烧，我们要通过天上有飞机，地面有敌军的淮河封锁线……在情况这样困难的一条水路上，怎么能够保证她的生命就不发生危险呢？"

从父亲遗留下的手稿《淮河》中，我看到了他对自己的前辈、母亲和战友难以掩饰的深厚敬意和爱戴。从与王侠谈恋爱开始，林滔这个童年丧母的职业军人，就一直受到周志机殷切的关爱。他在日本留学时得过肺病，大别山根据地最艰苦的日子里，他的岳母想尽一切办法，甚至出卖过自己的金银首饰，去向老乡淘换几个鸡蛋、一块羊肉，用来维持女婿最基本的营养需求。

当林滔在中原突围前接受了运盐筹款的艰巨任务时，还是这位岳母毅然前来助他一臂之力。在他的内心，为失去了这位亲人和革命长辈，从未停止过悲痛的自责。只是作为一个男子汉，他不能当众哭泣罢了……

如果有人问我，在这桩历史事件的整个过程中，我最痛恨谁？那我就会毫不犹豫地说，我最痛恨的就是那个其实连个"恨"字都不配的"小六子"——王介佛的六弟王保义。

就是他，从丹阳匆匆返回凤台的时候，兜里揣着朱国英的一包赏银和一封以王介佛的名义写给国民党凤台县党部书记陈馨吾的密信。于是，就在林滔和王侠一行凌晨登船撤离之后的第二天深夜，凤台县城响起了枪声……时间距离他们离开周志机，还不到四十个小时。

由中统特务詹孝耿率领着直属专员调查室的行动队员放了几枪，故意制造出土匪入城抢劫的假象，突袭了位于凤台县城关区中心街道上的长淮贸易公司。连日来都在发着高烧的周志机，就这样束手就擒。她被秘密绑架到了俯瞰着淮河航道的一个旧炮楼里……

我亲自采访过的朱利贞老爷子说："我第二天就听说了胡之光被秘密逮捕的确切消息。不单我们这些官员明白是怎么回事，整个凤台县城马上就传遍了——根本就不是什么土匪抢劫，县党部终于撕破脸皮，下了狠手。

"他们在抓获胡之光时，当即就打开了她的库房和钱柜，发现已是空空如也。共产党的联络站长淮贸易公司，本来就是个买空卖空的空架子嘛。这个案子，当时轰动了整个淮南！"

我们看到影视屏幕上那些屡见不鲜的画面：反动派对革命者的严刑逼供，可那是文艺作品，是在演戏。当想到与我血脉相连的亲人——她是我的外婆，也在淮河边一个破旧的日本炮楼里，独自面对凶神恶煞的敌人……那最后的几十个小时，她到底是怎样度过的呢？

这是我唯一不愿意也永远无法去想象的情景。

凤台解放后，原凤台县民国银行总经理朱利贞和参与了那次暗杀行动的中统特务之一张奂民同拘一室。张奂民亲口对朱利贞悲观地说过："当时，只是想让她把情况对我们说清楚。可她就是什么也不说，还破口大骂我们。我们就把她扔到淮河里去了……杀了一个胡之光，就够枪毙我一百回了。"

不肯"说清楚"，还"破口大骂"，就把一个手无寸铁的妇女"扔到淮河里去了"？这都是怎样一群人面兽心的家伙？中国，又曾是怎样一个无法无天的国家？

当一个政府已经堕落到了要靠屠戮和暗杀来维持统治的地步，那确实也就离倒台没有多远了。

还有一个令人锥心的话题，根据朱利贞的讲述，胡之光不是人们传说的那样，是"被刺刀捅死后"，或是"被用绳子勒死后"才装进麻袋"抛尸淮河"。

胡之光早年就是共产党员，县党部的人都知道。只是投鼠忌器，怕得罪了在江苏做官的王介佛，才没有敢轻易触动她和长淮贸易公司。"小六子"带来那封告密信后，这张窗户纸一旦捅破，县党部才通知中统，匆匆发动了夜袭。

当时，即使是像特务张奂民所说，"和胡之光谈僵了"，那些特务们可能在心理上，还是惧怕这位大名鼎鼎且正气堂堂的人物。他们在决定杀人灭口之后，是把胡之光装进麻袋，活生生地直接抛进了淮河……

在胡之光惨遭杀害的几个月后，为首的县党部书记陈馨吾，被活跃在凤台县的游击队队长丁文山抓获。他落网后的十天，经过红色法庭的审判，刀下做鬼。他是"长淮贸易公司董事长胡之光谋杀案"中，第一个受到严正处决的罪犯。

现在，威名响彻淮河南岸的游击队队长丁文山的遗像，和革命烈士胡之光的遗像一起，被挂在板张集革命纪念馆的墙上。他是一位面容清癯、表情严肃的老军人。

面目可憎的"小六子"王保义，同样没有逃脱法网。新中国成立后的镇压反革命运动中，这个六亲不认的告密者，与詹孝耿、张奂民等另外五个中统特务以同案受到公审，枪下做鬼，连尸体都没有人收殓，就被扔在一个乱坟岗子上。王圩子的乡亲们亲眼看见，一群饥饿的野狗"拖走了'小六子'的一条腿"……死时未满四十周岁。

最后，我对妈妈谈了几点主观的分析：

第一，那些暗杀我外婆的人，对她是有着中共背景的特工人员早已心中有数。当他们得到了"丹阳王介佛县长的认可"，即收到那封"小六子"转交来的告密信后，便在第二天深夜，上演了"土匪进城抢劫"的一场假戏。其目的，是要得到长淮贸易公司令人垂涎三尺的钱财。可惜，他们晚了一步……

正如朱利贞所说，他们在抓住外婆的同时，就急不可待地打开了库房。没有想到，无论中统特务们的行动何等迅速，眼前，"只剩下个分文不剩的空壳子"——就在特务们对长淮贸易公司动手的一天前，林滔一行迎着黎明前的曙光，扬帆顺淮河东去，每一个铜板都被他们随身带走了。

第二，中统特务把外婆绑架到凤台县城关大古堆的日本炮楼里后，审问她，正是为追查长淮贸易公司贩卖海盐所得巨额收益的去向。一无所获的敌人把梦想落空的羞愤，全部发泄在了这位"胡之光董事长"的身上……

完全可以想象得出，就是为了那堆金灿灿的硬通货，贪欲熏心而且财政经费高度匮乏的中统及国民党县党部，必然会毫不犹豫地来一场满门抄斩。显然，长淮贸易公司创下的这笔巨额财富，太具诱惑力了。为了它，杀掉一群"共党赤匪"，可谓是一箭双雕的天大美事，反动派们何乐而不为呢？

第三，还有一个我不能不说的看法：当时，胡之光一案震惊了整个凤台县乃至淮南，王介佛不可能什么也没有听说。即便是当地有些对事件记忆犹新的老者们推测，是朱国英擅自以王介佛的名义，写下了那封促使凤台中统杀人越货的告密信，让"小六子"带回了凤台……王介佛但凡还有一点儿起码的骨肉亲情和为人良知，就不应该是对朱国英毫无责难和惩处。到底还真是应了那句老话：不是一家人，不进一个门。事实上，他们相依厮守了终生。

显然，周志机惨烈的牺牲，并没有在王介佛心中引起真正的震撼。试想，如果不是林滔当机立断，命令刚从丹阳回到凤台的王侠和部下随自己连夜转移，被装进麻袋抛入淮河的，可能就绝不仅仅是周志机一个人。而是包括王介佛已经有孕在身的女儿王侠，加上林滔和警卫员，甚至还有公司雇员在内的多少条人命了。

二十四　我终于找到了您——外婆

　　这老百姓就是老百姓,无论穷苦了几百辈子,还是要迷信那看不见、摸不着的天地神鬼。因为王圩子那边的什么风水先生,掐算出一个令人手忙脚乱的"动土吉辰",迁坟的日子终于确定下来。

　　在突然发生大停电的情况下,凤台新四军研究会和很多干部,也不知费了多大的功夫,准备好了迁葬会场需要的一切。淮南这边儿的工作重心,也连日围绕着"胡之光"忙碌起来……

　　就在这个时候,我的援兵也及时到位了:淮南市武警支队在最关键的时候,派来了一辆越野吉普,两名官兵——这就是贺捷生阿姨所说的那个"特权"。我是在军营里长大的,一看见身边有了穿军装的小伙子,一个个还那么英俊机灵,别提多给我添底气、长精神了!在后来的二十四小时里,两位后辈小战友们与我一道奔波往返。他们是在执行一次与纪念革命烈士有关的任务,我的心,得到的是久违的鼓舞。毕竟,我曾经是一名中国军队的女兵。

　　二〇〇七年四月十六日的凌晨三点,按照军人的惯例,淮南武警部队,提前一个钟头就到达了洞山宾馆的大楼门口。两个年轻的军旅小兄弟,将要陪着我度过最关键也最紧张的一天。

　　军车在夜色中从淮南市直奔潘集的王圩子村,一路上几乎就没有看见其他车辆。到达外婆的老坟前时,整个私营水泥铸件小工厂的院子,一片黎明前静悄悄的黑暗。

　　我的心对未来的十小时,充满了无法言状的忐忑:我不知道王姓家人会怎样完成他们的承诺；不知道被我伤了心的潘集的同志们，又会怎样协助遗骸的迁移；不知道烈士陵园将怎样迎接胡之光的到来；不知道昨天订购的鲜花，能否按照我的特殊要求及时送达……最为令我惴惴不安的是：当挖开脚下这块沉睡的土地之后，我将会找到什么？

六十年过去了，栽下的任何树种都已森森参天；出生的孩子一代又一代地长大成人；中国发生了过去千年也未能发生的巨变，弹丸之地的小小凤台县，响亮地发出了三年之内建成"火力三峡"的誓言；从东到西广阔的世界，已目睹了多少政权的毁灭和重创；昔日固若金汤的一切，如同柏林墙一样顷刻崩塌……出生在外婆牺牲十年后的我，如今也露出了白色的鬓发。

眼下，真的能够如愿找到自己已经为此往返奔波了上万公里，妈妈为之思念了整整一生的……我的外婆吗？

王家的子孙们来了，每人一身笔挺的西装，讲究地扎着领带，雪白的衬衫硬领口上，是体力劳动者红彤彤的脸膛。尽管我立下了规矩，不搞又炸又唱的那套乡土吊唁仪式，还是和他们一起在即将打开的老坟上，恭恭敬敬地洒了一瓶好酒，感谢收留了外婆这么多年的土地。

辈分最高的王怀邦支撑起了一块大大的彩色化纤布——先人的遗骨不能见天，是当地古老的风俗。然后，他那三个健壮的儿子开始挥动铁锹和铁镐……因为工厂搬运水泥预制板的重型卡车进进出出、压来碾去，即便是一年前重新垒砌的新坟包，周围的泥土也已板结如铁，人力无法轻易挖开了。就像变魔术一样，王家老二开来了一辆高大得让人畏惧的挖掘机。我心惊肉跳地眼看着巨型铁铲一边发出"轰隆隆"的响声，一边开始了征服坚土的操作。

在淮河边的晨光中，我终于被冻僵了。气温只有七摄氏度，寒气很快就渗透到了我一身单衣单裤下的体肤深处。因为昨天下午异常的回暖，我付出了"想当然"的代价。当时我的样子一定很狼狈：嘴脸是青色的，正在对付坚土的大男孩们头上却开始冒出了热气，他们把自己的西装外套递给我,让我一层层地披在身上御寒。

天色一点点地放亮了,工厂院子里走动的人多了起来。一位至关重要的人物出现了:外婆老坟所在地"现在的地主",这家水泥预制构件厂年轻的厂长。对于他,今天应该说是个好日子。我外婆终于不会再在他的院子里,像个钉子户一样地继续住下去了。

那位一直催着迁坟的王厂长主动上前来跟我打招呼。胖乎乎的他自称也是王家"怀"字辈的,一个村子一个祖宗的后人。他笑容很诚恳对我说,自己特地定做了两个花篮,以表对革命先辈的祭奠。

他说:"我们都是亲戚,一家人嘛!昨天我就让人把院子打扫干净了,现在就把横幅挂起来。你看,我在上面写的是'胡之光烈士光照千古'。"我忽然发现,心里不再讨厌这位王厂长了。

还有一位冒着春寒赶来的人,是潘集区委的组织部部长、淮南的"抗洪先锋人物"刘庆元。当胡之光就要离开长眠了六十年的潘集大地,前来送行的党政代表,是他和一位架河乡的副书记,他们带来了一辆潘集镇民政局下属殡仪馆最好的车子。看到也同样低估了气温的刘部长,跟工厂借了件旧棉衣裹在笔挺的西服外面。

因为把胡之光的遗骸迁往凤台板张集烈士陵园的决定,让当初想将烈士墓风光体面地建在潘集的同志伤了心……

棺木早已化作泥土,只留下了很多颗裹着铁锈的棺钉。我惊讶钉子的数量竟有那么多!原来,一口棺材要钉多少颗钉子,当地的风俗都是有讲究的。时间在严寒中一分一秒地过去了,王家父子开始使用短柄的小铲子仔细地剥离泥土……忽听身后有几位上了年纪的乡亲,不约而同地发出了惊叹:

"看哪——真的,还在呢!不易啊,这么些年了,可了不得!"

"咱这地方的土湿,有的老墓二三十来年可就啥也找不到啦……"

"胡之光到底不是凡人,瞧人家,这才叫个'不朽'啊!"

终于,我看到了自己多少个日夜最担心见不到,最担心找不到的……我的外婆——

她一个人，寂寞地躺在一米多深的地表下。渐渐，就在全身冻得僵直的我眼前，真实地呈现出一具完整的人体骨骸——深褐色的，四肢俱全，微微弯曲着手臂和双腿……

"她"，真的就是我的外婆吗？是的，她，就是我的外婆。

我终于找到了您了，老人家。就在淮河岸边这样一片平凡的泥土下，你真的没有消失。你等待着，等待着，倔强地等待了整整六十年。等待着我的到来，等待着重逢和团圆。

这时，我完全忘记了寒冷，甩掉肩头的几件西服，动作敏捷地跳下了墓坑。首先把准备好的一块红布盖在遗骸的头部，然后双手捧起……那已经是非常脆弱的物质了——外婆的头颅，在我小心翼翼的手掌中，还是碎成了数片。

忽然，我看到了一排下颚的牙齿，竟是惊人的整齐、完美。区别于已然变成泥土色的疏松的骨骸，它们一颗颗地闪烁着和田古玉般幽润、洁白的光泽……那是我此生见到过的最美丽的珠宝！啊，外婆真的很年轻。她牺牲的时候，是一位多么健康的女性。比此刻的我，要年轻整整八岁。

就在这个瞬间，我的心，被深深地刺痛了。就像外婆用她手中缝缀纽扣的针线，刺痛了我的心胸……这是在开墓、拾取遗骸紧张的操作过程中，内心真正动了感情的一刹那，是我终生无法忘怀的"一刹那"。

我在酥脆的遗骸下面，垫好那件大红色的丝绒睡衣。上面，盖着她生前喜欢的黑色套装，旁边摆上锦缎的鞋子……所有这一切，我都是信守着对妈妈的承诺，自始至终代表她亲手完成。

我听到了锤子的打击声，一声声又一声声，那颗颗钉子仿同敲进我的心头……小小的黑色栎木棺材终于被严严地盖上，很快，她就被连同鲜花一起，经过一双双手，搬上了潘集殡仪馆的面包车。

这时我发现，王怀邦那面容慈善的老伴儿站在一边儿，无声地抹着眼泪。我知道，她是舍不得家里的老奶奶，就这么走了……

村里有老人对我说，为了保住这座老墓，老王家当年背着"地主"这么高的成分，真是没有少费心思。这个胡之光的孙媳妇想尽法子求人宽容，连辛辛苦苦磨好的一点豆腐，都舍不得留给自己正在长身体的孩子们。

一阵鞭炮声在护灵车队的后面炸响起来。刘庆元部长知道我有话在先——不许放炮不许烧纸不许哭送不许披麻戴孝……他是个性情宽厚的人，赶紧劝慰我说：这是乡亲们最后一点儿心意了。

后来有个女性朋友问过我："当时，你亲手捧起一副人骨……真的一点儿也不害怕吗？"我回答她说："不害怕——她是我的外婆。"

一反凌晨的阴冷寒意，上午，是个万里无云的艳阳天。车队浩浩荡荡地一路向凤台的板张集驶去，吸引了路人们的目光。那目光，像是在迎她，又像是在送她。这是外婆六十年来的新旅途，但愿，也是她最后的一程人间之路。那春风中翠色一片的淮南大地，是不是还记得这位无怨无悔、视死如归的革命女儿？

外婆仅存人世的黑白相片被放大了，蓝天下搭起的简易木牌坊很高，上面悬挂着巨幅的对联："追求真理，洒尽热血，浩气长存垂千古；学习先烈，继承遗志，建设和谐新凤台。"横额是"胡之光烈士移坟安葬仪式"。

一百零六岁高寿的岳龄勤奶奶，也派自己的女婿黄先生送来了一对花篮。当这位老战友得知，胡之光今天终于要迁进烈士陵园，她发出了慰藉的叹息……

淮南市的花店按照我的设计要求，定做的十几只鲜花花篮及时用专车送到。妈妈的那只花篮，由象征着外婆年龄的四十四朵红玫瑰组成，被摆在遗像正中。一幅幅写着金字的挽联，飘动在颤抖的花瓣上——

烈士的独生女儿王侠说："亲爱的妈妈，安息吧。"

桃子代表全家兄弟姐妹说："永远怀念我们亲爱的外婆。"

烈士的外甥女杨洁说："满腔热血，一片冰心。"

周村中将代表学子们说："淮水长流，先生的革命精神永存。"

贺捷生将军说:"人生自古谁无死,第一功名不爱钱。"

当地党、政、史志部门与若干新四军研究会的花篮,也依次摆满了会场。庄严的哀乐声中,外婆黑色的小灵柩被王家的几个子孙从灵车上抬下来,凤台县武警分队四位身穿仪仗军礼服的威武官兵迈着庄严的步伐,从三百米开外的下车处,一直护送着外婆向等待着她的党员和群众走来……

终于,在哀乐声中,武警战士们轻轻地将棺木放进了三尺长的小墓穴中。

在海外漂泊二十年,我自由散漫地生活惯了,对此刻置身的环境已非常生疏。但是今天,为了外婆,我重温了一切。

我清晰地意识到,这是我和外婆置身于同一片蓝天下的最后时刻。等我讲完了自己想说的话,我将和在场的人们一起,把鲜花一朵朵抛进小小的墓穴,把故乡的泥土一锹锹盖在小小的灵柩上。我的外婆就会再一次,也许便是永远地被青青的墓草所覆盖。留在阳世的,将只有她的名字、故事和人们心中千般种种的思绪。

当我开始发出声音时,感觉得到外婆那幅没有笑容的遗像,正在身后注视着我。她的遗骸,就在几步之遥外的墓穴中,静静地倾听着我的心声……我在胡之光烈士迁葬仪式上的讲话如下:

……对于胡之光的家人和亲友来说,二〇〇七年四月十六这个日子,来之不易。它经过了淮南市委党史研究室、潘集区委、架河乡政府等各有关部门、凤台县委、县政府和淮南当地人民群众,特别是淮南、潘集和凤台三个新四军研究会老同志们不懈的努力,就像实现了一个奇迹,在烈士杳无踪影的六十年后,重新回到了组织和亲人的怀抱。

如此感激之情,怎么是我用语言所能够表达的呢?

我是从小听着外婆的故事长大的,但那曾是一个遥远而又朦胧的形象。直到前年夏天,我第一次亲眼看到梦中的淮河,亲耳倾听到一个献身者的传奇,脑海中才站起了活生生的外婆。

我已经在国外生活了将近二十年。自从踏上淮南这片温暖的土地,一种久已淡薄的神圣和敬畏,在自己的心中苏醒了……可我一直在问:我到底在寻找什么?又能够找到什么?难道,仅仅是一具前辈的枯骨吗?难道,仅仅是一段悬疑往事的答案吗?

有一天,贺捷生阿姨给我讲了一个故事,并非是她的父亲贺龙元帅英勇的传奇,而是一名北京出租汽车司机的故事:他捡到了一只装着上万元巨款的皮夹,当时,也想起了家里有病的母亲、下岗的妻子和上学的儿子……犹豫了好几天,但他终于把这个皮夹,原封不动地还给了失主。

贺阿姨说:你的外婆当年在凤台的长淮贸易公司担任董事长,经手黄金白银无数。但她知道,那是中原突围转移干部和家属的宝贵资金。冒着生命危险,两度化装通过敌人的封锁线,一路啃着冰冷的干粮,喝着路边的泉水……她亲手把巨额的钱财送到党组织手中。

那位北京出租司机和你的烈士外婆相比,无论事迹大小、涉及金额多少,反映出的,却是同样一种精神。这种精神,叫"高贵"。

就从听到这个故事的时刻开始,我意识到,自己终于找到了什么——从外婆牺牲到现在,整整六十年。时代变了,生活方式变了……几乎没有不曾改变的东西。唯有被称为"高贵"的这种精神,每时每刻都会发出依然如故的光芒,照耀着人们内心深处的角落。

我想,做一个高贵的人,过去不易,今天更加不易。

胡之光是个特别爱孩子、爱学生的母亲与教师。她收养过孤苦无助的女学生,养育过王圩子与她并没有血缘关系的男孩子。正是她的养子王克书,子孙三代半个多世纪,守护着一座没有碑铭的孤坟。因为有着他们的孝顺,今天,她的遗骸才能够迁进这座美丽的烈士陵园。这也使我联想到板张集烈士陵园那位五十五年的守灵人李文传。为此,我和妈妈都很庆幸,外婆从此能够跟一位同样充满爱心的老人相邻做伴了。

作为受过良好教育的新女性,胡之光多才多艺,会弹钢琴,还会拉小提琴。她生前热爱一切美好的事物,也特别喜欢鲜花。今天,她老人家得到了这么多美丽的鲜花,九泉之下会多么高兴!为此,我提出一个小小的请求：今后如果有人来祭奠她，看望她，不要放炮、烧纸、送假花。就在她的陵前，哪怕是放上一朵油菜花、几片绿叶吧。

因为胡之光生前就是一个求"真"的人：真心爱党爱人民，真诚做人做事情。她是个心里掺不得一点儿假的——真人。我想把革命诗人郭小川的诗句，献给我亲爱的外婆：

占三尺地位，放万丈光辉；喝三瓢雪水，放万朵花蕊。

二十五　外婆她是一个好人

迁葬仪式结束后，板张集一位年轻的女乡干部流着眼泪拉着我的手说："真谢谢你让外婆来到咱这块土地上。转告妈妈放心，我们会好好照顾她。"

板张集烈士陵园第二代守灵人、李文传的儿子说："我会在老人家墓前种菊花、种月季、种白丁香、种红梅……从冬到夏，都让好看的鲜花围着她。"

凤台县委副书记赵春阳同志递给我一张印着党徽的名片。他说："胡之光烈士让我理解了什么叫'真善美'。"

老王家的三代人，毕竟守护了外婆六十年，其实是老大不情愿地把"咱家的老奶奶"，送到了凤台板张集这个烈士陵园来。他们始终默默无语，最后还是那个机灵的侄子宗将说："以后我们全家每年清明和中秋，一定会来看望老人家的。我们听姑姑的话，不烧纸也不放炮，会给她送来鲜花和水果。"

《淮南早报》第二天以头版头条的整版篇幅，刊登了记者陈崇韧的报道，标题是《青山埋忠骨，绿水葬英魂》……

令我难忘的还有一位已经退休的当地干部俞志华先生，交给了我一沓抒情诗稿《胡之光，你回来了》（节选）：

惨别亲人战友，历尽孤独长夜，今天　你终于回来了。
六十个春夏秋冬的企盼，两万一千六百个日子漫长的等待，

等你 爱你 念你 敬你的，是淮河岸边的凤台儿女，
等你 知你 恋你 思你的，是"长淮贸易公司"风雨中的招牌。
等你的还有，你那一百零七岁的战友——
她已苦苦等候了六十余载，怀中依存着你幼女的体温；
耳畔萦绕着你琴声的悠扬，歌声的豪迈……

一位叫周文龙的诗人，写了两首令我感动的古体诗：

田头掬得一花香，烈士坟前吊国殇。
遥忆当年风伴雨，岂忘巾帼慨而慷。
投身革命抛生死，取火光明驱渺茫。
恨是功成君已逝，几多来者泪沾裳！
外患内忧天地昏，悲歌慷慨出闺门。
追求真理仰马列，报效黎民非怨恩。
血雨腥风苦犹乐，出生入死气常存。
凤凰台下常青树，永铸丰碑祭国魂。

中国新四军研究会会长周克玉上将，送来了他的大字亲笔诗书：

中原思豪杰，巾帼大英雄，忠贞惊天地，光华贯长虹。

烈士迁葬之后，我要离开淮南了，却没有机会再见到关键时刻支持了我的武警官兵们，有紧急情况，矿山方面需要他们紧急出动。

我没有办法带走太多的土产礼物，带走了凤台一片淡水湖的美丽记忆。名叫"焦岗"的大湖，有上千户水上人家。新四军研究会的老同志们募捐集资，为船家的孩子们建造了一所岸上的学校。我想，等我能够重新回国生活，希望有机会到那所小学去支教。像我的外婆那样执起教鞭，做一名小学老师。

正好遇见湖上人家办丧事。随丧主一起披麻戴孝的乡村洋乐队，在船上演奏着流行歌曲，欢乐的旋律洒满了湖面。我饶有兴趣地回眸注视着热热闹闹的送葬场面，心中泛起了说不出的滋味。

没有改变也无法改变的，是我们人类一代代地来，一代代地去，匆匆地来，匆匆地去。伟岸者，如一颗流星掠过，瞬息燃尽；平凡者，如一片雪花坠地，悄无声息……

小汽艇载着我划过了浅浅的湖面，一艘艘渔船上旋转着用废饮料瓶自制的小风力发电机，很有意思。听说，依靠这片湖水生活的人们，现在仍然不需要用人工饲料养鱼。鸭子们也是早出晚归，寻觅野食，产下的鸭蛋都是红心的。船家的土菜，就是把湖里捞上来的各种鱼虾，通通都烧成一种又咸又辣的味道。

置身于这碧水之中的我蓦然想到：外婆如果活着，会不会喜欢我这个外孙女儿？

是淮南这块土地、凤台这片湖水，张开怀抱接纳了我。就从那个时刻我开始意识到，自己会是家族中外婆英灵的专职守护人。就在木板油亮、窗明几净的小船舱里，我接受了当地两位记者的访问，"胡之光作为一位六十年前的女英雄，她的精神，对今天新一代的女性，还有怎样的教育意义？"

"胡之光出生在富有人家，但是没有选择寄生虫式的舒适生活。她有理想，忧国忧民，一生都在追求真理和解放。虽然时代不同了，作为今天的女性，我们至少是可以从胡之光的身上，学到那种自立、自尊和自强的精神。"

我没有说出的话更多。当我越来越亲近自己的外婆，就越来越感觉到她身上那种真实而经典的人格魅力。一个东方古国孕育出的美丽女儿，孝顺公婆，从一而终，正直勤奋、为人师表、敬天爱人……再具体、再平凡、再天性使然不过。然而，这是现代女性极为难以效仿的传统品行。毕竟，时代不同了……

在寻找外婆的整个过程中，我对一代又一代女性所传承的精神基因，第一次有了深切的意识：从母亲们到女儿们，千年万年的延续中，隐含着一种生生不息的心灵密码。

她们——我们，以男性群体所难以替代也无法摧毁的人性，繁衍着人类的生命，同时也繁衍着女性自身对和平、对慈悲的坚守。无论各个时代的风尚如何改变，无法改变的便是女性总是为"爱"，来到这个世界——为了情爱，为了母爱，为了对所有生命的怜爱。亦如同我的寻找外婆之旅，起飞于爱，也着陆于爱。

我寻找到的，其实并不仅仅是一位外婆。她悲情的姐妹们也在无声地呼唤着我的理解与守望：那追求解放之路的艰辛坎坷，那唯有革命女性方才能够体味到的苦涩心酸，仿佛都化作浓稠的血脉亲情，在我心中渐渐凝聚起如同焦岗湖水般茫茫不尽的感叹……

妈妈在最后一次见到王介佛以后，她所切身感受到的是：无论是王介佛的雄辩滔滔，还是全套美式装备，貌似不可一世的国军，区区三年时间，就被一支小米加步枪的队伍，打得丢盔卸甲、一溃千里。真正打败了国民党的也是国民党自己，是以四大家族为代表的政治独裁与经济腐败……是一个执政集团的"自杀"。

外婆那一批共产党人，他们从零开始，夺下江山，不是靠着飞机大炮，依赖的是可以载舟亦可覆舟的人民之心。几千年的中国历史，无数次演绎着同一个规律。老百姓的是非准则，其实是很单纯的：既非喜新厌旧，也不是那么狭隘的妒富忌能，而是敬廉仇腐。

我听到过两句话："腐败一块冰，寒透百姓心"——说得不错，掌权者贪婪到了让老百姓心寒的时候，那就非常非常……危险了。与其说，政治的成败是实力较量的结果；不如说，更是人格较量的结果。

任何一个放弃了人格准则的政权班子，都将难以逃脱前功尽弃、转胜为败的下场。我想，如果人们今天需要纪念胡之光，意义更在于重新去振作一种传统的精神向往，强调一个经典的道德定位罢了。

我并不相信，一部胡之光的故事，一座烈士的墓碑，就能够真正砌起防腐的河堤。但是，在淮南，在中国的大地上，毕竟有一批共产党员，他们一锹土、一铲泥地在努力为之。他们是信仰的护堤人。

在碧波荡漾的焦岗湖上，年轻聪明的女记者对我提出的最后一个问题就是："桃子老师你认为，纪念胡之光，和今天我们的'爱国主义教育'运动，现实关系何在？"

我想，眼前的女孩子似乎思考着我也正在思考的问题。未加更多的犹疑，我回答她说："在不需要抵抗外敌的和平年代，爱国——就是努力做一个高贵、美好的中国人。"

在《主义之花》这本书中，作者王旭烽系统地介绍了国际共产主义运动中三位伟大的女性先驱。其中，令我动心的一位是充满人文艺术气质的罗莎·卢森堡（1871—1919）。她为后人留下了许多感人肺腑的散文、名言和革命论述，我最难忘的只是她平平常常的一句话："只要能够做一个好人。"

那是多么简单的定义啊……为此她做出了解释："那意味着坚定、清醒、愉快。不错，愉快面对每件事、任何事，而抱怨是弱者的事。做个好人，意味着必要时快乐地将自己的生命投入'死亡的怀抱'，而与此同时，醉心于每个明亮的日子，每一朵美丽的云彩。"（摘自《主义之花》）

桐木船舱的四周，是波光潋滟的焦岗湖水。飘来清馨甘甜的荷香，泛起鱼儿跃动的涟漪……同样作为女性革命者的外婆，在她活着的日子里，是不是也曾"醉心于每个明亮的日子，每一朵美丽的云彩"？是不是也曾"坚定""清醒"而又"愉快"地战斗，直至将自己的生命"快乐地投入死亡的怀抱"？

我其实也很想告诉年轻的女记者："高贵、美好"，亦谈何容易呢？况且，还有"真高贵""真美好"与"伪高贵""伪美好"之分。这世界上有那么多胸前挂着十字架，家里供着观音菩萨的杀人凶手、独夫民贼；那么多嘴上高唱"礼义廉耻"，无情盘剥民脂民膏的奸商恶霸、贪官污吏……强调"做一个好人"——坚守住这简洁朴素的品格底线，人生就会很有意义，很有光彩了。

在外婆献身的土地上，我听到人们说：周志机——胡之光，她是一个好人。

二十六　永远的母亲和女儿

二〇〇八年的阳春四月,妈妈王侠迎来了人生最重大的团圆之日——与王姓家人的团圆,与一位百岁老人的团圆,与母亲离别整整六十年后的团圆。

中国人,是这个世界上最重感情的民族之一;淮南人,则是中国人中最重感情的。他们令妈妈到来后所有的时间空隙,都填满"感情"的内容。从领导到党员和群众,以最高的规格和最大的热情,迎接胡之光烈士的女儿回到故乡。

当时的凤台县委书记叫牛向阳,是一位名副其实的中国美男子。风度翩翩的牛书记也许因为毕业于高等艺术院校,他当天晚上就请妈妈和我观摩了一场凤台花鼓灯。席间,漂亮的报幕员特意告诉在场的观众:

"今天,我们'安徽的刘胡兰'胡之光烈士的女儿来到了凤台,让我们以热烈的掌声……"

过了好一会儿妈妈才回过神来,她问我:"原来不是说你外婆是'安徽的赵一曼'吗?怎么又变成'刘胡兰'了?"

刘胡兰牺牲的时候,才十几岁。说外婆是"安徽的刘胡兰",未免牵强附会了。可见,无论是刘胡兰还是赵一曼,在青年一代的心里,都只是概念性的符号罢了。他们一定不会把"张国荣"与"刘德华"混为一谈,但很容易就会搞错我们那一代人耳熟能详的英雄偶像。其实,他们并不需要了解得更多……

没有想到一个县级的艺术剧团,从表演水平到服装、舞美,都很正规也很讲究。热热闹闹地表演了两个小时,我和妈妈看得是津津有味。说起来,妈妈的少女时代也活跃在舞台上,呼吁抗日救国,宣传统一战线……

舞台上的男女演员都很年轻,他们的服装大红大绿,色彩缤纷。舞蹈动作具有典型的东方特色,细腻,妖冶,强调腰部"S"形的灵巧扭动,且整体动作幅度很大。道具有扇子、手绢,甚至还有会喷火的板凳,象征着中华民族不朽的"龙"图腾……舞得是满台欢腾。

我学过几天传统的日本舞,同样是东方民族,日本的民间歌舞大多动作温文尔雅,强调一招一式含蓄的肢体语言表现。我想,花鼓灯所表现出的原生态的奔放,如果在日本披露一番,定会令人耳目一新,叹为观止。

凤台花鼓灯的历史非常悠久,鼎盛时期,竟是一九三三年到一九三七年这一段非常短暂的和平岁月。史料记载说,当地一度还出现过"庄庄有锣鼓,村村有灯班"的繁荣局面。新中国成立后,凤台花鼓灯登上了高雅艺术的殿堂,被誉为汉民族舞蹈的典型代表和"东方芭蕾"。

民间艺术的生存和发展,就像人的命运一样,离不开整个国家和社会的大局面。日军入侵、饥馑灾害、"文革"动乱,都曾令凤台花鼓灯一次次色暗音哑。眼前这台高水准的歌舞,就是二三十年来人民得以休养生息的明证。不能否认,今天的中国,正在享有着漫长历史进程中来之不易的盛世光阴。

八十年前,岳龄勤和外婆在发动土地革命的日子里,也曾利用花鼓灯喜闻乐见的传统曲调,向民众发出过推翻旧世界、创建新社会的理想之声。

牛向阳书记是一位给我留下美好印象的官员,我和妈妈都很欣赏他身上自然流露的人文气质。他提出希望将胡之光的故事创作成影视节目的愿望。他懂得,最有力量的宣传教育,其实就是文化艺术。

尽管这位书记百事缠身,但还是亲自陪同妈妈和我一起,去看望了住在县城陋巷之中的百岁老人岳龄勤。当时也是他拍板，再次大幅度提高了凤台当地政府给予岳龄勤老人的生活补助。

这是一次曾经令我担忧不已的团圆。听说，为了这个时刻的来临，岳龄勤的儿女们事前对百岁老人努力做着种种"心理铺垫"，他们把我妈妈送给老人的电视机提前摆在她面前，反复告诉她："胡之光的女儿"就要来看望您了……当我妈妈和老人紧紧拥抱的时候，我分明听到百岁老人对八旬老人呼唤着："娥儿，我的乖乖啊——"在场的人们无不为之热泪盈眶。

与我上次迁灵仪式时相比，板张集烈士陵园的规模又扩大了很多。在高大的主题纪念碑正面，原来那个小纪念馆的面积也扩大了一倍。环绕陵园的水泥通道两侧，树立着表现革命斗争历史的人物浮雕和刻着伟人语录的石碑林。

王克书的儿孙一家，早早地从几十公里外的潘集王圩子赶到陵园。人人穿戴衣冠楚楚，捧着准备祭献给英雄祖先的鲜花和水果。

妈妈和他们一个个地拉着手："多亏了老王家你们这些孝顺的子孙啊！"她在轮椅上对守墓人母子垂下头，说："谢谢你们的父亲和全家人对烈士的守护。我的母亲今后也要拜托你们喽！"我知道，人世间最厚重的表达，无非就是如此朴实无华的三言两语罢了。

直到最近妈妈才告诉我，外婆牺牲的消息，她是在一九四九年春天才得知的。那时，爸爸已经随大部队率先南下，她带着未满三岁的大儿子，在山东省惠民县渤海军区卫生部的驻地待命。

消息源自一封在路途中辗转了近三年的信，名副其实是奇迹般被送到了收信人"王侠"的手中。写信的人，就是长淮贸易公司外婆雇请的财会金益山先生。直到今天，凤台的老人们提起这位金先生，都说他那一手毛笔字，远近闻名。外婆遭到不幸后，金先生马上就将这场突变和噩耗，用他那一手无可挑剔的小楷写在信中。牛皮纸信封被递到妈妈手中时，已经被磨得边角破裂了。

妈妈当时身体不好，还怀着第二个孩子，信没看完就晕倒了。整整好几天,米水不进,一直都躺在驻地的小房子里,半昏半醒地哭泣。负责照顾她的女勤务员担心极了:"王教导员,你不能就这样不吃不喝的。我们还有很多路要走,孩子也还小。再说,咱们还没有打败蒋光头,你就先哭坏了身子,我们怎么向林政委交代呢?"

女勤务员和老炊事班长一起劝呀劝呀,总算是让妈妈接过了一碗米汤。妈妈说,那时候,自己真是穷极了,就连想到老乡家里买点儿补养身体的吃食,都掏不出钱来……文章写到这里,我不由自主地联想,就在两年半前的一天,我爸爸刚把一座黄金的"小山",堆在曾山部长的面前。

有一天,一个喝多了酒的朋友说起玩笑话:"那时候,要是你爸爸卷着那一大笔贩盐所得的黄金白银,带着你外婆和你妈妈远走高飞,那你们家的境况,就不是现在这个样子喽。天下大乱,正好走路。他们啊,可真傻啊!"是真"傻"啊——我的外婆、爸爸、妈妈和很多很多的老共产党人就是那样的人……

陵园里突然车水马龙,官员、记者云集,惊动了附近的村人们。他们男女老少、成群结队地跑来看热闹。

我想,六十年前的那些革命故事在今后的六十年,难免会更加地疏远于和平年代的人们。为此,我对前来采访的记者说:我更希望,这个陵园今后能够成为一个鸟语花香的公园。住在周围的乡亲和孩子们,只要因此生出"前人种树,后人乘凉"的一番联想,就非常好了。

妈妈和全体陪同者们一起,给陵园的全体烈士敬献了鲜花的花圈。外婆的墓碑,被立在陵园主墓地正中间的位置。"胡之光烈士之墓"的黑色大理石碑反面,阴刻的碑文如下:

胡之光,1902年生于河南省信阳市,原名周志机。毕业于开封第一女子师范学校,1926年加入中国共产党。曾参加过著名的阜阳"四·九暴动"。1928年和1946年两度赴淮南地区从事党的地下工作。1946年夏,因身份暴露,被国民党中统特务装入麻袋,抛进淮河,英勇牺牲。年仅

44岁。

　　胡之光虽出身豪门，但一生追求解放、向往真理、自尊自立、献身进步的教育事业。曾在凤台县以"长淮贸易公司"董事长的身份做掩护，为中原突围转移干部筹措并输送了大量黄金银圆。面对残暴的敌人，她严守机密，大义凛然，是一位"威武不能屈、富贵不能淫"的革命女性。

　　妈妈的轮椅，终于被推到了外婆陵前。她执意要颤颤巍巍地站起来，亲自上前给母亲献花。突然，她对我说："你让我给妈妈下跪。"我搀着她说："你是个党员，周围的人都在看着呢……"

　　她没有在乎我的提示，还是泪流满面地独自跪在了外婆墓碑前的水泥地上。我请所有的随行人员和我一起离开妈妈，让她一个人静静地和阔别六十年的母亲，说说贴心话儿。

　　六十年的岁月，到底是漫长的，还是短暂的呢？从六十年前那个骨肉诀别的凌晨到现在，整个世界、整个中国，所有的角落都发生了难以形容的巨变。唯一没有也无法改变的，就是这陵墓里面与外头的……永远的母亲和女儿。

二十七　我也找到了他——王介佛

与我刚刚踏上寻找外婆之旅初衷不符的是，外公王介佛却以更加大量的历史信息扑面而来。随着时间的推移和学者对地方史志的深入研讨，王介佛的名字，越来越多地出现在网络天地的各个角落。

我仍然采取一网打尽的战术，尽可能地将相关的记载与评说，客观地移植在此。

我从爸爸遗留的手稿中，看到过他对外婆内心世界的一段描写：在抗日战争中的豫鄂根据地，坚持从事党的教育工作的老党员周志机，因为自己三十年代失去了组织关系，始终很苦恼……

针对这个问题，我查阅到了中共颍上县委党史办公室的一篇文献，《土地革命战争时期颍上党组织的建立及主要活动》（执笔者是王家恒同志）。通过这篇考证文字读来十分琐碎的史料，可以很清晰地看到：一九二七年至一九三五年间，淮南地方党组织从诞生、奋战到全军覆灭的整个过程是一茬茬"特委书记""支部书记"们走马灯一般的更替，一拨拨党员因为左倾盲动的"起义""暴动"，他们暴露、牺牲、脱党、被捕、叛变……还有人因"内部清洗"，被开除出党。实际上如上所述，颍上县委已被破坏了，绝大部分党员被捕自首，一九三五年根本没有党的组织了。

无疑，这是年轻的革命政党不能不经历的成长磨难。外婆和外公，也应是在这样的历史背景下，一个因为白区的基层党组织遭到全面破坏而被迫脱党，另一个则因为被捕而自首叛变。这对年轻的夫妻，正是在那样一种非常时期，从此踏上了截然不同的政治道路和人生历程。最终导致的是爱情的决裂，生命的厮杀……

《苏州日报》一九九九年四月十四日有一篇题目为《在迎接苏州解放的日子里》一文中，也提及了时任吴县县长的王介佛。但是，时间似乎与我目前已有的历史资料略有不符。毕竟是当事人回忆，我如实摘录有关章节如下：

一九四九年春节后，苏南面临解放大军横渡长江之势。……此时，中共苏州城工委开展了护厂护店活动，发动职工，维护工矿企业，免遭敌特破坏。

在联席会上，邀请国民党吴县县长王介佛出席，强调为应变需要，促使他表态支持组织武装自卫队。……之后，商会即用数千石大米购得枪五百余支，组成了工商自卫队，在主要街道站岗放哨，威慑宵小，维持治安。（桃子注：王介佛已于一九四八年冬天，逃离吴县）

解放前夕，国民党统治区《中央日报》【本报苏州十一日专电】吴县县长王介佛为防止太湖地区散匪窜扰，决于日内在县境西区光福镇成立指挥所，由县军事科长张次佛主持其事，并将会同邻近各县军警向太湖地区发动大规模之清剿工作。

《投身革命不顾安危　立志教育鞠躬尽瘁——记市（苏州）盟员唐立德先生》这篇纪念文章中的一个小章段，我读来也很有启示，特摘录如下：

当时（一九四七年间），中共地下组织在古镇开办了"青年图书馆"，秘密出借进步书刊，吸引了许多进步学生和青年知识分子……终于引起反动当局的注意，时任吴县县长的王介佛为此大发雷霆，在日贸广场召集鲁望中学的学生训话。说鲁中风气日下，"匪党"活动猖獗，并命校方排列嫌疑分子名单。幸亏城区地下党员王芝九预先获取情报，使唐立德和殷绥来两人及时转移，避免了不必要的损失。

在苏州的有关史料中，有《苏州工人自编生活指数的斗争》的文字记载。其中，也提到了王介佛：

民国三十七年十一月一日，国民党政府因限价失败宣布恢复自由贸易，物价顿时飞涨……工人要按自编指数结算工资，资方则坚持仍按上海指数结算。劳资矛盾顿时激化。十七日，县长王介佛在道前街县政府主持劳资评断会。劳资双方代表激烈争议，王介佛责骂工人代表无理取闹，坚持只能按上海指数结算工资，会议陷入僵局。在地下党发动下，丝织等各业工会组织一万余工人实行怠工或罢工，形成全城总罢工态势……

我的读后感是，当年中山大学的进步学生王介佛，凤台家喻户晓的革命演说家"王疯子"，区区十年，就蜕变成了当年自己为之摇旗呐喊的人民阵营的镇压者。从投身革命到惧怕革命，真令我叹息这"此一时彼一时"的人生诡诞。

还有一桩小收获，也与王介佛有关：二〇一五年春节，我与梁实秋的长孙女、美籍华人梁丽女士相携出游，参观苏州近郊大名鼎鼎的席家花园。这座美轮美奂的园林，曾经属于她舅妈的娘家。不同于苏州城里的拙政园，它紧临烟波浩渺的东太湖而建，占地辽阔，既有着玲珑、精致的江南风格，又兼奔放、大气的自然景观。

园子里有个小小的纪念品店，我们俩百无聊赖地在没有一个客人的店里稍作驻足，无意中发现了一本装帧简陋的小书：《吴县大事记：石器时代—1993年》。女售货员把书递给我时主动介绍说：吴县在一九九五年就被撤销了，这本书已是十分难得的资料。现在，也就剩下这两本。

我一看，即便是在十几年前，书的装帧也算是"勤俭节约"型的。有将近五百页的文字内容，纸张很薄，翻阅时需要小心些。一问，居然还是当时的定价：一本人民币十二元！不足进园门票的三分之一。

王介佛在吴县当政，以及他出逃的日期，都在这本即将消失于市面的史料里，终于有了明确、具体的答案：

民国三十六年八月十二日，王介佛任吴县县长。

民国三十七年四月十三日，国民党吴县县长王介佛令东山区署派自卫队制止围垦东太湖，并拆除圩埂。

同年十二月六日，省府电令准给吴县县长王介佛病假两月，期间由苏、昆、吴联防指挥官朱维汉兼代县长。

在王介佛出任吴县县长的任期内，包括苏州在内的吴县地区，发生过多起民众"动乱"和镇压"共匪"活动的事件。而这部县志与他有关的记录，如此区区三言两语，我觉得很不合理。相比在丹阳遗留下的大量文字资料，显然，在逃离吴县之前，王介佛也做了与丹阳那位继任县长王公常同样的手脚：将有可能成为未来解放者眼中罪证的资料文献，尽数销毁。

当丹阳作协主席石胜华把题为《王介佛客死香港》的一纸台湾旧剪报，突然放在我和钟建华的面前时，我们甚至都有些不相信自己的眼睛。这短短一则过时的报道，全文如下：

我邑（丹阳）复元后第一任县长王介佛，系安徽凤台县人，出身不详。抗战胜利，由王前主席懋功派充我邑县长，但因资历不足，铨叙时改以丹阳县长试署。自三十四年九月抵任，以包庇汉奸王缵甫任县临时参议员及县商会理事长，为县参议长及县党部书记长所不满，而不安于位。

后由许逆闻天代为周旋，调升吴县县长，计在丹任职一年九个月。

三十七年十月，王主席辞职，渠亦离苏，携累累宦囊，赴广州作寓公。三十八年六月至港，生活豪华，举止阔绰，曾几何时，为人倒去巨款，所余已属有限。曾赴北平一行，谋靠拢，铩羽南下，又不敢入台，乃在港营农场，自行操作。失败后，一度充当请愿门警，并嘱其妻朱芬充纱厂之养成工，以维生活。

五十六年五月十二日，（王介佛）忽患脑充血不治逝世，年六十岁，葬于香港薄扶林道基督教公墓。

王某初抵任（指其赴任丹阳县长），携秘书蒋某与俱。蒋某武进人，为人诡计多端，颇用事。二人表里为奸，互相搭档，下车未久，乃大捕汉奸，一时囹室为满。蒋则自充说客，利用王缜甫作桥梁，于是大部分均予释放，颇为邑人侧目。调任苏州后，所获更巨。讵悖入者亦悖出，不（料）旋踵累累者竟化为乌有，以致身后萧条，孤儿寡母，流落异域，亦云惨矣！（以上新闻报道中的时间，为民国年历）

这则剪报令我感慨万千。想起"头顶三尺有神灵"这句俗语，王介佛这个总是能够在局势危急的关键时刻"化险为夷、转危为安"的人物，新中国成立前夕再一次重复了他人生历程中的机警脱身，却最终还是印证了"在劫难逃"那句古老的警示。

他当时不能留在大陆，亦不敢撤到台湾；本想选择滞留在"国、共两不靠"的自在之邦，应能解脱动荡与危难。上天真是撒下了恢恢天网，即便是"携累累宦囊"逃脱，却"曾几何时，为人倒去巨款"……

那篇报道的笔者朱沛莲形容王介佛，是什么"讵悖入者亦悖出"，什么"旋踵累累者竟化为乌有"，落得个"身后萧条，孤儿寡母"……字里行间，分明透着这位丹阳县国民党党部朱书记掩饰不住的幸灾乐祸。

以上报道中提到的"许逆闻天"，亦是位举足轻重的历史人物。二十世纪七十年代的国民党媒体方面，称其为"逆"——大逆不道者，无非就是坐在国民党的船上，却偏偏要往共产党这边跑吧。

许闻天（1902—1982），江苏溧阳人，曾任民国宜兴县县长、江苏省政府主任秘书、国民党政府立法委员等职。一九四七年参加三民主义同志联合会，并参与发起组建孙文主义革命同盟。一九四九年出席中国人民政治协商会议第一届全体会议。

温故网上有一篇文章，讲述了许闻天不断遭到国民党内顽固派迫害的故事。抗战期间，许因为得罪了汤恩伯下属部队的军官，被国民党特务下了大狱。多亏流亡在阜阳的国民党改组派首领王懋功出面相救，许闻天方才幸免于难。从此，许追随王懋功直到抗战胜利之后。

据说在抗战八年间，王介佛亦是王懋功的鞍前马后之人。抗战后任地方官吏之前，还挂过国军的上校军衔。我推理，就是抗战期间这一层关系，许闻天一度向仕途混得并不顺心的王介佛伸出过援助之手。据钟建华的考证，抗战胜利后的王介佛也是经他的提携，成为抗战后江苏丹阳的首任代县长，后晋升吴县的正职县长。

通过那一则台湾报道我进而推测：一九四九年夏秋，好歹已经脱险南下的王介佛，又"曾赴北平一行，谋靠拢，铩羽南下"。企图"靠拢"之人，应是已经成为共产党座上宾的许闻天。

几天之后，香港就传递回了十分确切的消息：在地处薄扶林道国家郊野公园一带的中华基督教墓场中，"二号骨库－T17，维多利亚小道－碑号3768"那座四十年前的骨灰墓里，埋葬着客死异乡的王介佛。

从二十世纪八十年代中期开始，我就开始经常出入香港。这个与大陆一桥之隔的地方，有我的亲戚、朋友和学生。那时的我很年轻，对一切充满了好奇心，泡咖啡馆、进电影院、游山看海、逛女人街……但我从来没有光顾过香港的陵园。那是逝去者们的安居之地，曾与我没有任何关系。

这次赴港，我却必须到一个属于亡灵的地方，去寻找平生没有见过面的一位"亲属"。妹妹和妹夫早早地为我安排好了日程，周到地说：

出了地铁站，可以就在附近的花店买一点鲜花。他们似乎不太理解，我竟不假思索地回答说："不，一朵花也不买。"

通过那则来自海峡彼岸早已过时的报道《王介佛客死他乡》可见：王介佛逃离大陆，最后的岁月并非淮南他的乡党们所传说的那样，曾以八旬过半的高龄，在台湾寿终正寝。他是在香港这片远离故土的殖民地，度过了窘促不安的余年……

二○○九年二月二十八日的上午，没有艳阳当空，低垂的云层，似乎在预示一场海滨的风雨将至。从地铁的终点站上环下车，我与妹妹夫妇乘坐的士，在山间公路上又跑了十几分钟。

道路两旁，生长着亚热带开满花朵的树木和叶片硕大肥厚、四季葱绿的草本植物。妹夫告诉我，这一带因为依山傍海，风水被看好。有钱人的公寓和别墅，几十年前已是价格高昂。

我们即将前往的地方，亦是港人情有独钟的一片阴宅。当历史悠久的华人基督教墓场真正展现在我的面前时，其规模与占地的宏大，令我瞠目结舌！站在高坡的公路边放眼望去，远处的海洋是淡青色的辽阔，近处的坟冢铺天盖地，密密麻麻。依高高山坡而立的陵墓，已构成一大片名副其实的碑林。

原来，在这小小的弹丸之地，也有那么多的匆匆过客，走完了形形色色的人生旅程。他们从四面八方集合而来，在这里，每人最后占有仅仅一丈见方的土地，或是区区一尺见方的墙壁。冰冷的石头上，那刻着"赵钱孙李"的姓名，那男男女女逝者的面影，又一次在我心底唤起了人生一世、草木一秋的苍凉感叹……

几栋外观朴素无华，一看便知造价不高的灰色楼房，被标注为"骨库"。顾名思义，存放骨灰的仓库。多年定居香港的妹妹、妹夫曾费尽口舌，终于通过墓地的管理机构在那茫茫魂海中，破例查到了王介佛遗骸的具体所在位置——那绝不是一个生前富贵之人的阴宅，水泥墙壁上一方小小的碑铭，和许多陌生人上下紧密地排列成了一片。

尽管有人说，王介佛与朱国英离开苏州经穗赴港时，如何"宦囊累累",终不敌命运的诡谲、多舛。我想象不出,生来穿绫裹缎的富家千金朱国英改名"朱芬",系着粗布围裙站在轰鸣的纺织机前那满脸灰尘和汗水的模样;王介佛临终前的年月,当过大楼的门卫,抑或就是个守门人。

三十年前,我在香港出差时,一度借宿在公司的办公室。晚上,我与住在楼梯下斗室中的看门老人一起,吃着盛在一次性餐盒里的夜宵,听他聊起在大陆国营工厂当技术干部的往事……大厦里人去楼空的那份凄清、冷落,记忆犹存。当王介佛值守在门洞小屋里的一个个漫漫长夜中,他又到底都想起过什么?那匹驰骋在江南碧色大地的白色坐骑,"嘚嘚嘚"的蹄声可有回荡在漆黑,寂静的楼道中……

他是在彷徨与贫困交加中,溘然倒下的。匆匆地、无闻地结束那也曾"叱咤风云"的一生,终年六十二周岁。

王介佛死后,是他的养子王丹生,将一捧骨灰"砌"进了香港薄扶林道这座庞大公墓的一面水泥墙里。不知何故,小碑上未见"朱芬"的署名。

那张陌生的国字形面孔上,依然保持着矜持的神情。不知在身后的四十多个清明时节,有没有人前来看望过他?

毕竟,在这部曾经迷失的家庭档案中,你是不可或缺的一部分。和我的外婆一样,你带给我的,也是整整一个世纪关于中国、关于主义、关于人生的沉重思索。如果你知道我是怀着何等深刻的质疑站在你的遗像前,会不会也托一个梦给我的妈妈,还自己的女儿和我这个对历史真相不依不饶的外孙女,一个诚实坦白的说法?

二十八　战友——恩师——慈母

周志机同志，亲爱的妈妈
——在淮河工作的一段历史回忆

1946年4月，国民党准备进攻解放区。我党在中原的部队被包围于宣化店周围。（原）新四军五师积极准备突围，精简部队，轻装待命。一批干部，特别是妇幼，要化装撤离中原到苏北解放区去。通过国民党控制的一段淮河，是去苏北的一条较近的路线。

当时，我是新四军五师和三五九旅合编的中原军区第二纵队政治部秘书长。党委已决定我和其他三十几人调往东北，正在宣化店待命。二纵队领导机关驻在定远店。一天，我接到通知"即回定远店"，政治部主任张树才①同时告知，已派人接来王侠同志的母亲周志机。

安徽凤台县是王侠的老家，她的祖父是当地的地主，父亲王介佛为（国民政府）江苏丹阳县县长，王家（族人）在当地还有当区长、保长的。这是个机会，所以决定利用王家的社会关系，开辟淮河工作。

鬼子投降后，王侠的祖父曾派家人专程到鄂中根据地来，接周志机和孙儿女回家乡生活。组织上顺势决定派周志机同志作掩护，我和王侠

---

① 张树才（1914.1.1–1969.9.8），一九二七年参加南昌起义。一九二九年加入中国共产党。新中国成立后历任中国人民解放军总后勤部政治部直属政治部主任等职，1961年晋升为少将军衔，荣获二级八一勋章、二级独立自由勋章、一级解放勋章。

也随王家的来人化装到凤台……任务一是开辟中原去苏北的淮河运输线，把军部支援五师的海盐运出来；二是把五师必须紧急撤离的妇幼和干部转移出去。

周志机同志从鄂中抗日中学来到宣化店，与陈少敏①同志谈话后，由张树才主任交代具体任务。周与王侠的父亲王介佛早已离异，思想感情上很不愿意回凤台。但由于任务重要而且很紧急，她毅然服从了组织的决定，接受了张主任交给的任务。她对我说："要不是组织的决定，要不是为了（支持）你们的工作，我是绝对不回凤台去的。"我和王侠理解她的心情。

我完全同意周志机同志的考虑，按照她的安排，作为她的女婿，我改叫"郑汝骊"。这是周娘家的资本家亲戚，王侠姨妈儿子的名字。周志机同志带着我、王侠和她的哥哥（王介佛原配前妻所生之子）、表侄儿等男女老少，很像抗战胜利一家人从大后方还乡。一路上果然没有受到多少盘查，顺利到达凤台。

抗战以前，周志机同志在凤台一带做过地下工作，有很多社会关系，也有较高的声望。这次她"从大后方胜利还乡，带着资本家少爷女婿回来，准备在淮河经营运盐"……大事喧哗，影响到蚌埠一带。我基本上是依靠周的活动，将凤台县可资利用的关系都利用起来。特别是拉了国民党县党部书记陈馨吾在县城街中心，建立长淮贸易公司，陈作为股东并参加经营。

长淮公司很快展开活动，与凤台资本家冯宝爷开在蚌埠的"信浮行"建立了联系，设立了办事处并同临淮关大盐号建立商业关系，打通去五

---

① 陈少敏（1902—1977.12.14），1927年投身革命；1928年加入中国共产党。毛泽东曾称赞她是"白区的红心女战士，无产阶级的贤妻良母"。在抗日战争和解放战争的沙场上，她又是一员杰出的女将。新中国成立后，曾是中共第七届中央委员会候补委员，第八届中央委员。曾任中华全国总工会副主席、中国纺织工会第一任主席等职。在"文革"中，她是唯一一位在中共八届十二中全会上表决"把刘少奇永远开除出党"时没有举手的人，受到江青、康生一伙的残酷迫害，1977年12月14日在北京逝世。

河的运输船的通行。

在我去五河运盐期间,志机同志冒着生命危险,携带现款两次通过敌占区送入中原军区,并把张树才同志的爱人何剑平①和孩子、赵俊②参谋长的爱人和其他干部亲自护送到凤台,然后他们再从此转移抵达安全的地区……

我从苏北运盐返回凤台,周志机同志创建的长淮贸易公司已经开始营业。盐船从蚌埠沿淮河上行,在正阳关、润河集、三河尖东通往我中原的沿淮码头,都建立了长淮公司的代理行或联号。这条从中原出发,到淮河边三河尖东,下经凤台、蚌埠,出临淮关敌占区进入我(解放区)五河的盐运商业路线,也是我们撤退干部到苏北,以及军部支援中原食盐(销售)的秘密交通线。

这条交通线开辟后,许多化装突围的同志和家属,如朱明达③、冷新华④一家、曾冰、周郁文⑤、周杰⑥等同志,都是经过这条路线到达凤台再转往苏北的。如果中原五师仍留在原根据地继续斗争,这条运输线将会起到更大更长久的作用。

---

① 张树才将军的夫人何剑平同志,也是一位参加过长征的老革命,据说新中国成立后在武汉工作生活,享年八旬。

② 赵俊将军(1914—1994),1932年加入中国工农红军,抗日战争和解放战争期间,被公认是德高望重的领导干部。新中国成立后,先后担任浙江军区副司令员兼参谋长、南京军区副参谋长、江苏省军区司令员、南京军区常务副参谋长等职。

③ 朱明达(1912—2005),广东省政府原副秘书长、中国人民政治协商会议广东省委员会第四、第五届常委。生前,他经常会对林滔和王侠回忆起中原突围时帮助自己化装转移脱险的周志机"周先生"。

④ 冷新华(1911—1984),新中国成立后,历任炮兵学校政治委员,炮兵工程学院政治部主任,后任副政委等职。

⑤ 周郁文,据悉新中国成立后曾担任过东北某地区交通系统的领导干部。

⑥ 周杰(1921—),新中国成立后曾任广州军区总医院政委、广州军区后勤部副政委等职。王侠清晰地记得:当时,正是他用手推车推着张树才将军夫人何剑平母子,化装成老百姓,路经凤台县。他们一行在王圩子村王善臣家中吃了一顿饭,休息了半天才继续突围赶路。

周志机同志回到凤台，说是掩护我和王侠的工作，实际上，作为我党的老地下工作者，她有着丰富的斗争经验，在地方上声望很高。凤台、蚌埠一带有很多社会关系，完全是依靠她打开的工作局面。国民党开始进攻（中原）解放区，朱明达同志从苏北带回曾山同志的指示："打起仗来，你们在国民党地区建立起来的商业机构，应考虑保留下来，会有用处的。"

　　这时，志机同志派王侠去丹阳争取王介佛的工作没有成功。我们估计，即使王介佛不危害我们，但他的特务小老婆可能向特务机关告发。敌人也许会在临淮关一带设置埋伏扣留我们，情况非常紧张，必须立刻撤退。曾山同志并不了解情况的变化，做了保留公司的指示。周志机同志主张我们立即撤退去苏北，她自己留下，认为还有条件，坚持把长淮公司保留下来。

　　也许，因为国民党的重点进攻，我山东、陕北等根据地相继失陷，王介佛，也包括凤台的陈馨吾认为，蒋介石已经胜利，决心向周志机同志下了毒手。

　　作为一名老革命者，志机同志有很强的党性。当时她虽然正在病中，但主要是考虑曾山同志的意见才决意坚守，争取把长淮公司保留下来。时局向最坏的方向转变，敬爱的周志机同志，我们亲爱的妈妈，为了党的事业终遭暗害，献出了宝贵的生命……

林滔
1991 年 1 月写于广州

记忆中的妈妈

　　周志机，我敬爱的妈妈。她是一位早期的共产党员，是我走上革命道路的指路人。由于我们相处在白色恐怖时期，加上我年纪小，妈妈未

能将她从事地下工作的情况讲给我听。抗战爆发后,又各在不同的革命部门工作,只能就印象较深的片段情况做些回忆:

妈妈曾告诉我,由于党的"左"倾路线错误,党组织受到破坏,她失掉了组织关系。党组织处于极其隐蔽的环境之下,她虽多方找党,仍然没能接上关系。抗日战争爆发后的1941年春,她参加了我党领导下的教育工作,直到抗战胜利长达五年,一直希望恢复组织关系或重新入党。战火纷飞的年月,难找证明人。直到(1946年)被国民党杀害,也未能如愿。

妈妈一颗赤诚的心,跟着党走。王介佛我所谓的父亲,叛变革命,投靠国民党做了官。他多次请求妈妈同他一起生活。妈妈断然拒绝。她说:不能同这种人一起生活。她只身带着我艰苦度日。1936年,她到上海一家进步出版社辛垦书局当校对(该书局翻译出版马列主义等书籍,听说后来被查封)。离开上海后回安徽凤台县任教于县立小学。1937年冬战火逼近,母亲带着我回到河南信阳县西双河镇,她在镇上的小学继续教书。

1938年春,抗日救亡运动波澜壮阔,党领导的抗日宣传队深入西双河镇。妈妈积极参加动员民众武装起来,保卫家乡。1938年底,在西双河镇的沙河滩筑起高台。万人誓师大会上,"赶走日本鬼,保卫中国、保卫家乡"的呼声震撼山川!红缨枪在阳光下闪耀的场景,至今历历在目。这里,也有着妈妈的一份力量。

日寇逼近武汉,我的一位表姨(母亲的亲姑表姐)邀她去重庆。路费以及到重庆后的工作都由表姨负责……当时,确实是摆着两条路——重庆和延安。妈妈回谢了那位表姨,决定去延安。后因筹借不到路费,武汉很快陷落平汉线断了,我们没有去成延安。

1938年秋,日寇侵占信阳及西双河等地区,并在西双河镇成立维持会,逼迫我的大舅父出来当会长。妈妈劝告他说:咱们宁死不能做辱没祖宗之事呀!他听了妈妈的话,鬼子就预谋杀害他。大舅父闻讯只得逃离,担惊受怕而病死。为了生计,我和妈妈返回镇上做小生意。日本鬼子又通过维持会，让妈妈为伪政府重建学校。三番五次的威胁、利诱都被拒绝。1939年底，我们离开了西双河镇搬到（红色）游击区，从此结束了半年多的亡国奴生活。1940年夏，不断有我军（豫鄂挺进纵队信南支队）群运工作的同志，到村里来做宣传。妈妈决定将我送到革命队伍里。1940年9月，年满十二周岁的我走上了革命的历程。

1941年春，妈妈找到我党信南县委，参加了根据地的教育工作。处于敌人包围之下的学校，随时都会遭到敌人的袭击。每次情况紧急，她都迅速带领孩子转移，保证了他们的安全。

1942年春夏之交，组织上调她到豫鄂边区党委领导下的洪山公学任教，1943年底，调鄂中（应山、安陆、孝感……）的抗日中学任教，辗转于烽火弥漫的平汉线东西。这段时间，日寇对我解放区进行大规模的"扫荡""清乡"，加上顽军夹击，环境十分恶劣。妈妈身体不好，仍坚持随队行动。她白天上课，晚上行军，宿营后照看学生的冷暖、病痛。她同学生们有着深厚的感情。四十多年过去了，她的学生很多人早已是党政军的负责干部，依旧怀念着他们的周先生。

记得有一次，学校所在地区发生了瘟疫，鄂中抗日中学也受到了传染。妈妈身为班主任，急得到处求医。她精心护理学生，终于找到一种土疗法：在舌下放血。终于使所有学生脱离危险。日夜的操劳，她自己病倒了……

1944年大约是夏秋时节，妈妈在应山、安陆等地活动，为我军筹措财源。1945年8月日寇投降，内战即将开始，国民党大军向我根据地包围。边区党委决定，地方干部和妇女儿童尽快转移隐蔽，妈妈才离开湖北，返回信阳西双河镇。1946年春，她担任掩护林滔等同志开辟淮河交通线，1946年冬（？）在凤台县被国民党特务秘密杀害。

妈妈的形象在我的脑海里是高大的、慈祥的。她的一生，善良、刚直，富贵不淫、威武不屈。她是革命的教育工作者，尤其教育我要忠于党的事业。她说："过去我们把挣来的钱大部分交给党做活动经费，现在是党给了你们一切，要好好地为党工作。"五十年过去了，我遵循着她老人家的教导。现在虽然离休了，仍努力保持革命晚节，这是与妈妈的教育分不开的。

王侠

1991年2月于广州白云山下

我意外地找到了这两篇手稿。

二十五年前，爸爸妈妈亲笔写下了他们纪念我外婆的文章，原因也许是因为淮南党史办在一九九一年派人到广州，了解我外婆生前的斗争事迹，提出了相应的请求。

为此，应该感激地方党史工作者二十世纪九十年代初期所做的历史抢救，短短几年之后，我爸爸林滔和廖运周、刘贯一两位伯伯，都先后离世了。而妈妈在当年的记忆力，显然远比最近要清晰得多。通过他们留下的手稿，我得到了以下几个空白的补充：

一、外婆在八年抗战中的足迹，曾是我感到最模糊、最空缺的部分。妈妈的文章将抗日战争时期外婆的生平事迹，特别是她在鄂中抗日中学任教期间从事教育工作的宝贵细节，做了一定的补充。

二、外婆配合我爸爸林滔等人开辟的淮河交通线，曾经救助过哪些领导同志和家属撤出包围圈，终于有了几个具体的人名。尽管与当时的实际人数相比，提及者非常有限，但毕竟揭示出了一个历史的真相——中原突围期间，淮河的一条秘密交通线是存在的。

三、我爸爸是个一生谨言慎行的情报工作者，关于我外婆当时到底出于什么原因，没有跟着他和我妈妈一起撤出凤台，第一次对其真正的动机进行了揭示：虽然当时外婆正在生病发烧，但主要还是为了执行新四军总部领导曾山同志"保留"长淮贸易公司这个联络点的指示，才做出了自己一个人留守凤台的决定。

四、在创办长淮贸易公司之前的抗日战争期间，外婆就已开始秘密地为新四军筹措过财源。我追问妈妈，当时外婆具体是怎么运作的？妈妈回答：外婆在鄂中抗日中学任教时，有时会在晚上突然一个人出去，具体是去执行什么任务，从不告诉她。妈妈只知道有危险，很重要，与经济有关。

五、在爸爸的回忆录中，我看到了"陈少敏"的名字。终于让我明白了外婆这名老地下党决心"重出江湖"，并为开辟淮河交通线和贩运海盐的任务而一诺千金的重要原因之一。在根据地，也许只有品格高洁的陈大姐，是一位能够让周志机这种性情中人心悦诚服的领导者。

我的外婆就是这样，"孤光似被珠帘隔"般地披露着真容，一点点一点点……整整十年了，她的人生足迹让我费解着，感动着，痛心着，依旧迷蒙着。外婆以如此奇特的方式，向我呈现出一具不甘消逝的遗骸，让我启封了一部异色的家庭档案。

我甚至不知道自己的寻找外婆之旅，还有没有到达目的地的一天？正如淮河，那宽坦的波浪永远不会停止苍茫的诉说……

二十九　代后记：多余的故事……

　　著名女革命家陈修良的女儿沙尚之这样写道：父辈们生于忧患，长于战乱。我们要记住：在那个时代曾涌现过一代有理想、有奉献精神的热血青年、革命知识分子。这些人是我们民族的脊梁，他们在过去的百年中为后人饱受了种种苦难与折磨，他们就是鲁迅先生所说的为了使后代走出黑暗而自己扛起地狱闸门的人，我们决不能忘记他们。

　　是的，历史留下的误会也罢、疏忽也罢、恩怨也罢，不是人们常说的那样，随着时间的流逝，会被渐渐淡忘。刻骨铭心的记忆，当事人不过是有意在人前回避不谈而已。它是绝对不会被淡忘的，绝对不会。

　　但毕竟，那是一些距离我们今天的生活，已非常久远的故事。故事中的人物，大多已经作古。全新的生活，则表现得那么切实，那么匆忙。和许多当代的中青年人一样，我活得物质上很富裕，且精神上很超脱……当然，"超脱"是个比较中听的说法罢了。

　　面对这本断断续续写了十年的小书，我至今仍然在自问：到底，我都写了些什么？

　　最大的困惑，就是我在寻找并记录着与自己截然不同的一个人和一群人——无论是生活态度，还是思维方式，他们是特殊时代中特立独行的人。

　　但是，我终于知道，世界需要安定，同样需要改变。在波澜壮阔的历史进程中，任何时代都需要富有牺牲勇气的献身者。尽管结果未必百分之百"光荣""正确"，但他们努力了，努力去尝试着改变不合情理的现实……他们不是那种"只关心自己"的人。我希望这本小书,能够多多少少地重新引起人们对信念和责任的思索,特别是年轻的读者们……

这是一部迷失了六十年的真实的家庭档案;

这是一个小家族与一个大时代多情而又悲情的故事;

这是我从寻找一位外婆开始,到相逢了"一群人"的难忘记忆;

这是一篇因为总在"寻找"中,而久久无法杀青的文字纪实;

这不过是一本充满思想疑问与困惑的……小书。

我因之一路苦涩地微笑,一路痛快地流泪……这是我一意孤行的寻根之旅。

有些没有写入正文的细节,我想可以补充在这里:

当我从老墓中捧起外婆酥脆的遗骸和闪闪发光的牙齿后,忍不住在淮南市委党史的办公室打电话,把这个细节也汇报了妈妈。结果妈妈马上就开始追问:"没有找到你外婆的头发吗?她可是长着一头乌黑发亮的好头发啊!"

我一时哑口无言,觉得有点儿对不起母亲。当时,坐在一旁的张兰荣主任对我表示同情。她说了句挺有趣的话:"谁让你跟她说'牙齿'呢?她这不就跟你要头发吗!"

还有一件小事,也是没有写入本书正文的,那就是当我妈妈终于回到阔别六十多年的故乡,亲自给母亲上了坟,献了花,却在当天夜里左肩胛剧痛,不堪忍受,吓得我差一点就叫了救护车……这疼痛的部位,正是妈妈童年时那场外婆被土匪抢劫时留下的旧疾。

第二天上午,我临时抱佛脚,在市政府院子附近的一个小药房里,买了一剂从来没有用过的膏药。居然一帖就好,效果奇灵!令我和妈妈都感到不可思议。

有机会和一位安徽籍的作家朋友谈起这件事后,他答道:"这有什么奇怪的?我父亲去世后,我也是时隔十几年才去给他扫墓。结果,当天晚上就高烧三十九度多,难受死我了!第二天一早,又莫名其妙退了烧，恢复得就和什么也没有发生过似的。这就是说，老祖宗怪罪我们这些不孝儿孙呢。可怪罪归怪罪，打一巴掌也就饶了我们呗！"我认为，这位安徽作家朋友的话挺有道理。

因为《寻找外婆》的报告文学初稿在博客上的连载，我收到过一些读者的留言或来电。其中有一位读者告诉我，自己的亲外公，正是那位一九四六年从丹阳护送我妈妈到南京码头的国军中校。我妈妈居然也因此想起，小时候，那位叔侄堂兄在凤台的王圩子娶媳妇，她和我外婆还去吃过喜酒。

不料，又生出一段悲情男女的故事：妈妈这位"书"字辈的堂兄，追随王介佛左右多年。在富庶一方的丹阳，想必是爱上当地书香门第一位才貌双全的小姐，跟人家结了婚。却似乎没有交代清楚，自己在皖北的原籍已有糟糠在堂。为此，姑娘的父母十分不满。棒打鸳鸯也罢，劳燕分飞也罢，总之，尽管他们有了孩子，却还是在丹阳解放前夕分了手。

王介佛早已一走了之，那位国军中校侄子回到凤台后，年纪轻轻的，还是亡命在新中国"镇反"的枪口下。丹阳的姑娘不知为什么，谜一般地独守终生。对于这段不幸的往事，来信人说他家里所有的人从此保持着缄默。直到他的外婆过世后，才听她的妹妹提起……

我至今没有找到那位忠心耿耿的革命战士，爸爸的老警卫员郭定胜叔叔。

不知为什么，我经常会想起淮河边已被岁月模糊了形象的两位老人：王善臣和那位赶集"捡"回来的东北女人——她曾经青春照人，健壮美丽，曾经被带兵打仗的汉子疼过爱过；曾经因为战祸孑然一身，颠沛流离；曾经在绝望的流浪途中再遇生缘，凭着自己的干练得以重新安身立命；曾经因为时代动荡饱受磨难，九死一生……我由衷地感慨，这位没有留下姓名的妇人，无论命运之神多少次地对她施以苦难，她都坚持活着，活着，她是一位比我更坚强的女性。

我结束了淮河漂流后上了岸。在东台的长途汽车站，选择乘坐长途公共汽车去上海。车门下聚集着十几位前来送行的用船人，乡音嗡嗡地响成了一片："顺风""保重""下次无论想在哪个码头上船，打个电话就开小艇靠岸接你哦！"

我不能让"皖江河999"看见我墨镜后面涌出的泪水……善解人意的司机尽量拖延了一分钟关车门的时间。不过他还是诧异地问道：怎么会有那多送车的人？

就在那个时刻我意识到，今后，也许很难再有与乡亲们朝夕相处的日子了。我应该缅怀的，是不是头戴红星，唱着"一条大河波浪宽"的曾经的自己呢？

我十五岁当兵，穿了整整十二年的军装，养成了出门喜欢戴帽子的习惯。几十年来在世界和中国各地，稀里糊涂丢失的各种帽子，不下十顶了。第一次到凤台县，我又丢了一顶帽子。四季一个轮回我再次来到凤台，新四军研究会那位孙以明秘书长，也就是淮河上的用船人们感激爱戴的城关区老区长，他竟把那顶我早已忘却的帽子亲自戴在我的头上……这是帽子的第一次失而复得。

孙老对我说："在凤台，什么都不会丢的——这里就是你的家乡嘛！"

我是个彷徨的人。不仅彷徨在国境线上，我还彷徨在"坚守"与"放弃""正确"与"否定"……但我力求真实地记录我所找寻到的一切。

一晃十年，从最初的寻找外婆到今天，淮南那一方热土和辽阔的中国大地，继而又发生了数不清的变化：新四军研究会中的老同志，有的走了，有的病了；岳龄勤老人、朱利贞老人和金谷春饭庄的末代老板……先后仙逝。

老王家的儿子们因为上头下达了不准擅自捞挖河沙的禁令，给妈妈打来了电话。让他们感到愤愤不平的是，"上头有关系"的同村人，还在继续挖沙。妈妈回答说："咱们是烈士的后代，听政府的话吧。"于是他们表示，去寻找新的生路。

板张集的守陵人李姓一家，得到了凤台县有关部门很高的待遇补助，仍然在恪尽职守地管理着那座烈士陵园和小纪念馆。

凤台县那位英俊、热诚的牛书记，听说因为能力出众调到其他地方，也带走了他"创作一部影视剧"的想法。

每次重归凤台故里看望外婆，还是那位把帽子重新戴在我头上的孙以明秘书长迎来送往，安排食宿。

过去那座令我怦然心动的绿荫覆盖的老淮南市府，办公地点正准备搬迁到宏伟的新大厦里。当年因为厕所太肮脏令我"大惊失色"的潘集区委早已鸟枪换炮，堪称富丽堂皇的一座新的区政府，屹立在淮河岸边。

淮南新四军林已经成为当地的游览名胜，新婚燕尔的青年男女会选择那里，摄下人生最幸福的影像。

到今天，还是我年年专程前往，去看望外婆。二〇一三年的春天，板张集烈士陵园被授以安徽省爱国主义教育基地。政治地位的提升，令当地党政机关和老同志们如同喜事临门。

有一次，我发现又有人违反了"不许在烈士墓前烧纸放炮"的规定，烧焦了外婆陵墓周围美丽的鲜花……

显然，我只是一个境界平凡的后裔，关注的尽是些平凡的琐事。

我的外婆周志机——胡之光，重新以共产党人的身份，归宿于受到敬仰的烈士陵园。为此妈妈对我说："桃子过去对妈妈的所有'不孝顺'，一笔勾销了。"听到了这话的人，都不禁发出会心的微笑。

原人民文学出版社的刘茵编辑，是一位被誉为"报告文学作者的保姆"的老大姐。多年来，经她之手发表的优秀作品不计其数。对她念念不忘的作者包括大名鼎鼎的刘亚洲和胡平，还有老版电视连续剧《西游记》的总导演杨洁。名不见经传的我也曾有几部中、短篇报告文学，有幸是经她一字一句地推敲后得到了发表。

没想到几个月后我回到中国，她没有像往常一样马上给我复短信、打电话。我还以为她旅行去了。又过了好多天，胡平老师告知我，刘茵编辑在二〇一五年二月底的一天，突然踏上了不归之旅……

在这漫长的寻找过程中，我要感谢中国大地上许多的长辈、乡亲和不期而遇的朋友：

是你们，指点着我在寻找的旅途中，眺望混沌大雾里理性与爱的闪闪灯火；

是你们，用单纯而执着的信念，唤醒了我沉睡心底的精神向往和探索的激情；

还是你们，终于让我意识到自己也是一个有着血脉、有着根的人……

尽管仍有很多的不解之谜，但我已不再怀疑：我的外婆和很多无私无畏的献身者，是值得纪念的伟岸的人。无论今天的世界和社会，正面临着多少深层的困境：信仰、伦理、体制、生态环境……尽管我没有去一味地讴歌，却能够去讲述一个真实的"高贵者的故事"。

谨以此书献给我的外婆，
献给她坚强、美丽、悲天悯人的姐妹和儿女们。

二〇〇七年初稿
二〇一七年元月定稿于北京